PEGASUS

E OS NOVOS OLÍMPICOS

Kate O'Hearn

Pegasus

e os Novos Olímpicos

Volume 3

Tradução

Marcia Blasques

LeYa

Preparação de texto: Eloiza Mendes Lopes
Revisão: Alexander Barutti Azevedo Siqueira
Projeto gráfico e diagramação: Deborah Takaishi

Dados Internacionais de Catalogação na Publicação (CIP)
Angélica Ilacqua CRB-8/7057

O'Hearn, Kate

Pegasus e os novos olímpicos / Kate O'Hearn; tradução de Marcia Blasques – São Paulo : LeYa, 2013.

256 p. - (Olimpo em Guerra, v. 3)

ISBN 978-85-441-0127-8

Título original: Pegasus and the New Olympians

1. Literatura americana – ficção 2. Ficção fantástica

3. Literatura infanto-juvenil I. Título II. Blasques, Marcia III. Série

13-0042 CDD–813

Índices para catálogo sistemático:

1. Ficção : Literatura norte-americana

Todos os direitos reservados à
LEYA EDITORA LTDA.
Rua Desembargador Paulo Passalácqua, 86
01248-010 – Pacaembu – São Paulo – SP
www.leya.com.br

Para Charlie, um cavalo branco de 15 anos, que trabalhava puxando carroças e sucumbiu e morreu nas ruas da cidade de Nova York, em outubro de 2011. Ele voa com Pegasus agora.

É por Charlie e por outros cavalos maltratados como ele que continuaremos lutando e gritando até que nossas vozes sejam finalmente ouvidas e o sofrimento termine...

1

O rugido da multidão era ensurdecedor. Os olímpicos pulavam, torcendo na primeira partida de futebol interolímpica. Os Flâmulas Solares jogavam contra os Heróis de Hércules, mas essa não era uma partida comum. A cena no campo era tão impressionante e extraordinária quanto seria de se esperar no Olimpo.

Quando Joel propôs pela primeira vez o evento esportivo, ficou admirado pela quantidade de olímpicos que queriam participar. Agora, com um estádio cheio de espectadores torcendo por ele, Joel, capitão dos Flâmulas Solares, guiou habilmente a bola pelo campo e entre as pernas de um sátiro cheio de energia. O meio-bode, meio-menino se virou e disparou atrás dele como se sua vida dependesse disso.

Joel rompeu a linha de defesa e passou a bola preto e branca para seu companheiro de time olímpico e amigo, Paelen, que correu adiante para ficar em posição. O javali alado, Crisaor, encontrou-se com Joel e afugentou a defesa dos Heróis de Hércules, Mercúrio e Minerva, enquanto Pegasus voava pelo campo, sobre uma linha de centauros e gigantes, e pedia a Paelen que passasse a bola. Com um chute rápido, a bola estava em posse do garanhão alado.

Emily estava sentada na lateral do campo, ao lado de Júpiter. Estava maravilhada em ver o quão Pegasus era adepto de um esporte que ele e os outros olímpicos haviam acabado de aprender. Pegasus era capaz de seguir em frente enquanto a bola permanecia em jogo entre suas quatro patas.

De repente um sátiro passou por baixo de Pegasus e roubou a bola. Movendo-se rapidamente com suas pernas de bode, chutou-a de volta para seus companheiros de equipe. Mas, nem bem o time adversário pegara a bola, uma jovem centauro fêmea do time de Joel fez um movimento que fez a multidão gritar ainda mais alto. Saltando graciosamente no ar, ela bloqueou um chute alto com seu corpo marrom equino. Assim que a bola tocou o chão, ela a chutou habilmente para Joel.

Correndo para a linha do gol, Joel e Paelen mantiveram a bola se movendo entre eles. Finalmente, Joel se colocou em posição para chutar para gol.

– Vai, Joel! – Emily gritou de seu assento. – Chuta!

A goleira do time adversário era uma visão assustadora. A Esfinge se ergueu em suas ancas de leão, abriu os braços, esticou as asas e se preparou para defender o chute de Joel.

Com um drible rápido em um jovem zagueiro Nirad, Joel chutou a bola. Ela voou pelo ar e então pareceu fazer um arco, como se tivesse vida própria. Acertou a trave superior do gol e voou para a rede por cima da cabeça da Esfinge.

Quando a goleira viu a bola entrar no gol, rugiu em fúria e saltou para a frente, derrubando Joel no chão.

O coração de Emily quase parou. A Esfinge tinha Joel preso com suas grandes patas de leão. Ela jogou a cabeça para trás, rugindo uma segunda vez, e ergueu uma temível pata no ar, pronta para rasgá-lo com suas garras afiadas.

– Júpiter, detenha-a! – Emily gritou para o líder do Olimpo, parado ao lado dela. – A Esfinge vai fazê-lo em pedaços!

Mas em vez de se mover para deter o ataque, Júpiter gritou, torcendo mais alto, e começou a aplaudir. Inclinou-se em direção a ela.

– Minha querida criança, Alexis pode ter o pavio meio curto, mas sabe que isso é só um jogo. Joel está perfeitamente seguro... – Júpiter fez uma pausa e olhou para todos os homens nas arquibancadas, erguendo as mãos e torcendo. – Estou certo de que Joel é alvo da inveja de muitos olímpicos.

No campo de futebol, os jogadores do time de Joel continuavam a comemorar o gol, indiferentes ao ataque da goleira contra seu jogador principal. Finalmente a Esfinge afastou o cabelo dos olhos de Joel, inclinou-se para a frente e o beijou longamente nos lábios.

– Falta! – Emily gritou, enquanto corria furiosamente pelo campo. Passando pelos jogadores, empurrou a goleira. – Saia de cima dele!

Enquanto a Esfinge saía lentamente de cima de Joel, sua cauda de serpente balançava brincalhona no ar. Estreitou os olhos verdes e sorriu maliciosamente para Emily.

– A Chama do Olimpo está com ciúmes?

A Esfinge podia parecer feroz e perigosa com seu corpo de leão, asas de águia e cauda de serpente, mas tinha a cabeça e a parte superior do corpo de uma mulher jovem nua. Na verdade, era uma beleza de tirar o fôlego.

Emily parou e desviou o olhar de Alexis para Joel. Ao vê-lo no chão com seu sorriso radiante, seus olhos castanhos cálidos e rosto bonito, Emily ficou surpresa em perceber que *estava* com muito ciúme.

– É claro que não! – replicou. – Mas beijar jogadores adversários não faz parte do jogo.

O sorriso não deixou o rosto da Esfinge enquanto ela voltou com agilidade para sua posição diante do gol. Olhou brincalhona por cima do ombro, agitando o longo cabelo negro.

– É uma pena. Devia estar.

Paelen se adiantou e, com a ajuda de Emily, colocou o atordoado Joel em pé. Enquanto sacudiam a poeira de cima dele, Paelen olhou de soslaio para Alexis.

– Uau! – disse em voz baixa. – Foi um belo beijo. Você é tão sortudo!

As bochechas de Joel coraram ainda mais quando Alexis disse:

– Vejo você mais tarde, Joel.

– Não conte com isso – Emily disparou de volta. Ignorou os gracejos da Esfinge e voltou sua atenção para Joel. Durante o tempo no Olimpo, ele ficara mais alto, largo e musculoso por causa de todo o trabalho físico na oficina de Vulcano. O surto de crescimento de Joel foi causa de muita reclamação de Vulcano, que tinha de aumentar constantemente o braço direito mecânico que substituía aquele que o menino perdera na luta contra as górgonas.

– Alexis machucou você? – Emily perguntou.

Joel olhou para a Esfinge com curiosidade e então negou com a cabeça:

– Nem um pouco.

Paelen deu um sorriso torto e então apertou os lábios em um beijo exagerado.

– Talvez tenha contundido seus lábios macios?

– O quê? – Joel gritou. Empurrou Paelen e suas bochechas ficaram ainda mais vermelhas. – Pare com isso. Estou bem. Podemos, por favor, voltar ao jogo?

Enquanto os jogadores retornavam às suas posições, Pegasus acompanhou Emily até seu assento na lateral do campo. O garanhão relinchou baixo e Emily viu um brilho extra em seus belos olhos escuros. Pegasus estava rindo.

– Do que está rindo? – ela desafiou.

A professora de Emily, Vesta, se aproximou, ouvindo a conversa.

– Pegasus acha que a Esfinge estava certa. Você está com ciúmes dela.

– Ciúmes de Alexis? Isso é loucura – Emily argumentou. – Primeiro, ela é só um gato voador de olhos verdes superdesenvolvido. Segundo, Joel e eu somos amigos. É só isso.

O sorriso no rosto de Vesta cresceu.

– É claro que são, querida...

– Somos amigos – Emily insistiu, enquanto voltava para seu assento. – É só isso. Agora, Pegs, seu time está esperando por você; é melhor voltar para lá.

Pegasus soltou um relincho alto, gargalhando antes de trotar de volta para o campo e assumir sua posição no time de Joel.

Enquanto o jogo prosseguia, o placar permanecia amarrado. Enquanto a Esfinge era a goleira dos Heróis de Hércules, o time de Joel tinha um imenso Nirad laranja chamado Tirk guardando seu gol. Com seus quatro braços, ele se mostrou um goleiro competente e raramente permitia que a bola passasse.

– Um belo jogo, esse aí. Mas não tenho muita certeza se voar de um lado para o outro do campo está nas regras.

Emily pulou ao som da voz de seu pai.

– Pai! – jogou os braços em volta do pescoço dele. – Senti sua falta.

Ele estivera longe do Olimpo com Diana e Apolo pelo que pareceram eras. Estavam liderando uma pequena equipe de volta à Terra, para determinar se a proibição de Júpiter a visitas devia ser suspensa. Os olímpicos haviam ouvido sobre os avanços humanos e estavam curiosos para aprender mais. O pai de Emily fora como conselheiro e guia.

Quando Emily soltou seu pai, recebeu Diana com um abraço firme.

– Senti falta de vocês dois. Quando voltaram?

– Não faz muito tempo – seu pai disse. – Fomos ao palácio primeiro e nos contaram sobre a grande partida.

Ele olhou para o campo e assobiou de espanto.

– Quando me disse que você e Joel estavam ensinando alguns olímpicos a jogar futebol, não me dei conta de quem ou o quê estaria jogando. Nunca vi cena mais fantástica.

Emily olhou para os sátiros, harpias, centauros, gigantes e algumas Musas no campo, jogando ao lado de criaturas aladas nunca mencionadas ou sequer imaginadas nos antigos mitos.

– Tentamos ensinar Cérbero a jogar, mas não deu certo – Emily prosseguiu. – Suas três cabeças ficavam brigando pela bola e a fizeram em pedaços. Foi a mesma coisa com o Ciclope. Com um único olho, ele perdia a bola toda hora e ficou muito frustrado. Chegou a derrubar o gol de raiva. Júpiter, por fim, pediu para ele marcar o placar. Você pode vê-lo ali... – ela apontou para o outro lado do campo, onde o gigante Ciclope estava atualizando o placar com cada gol. – Mas a maioria dos outros olímpicos parece gostar do jogo.

Os olhos deles foram atraídos para onde um sátiro havia driblado a defesa de um gigante e corria com a bola na direção do gol do time de Joel. Quando ele se aproximou da rede, Paelen apareceu pela esquerda para bloquear o chute. Mas o sátiro era mais rápido e se livrou dele. Com um segundo avanço rápido, chutou a bola entre os quatro braços do Nirad e acertou a rede.

A multidão explodiu de animação e continuou a torcer. Emily olhou ao redor e sorriu tristemente para os olímpicos. Depois encarou novamente seu pai.

– Não acho que entendam completamente o conceito de apoiar um lado ou outro. Todo mundo comemora quando é gol... Não importa o time que tenha feito.

Seu pai concordou com a cabeça.

– Talvez eles tenham a atitude correta. Podíamos usar mais dessa esportividade em nosso mundo – ele se concentrou em Emily novamente. – Você ama futebol. Mesmo com o aparelho em sua perna, pode se mover tão bem quanto antes. Por que não está lá, jogando?

Emily hesitou antes de responder.

– Não estava com vontade de jogar hoje. Queria assistir com Júpiter, para que pudesse explicar as regras para ele. Não que alguém as siga, na verdade.

Emily observou o rosto de seu pai, aliviada que ele tenha aceitado sua explicação sem questionar. Emily queria muito jogar, mas não podia. Não podia porque não podia confiar em si mesma.

Desde seu retorno do mundo dos Nirads, onde haviam derrotado as górgonas, Emily havia dominado o poder da Chama que vivia dentro dela. Agora podia controlá-lo inteiramente. Mas, recentemente, mais poderes vieram à tona. Poderes que iam além da Chama. Objetos se moviam por conta própria ou, algumas vezes, quando ela ficava muito frustrada ou chateada, desapareciam completamente. Vesta não havia mencionado mais poderes. Emily se perguntava se sua professora chegara a perceber que havia outros. Mas muitas coisas estavam acontecendo ao seu redor. Até Emily ser capaz de entendê-los melhor e controlá-los, não ia se arriscar a machucar seus amigos.

A partida terminou com o time de Joel perdendo por um gol. Um banquete de comemoração estava planejado para mais tarde. Emily caminhou com seu pai e Pegasus de volta para o apartamento que dividia com Joel e Paelen no palácio de Júpiter.

– Vou dizer a Júpiter que não acho uma boa ideia os olímpicos visitarem a Terra. Há muitos perigos. Nosso mundo mudou muito para eles agora. Eles não têm ideia do quão diferente ou avançado está.

– Mas, depois de tudo o que ouviram de nós, estão todos muito ansiosos para visitá-lo – Emily insistiu.

– Eu sei – ele concordou. – O grande problema é que os olímpicos não são humanos. Poucos deles parecem remotamente humanos. Pode imaginar o que aconteceria se um centauro ou mesmo o Ciclope fosse visitar nosso mundo? No passado, eles eram aceitos como deuses, mas hoje... – ele fez uma pausa e olhou para Pegasus. – Veja o que aconteceu com ele em Nova York.

Pegasus bufou e relinchou alto. Emily estendeu a mão e acariciou o pescoço do garanhão. As memórias vieram à tona em sua mente. Pegasus fora alvejado pela agência secreta governamental, a Unidade Central de Pesquisas, e levado até as instalações secretas do governo na Ilha do Governador. A visão de seu amado garanhão deitado no chão, lutando para respirar, causava uma pontada de dor em seu coração até agora.

Emily olhou de volta para seu pai e concordou com a cabeça.

– Não foi só Pegasus que foi machucado. Olhe o que a UCP fez com o Cupido. Seus helicópteros quase o mataram, apesar de os olímpicos serem imortais. Se eles param de comer ambrosia, tornam-se vulneráveis e é muito fácil machucá-los.

– Ou capturá-los – seu pai acrescentou. – Pessoalmente, não acho mesmo que seja uma boa ideia. Vou dizer isso para Júpiter. Os olímpicos são um povo incrível e não quero que nada aconteça com eles.

Enquanto continuavam a caminhar pela tranquila estrada de paralelepípedos, o ruído dos cascos dourados de Pegasus era a única coisa a perturbar a calma do Olimpo. Depois de um longo silêncio, o pai de Emily falou novamente.

– Sua tia Maureen mandou lembranças.

– Você a viu?

Ele negou com a cabeça.

– Havia agentes da UCP posicionados ao redor do prédio dela; não pudemos nos aproximar. Mas liguei para ela e disse que estamos bem. Ela fez um monte de perguntas, mas tenho certeza de que a linha dela está grampeada. Então disse a ela que estamos escondidos, mas juntos e em segurança.

– Eu gostaria que pudéssemos vê-la novamente – Emily disse melancolicamente.

– Eu também – o pai concordou. – Talvez algum dia, em breve, possamos voltar para uma visita de verdade. Só você e eu.

Emily se iluminou.

– Isso seria maravilhoso.

Quando chegaram a seu apartamento, os olhos de Emily passaram pela variedade de presentes que seu pai e Diana haviam trazido para ela, Joel e Paelen: roupas, música e alguns dos petiscos favoritos de Emily, como amendoim salgado, e sua real fraqueza: *marshmallows*. Havia até um estoque de barras de chocolate só para Paelen.

Emily notou uma pilha de jornais. Nunca se interessara por notícias quando morava em Nova York, mas, agora que vivia permanentemente no Olimpo, estava ansiosa para saber o que estava acontecendo na cidade.

No alto da pilha estava o *The New York Times*. Uma fotografia na primeira página chamou sua atenção.

Aquele era Pegasus?

Emily imediatamente pegou a publicação, curiosa.

Sim, definitivamente era Pegasus – mas sem asas!

Ela leu a legenda embaixo da fotografia.

Recordista!

Aviso de Tornado vence a Tríplice Coroa com o melhor tempo e maior distância já registrados...

– Aviso de Tornado? – Emily resmungou em voz alta, enquanto lia o artigo sobre o cavalo vencedor que quebrou todos os recordes na história do turfe.

Olhe para ele – seu pai disse despreocupadamente. – Parece com Pegasus, não parece? O corpo e as pernas são cinzentos, mas, se ele fosse todo branco, podia ser Pegasus. Aviso de Tornado está em todos os lugares e causando uma grande celeuma. Não tinham um vencedor da Tríplice Coroa como ele desde Secretariat... e Tornado quebrou até mesmo os recordes dele!

Emily mal ouviu a batida na porta. Enquanto seu pai foi atender, ela continuou a analisar o artigo.

– Pegs, você tem que ver isso – Emily estendeu o jornal para o garanhão. – Olhe para ele. Realmente parece com você. Quero dizer, vocês podiam ser gêmeos!

Quando Pegasus olhou as fotografias, Emily pôde sentir que ele ficou muito perturbado. Tirando a cor, Aviso de Tornado era idêntico a ele. Seu tamanho e formato eram os mesmos. Tudo o que faltava ali eram as asas e os cascos dourados. Emily olhou para o garanhão. – Como isso é possível?

– Então vocês viram os jornais – Diana entrou na sala e se aproximou de Pegasus. – Há algo que queira me contar? Andou fazendo alguma travessura enquanto estava no mundo de Emily?

Pegasus bufou zangado e bateu o casco dourado.

Emily franziu o cenho e então negou com a cabeça.

– Isso não é possível. Tornado não poderia ser filho dele. Olhe aqui, os jornais dizem que Aviso de Tornado tem três anos. Mas Pegasus só foi para nosso mundo no ano passado.

– Mas ele se parece com você, meu amigo – Diana disse suavemente, enquanto acariciava a face de Pegasus. – O que mais poderia ser?

Steve deu de ombros.

– Talvez seja apenas um cavalo muito bonito que por acaso se parece muito com Pegasus.

Emily estudou o rosto de seu pai e percebeu que ele não via Pegasus do mesmo jeito que ela e os outros olímpicos viam. Na superfície, Pegasus *podia* se parecer muito com um cavalo, mas havia uma grande diferença. Era algo que ela podia ver claramente, mas seu pai não podia. Pegasus era mais do que um cavalo, muito maior do que um. Eram seus olhos inteligentes e a maneira como se comportava que criavam a aura que o cercava e que diziam: *não sou um mero cavalo.*

O Olimpo tinha muitos cavalos e alguns, como Pegasus, tinham asas. Mas nenhum deles chegava perto de ser como Pegasus. Ele era único – até agora.

– Você está enganado, pai – Emily insistiu. – Aviso de Tornado não só se parece com Pegasus, mas é idêntico a ele.

Diana colocou um braço ao redor de Emily e lhe deu um apertão de leve.

– Bem, o que quer que seja, esse cavalo, Aviso de Tornado, está no mundo de vocês, enquanto nós estamos todos aqui no

Olimpo – Diana mudou de assunto abruptamente. – Agora, você não gostaria de experimentar algumas das roupas novas que seu pai e eu escolhemos para você?

Emily olhou para Diana e viu que havia algo que a alta mulher não estava falando em voz alta. Uma mensagem secreta que dizia que deviam conversar mais tarde. Ela concordou com a cabeça.

– Você está certa. Vamos deixar Aviso de Tornado para lá. Quero ver o que trouxeram.

2

Enquanto eram feitos preparativos animados para comemorar o encerramento da primeira partida oficial de futebol do Olimpo, Emily e Pegasus caminhavam pelos perfumados jardins no fundo do palácio de Júpiter. O ar estava morno, doce e tranquilo e o sol era acolhedor, mas não muito quente. Aves cantavam no céu e gritavam em saudação com a aproximação de Emily e Pegasus.

Mais adiante estava o labirinto de Júpiter. Ainda era o melhor lugar para Emily e seus amigos se encontrarem e conversarem sem ser vistos ou perturbados pelos outros olímpicos.

Quando chegaram ao centro do labirinto, não tiveram de esperar muito antes que Joel, Paelen e o irmão de Pegasus, Crisaor, aparecessem. O cabelo de Joel estava molhado pelo banho após o jogo, penteado para trás em um visual despretensiosamente bacana. Paelen também havia tomado banho para tirar a lama e a grama, mas, como sempre, seu cabelo escuro estava despenteado e espetado em ângulos estranhos. Ainda usava suas sandálias aladas e tinha um grande sorriso no rosto enquanto se aproximava.

– O que aconteceu? – Joel perguntou. – Qual é a emergência?

Emily colocou os jornais na roda.

– Não pude mostrar isso para vocês antes porque meu pai estava no nosso apartamento e não percebe o problema. Olhem para a foto e leiam a legenda...

Paelen olhou da página principal do jornal para Pegasus. Estava boquiaberto.

– Ele se parece com você! O que diz aqui?

Uma carranca enrugou a testa de Joel enquanto ele lia o artigo.

– Está falando sobre um cavalo de corrida, Aviso de Tornado. Ele acaba de ganhar a Tríplice Coroa.

– O que é a Tríplice Coroa? – Paelen perguntou.

Joel prosseguiu.

– Meu pai gostava de verdade das corridas de cavalo.

Olhou para Pegasus, melancolicamente.

– Eu queria que ele tivesse conhecido você... – Joel suspirou. – Ele e eu costumávamos apostar na Tríplice Coroa. É uma série de três corridas de cavalo que são disputadas uma perto da outra: a Kentucky Derby, a Preakness Stakes e então, finalmente, a Belmont Stakes. É realmente raro que o mesmo cavalo vença as três. Acho que a última vez foi na década de 1970. Mas Aviso de Tornado não só venceu as três corridas, como bateu todos os recordes – Joel fez uma pausa e olhou para Emily. – Algo não parece certo aqui. Olhe essas estatísticas... – ele estendeu o jornal.

Emily passou os olhos pela folha e viu um monte de dados que não entendia.

– O que tudo isso significa?

– Significa que isso é impossível. Olhe para esses tempos de corrida. Ele conseguiu ser o cavalo de corrida mais rápido da história. Nenhum cavalo pode correr assim.

– Mas ele correu – Paelen insistiu.

Ao lado deles, Crisaor guinchou baixinho e Paelen abaixou o jornal para que o javali alado pudesse olhar a fotografia. Ele resmungou e guinchou novamente.

– Não entendo – Paelen comentou. – Como esse cavalo de corrida se parece tanto com Pegasus, corre tão rápido quanto Pegasus e ainda assim não é Pegasus?

Joel deu de ombros.

– Se eu não soubesse, juraria que ele é um... – uma repentina expressão de choque apareceu em seu rosto e ele negou com a cabeça. – Não, não é possível. Vocês estão pensando o que eu estou pensando?

Emily já estava assustada. A ideia lhe ocorrera muito antes e a deixara gelada até os ossos. Mas ainda era a única coisa que fazia algum sentido.

– Estou arduamente tentando não pensar – ela disse. – Perguntei para meu pai e ele acha que não. Disse que, se fosse verdade, Aviso de Tornado seria branco e não cinza.

– O quê? – Paelen perguntou. – Sobre o que vocês estão falando?

Emily encostou a cabeça em Pegasus e acariciou seu pescoço.

– Estamos pensando que a UCP pode ter algo a ver com isso.

Paelen ficou boquiaberto.

– A UCP? Como?

Joel se aproximou de Emily.

– É impossível, não é?

– Simplesmente não sei – ela disse. – Mas o que mais poderia ser?

– Temos que voltar lá e descobrir – Joel completou. – Em, se eles realmente podem fazer isso, estamos todos encrencados.

– Chega! – Paelen gritou, frustrado. – Vocês estão conversando por enigmas e isso está me deixando louco. Sobre o que estão falando?

Joel olhou para Paelen.

– Isso vai soar impossível. Mas achamos que Aviso de Tornado pode ser algum tipo de clone.

A expressão de Paelen não mudou. Emily percebeu que ele não entendeu.

– No nosso mundo, a ciência está avançando constantemente. Estão fazendo coisas assombrosas com plantas geneticamente modificadas e coisas do gênero. O que Joel está dizendo é que enquanto você, Pegasus e Diana eram prisioneiros na UCP, eles fizeram testes e experimentos com vocês. Tiraram amostras de vocês.

Paelen estremeceu visivelmente.

– Foi terrível – ele disse em voz baixa. – Me colocaram em máquinas, tiraram meu sangue, meu cabelo e quem sabe mais o quê.

– Exatamente – Joel disse. – E o que temo é que, de algum modo, eles tenham usado essas amostras para criar algum tipo de clone. Um clone é algo que é idêntico a você, criado a partir de você, mas que não é você. É como se fosse seu irmão gêmeo, mas vocês não nasceram juntos – ele caminhou até o garanhão e acariciou sua face. – Aviso de Tornado se parece exatamente com Pegasus porque pode ter sido criado a partir de células tiradas de Pegasus.

O rosto de Emily ficou pálido.

– Isso é loucura, parece algo saído da fantasia! Mas se ele fosse um clone, não deveria ser branco como Pegasus?

– Tingimos Pegasus de negro e marrom, lembra? E se eles estão tingindo Aviso de Tornado de cinza? – Joel sugeriu. – Não sei se ou como teriam feito isso, mas temos que descobrir. Em, estamos falando da UCP. Vimos as instalações deles. Tenho certeza de que eles têm capacidade para fazer isso.

Emily balançou a cabeça.

– Mas não faz nenhum sentido. Mesmo se for possível, por que o fariam correr e se arriscariam a expor seu experimento? Além disso, o jornal diz que Aviso de Tornado tem três anos de idade.

– Não posso explicar isso – Joel falou. – Mas olhe essas fotografias. É como se o próprio Pegasus estivesse nessas corridas. Essas não são as estatísticas de nenhum cavalo comum.

Pegasus bufou e começou a cavar profundas valas no chão. Ao lado dele, Paelen balançava a cabeça loucamente.

– Não, não, não. Isso não é possível. Vocês não podem sugerir que esse cavalo de corrida veio de Pegasus. Isso é antinatural e impossível!

Foi pisando duro até Emily e apontou o garanhão na fotografia.

– Pegasus tem asas. Esse cavalo de corrida não tem. Se tivesse sido criado a partir de Pegasus, certamente teria asas.

Emily assentiu.

– Pensei a mesma coisa, até que vi isto... – ela se abaixou na grama macia do labirinto e começou a procurar nos jornais. – Aqui – ela apontou para uma fotografia colorida que mostrava um close de Aviso de Tornado no pódio. O jóquei ainda estava montado. Embaixo do joelho direito do jóquei, havia marca de uma grande cicatriz no ombro cinzento do Tornado. – Olhe essa cicatriz. Pode ser de onde removeram sua asa.

– Isso é um vinco no papel, nada mais – Paelen insistiu. – Não prova nada.

Joel pegou o jornal e estudou a imagem. Negou com a cabeça.

– Isso não é vinco nenhum, Paelen, é uma cicatriz. E prova uma coisa. Que temos que voltar lá e ver esse cavalo de corrida com nossos próprios olhos. Se a UCP é capaz de criar clones, pense só no que poderiam fazer com o seu DNA ou com o de Diana?

A grandiosidade da situação atingiu Emily como um tijolo. Ela olhou para Joel.

– Não é só DNA olímpico, Joel. Lembre-se que a UCP capturou Nirads também!

3

Quando o sol começou a se pôr no Olimpo, o campo de futebol se transformou em um imenso salão de festa. As mesas estavam lotadas de frutas, ambrosia e néctar, enquanto milhares de olímpicos se reuniam para comemorar o jogo. Tochas foram acesas e iluminavam a reunião, enquanto as Musas dançavam e cantavam para entreter a multidão.

Por cima do gramado, o Cupido liderava um grupo de olímpicos alados carregando flâmulas e bandeiras. Eles subiam e desciam no céu, algumas vezes voando tão baixo que tocavam o topo das cabeças daqueles que estavam no campo.

O Cupido viu Emily entrando no estádio e desceu. Dobrando as grandes asas com perfeição em suas costas, fez uma mesura para ela.

– Oi, Chama, gostaria de fazer um voo rápido comigo?

– O nome dela é Emily! – desafiou Paelen, como havia feito centenas de vezes antes. – Quando vai aprender isso de uma vez por todas?

O Cupido sorriu radiante para Emily.

– Quando ela me disser para aprender.

Emily ergueu a mão para acalmar Paelen e então olhou para o olímpico alado. Não restava nada da paixonite que sentira por ele. O Cupido estava bonito como sempre, mas o coração dela estava em outro lugar agora.

– Obrigada de qualquer maneira, Cupido, mas prefiro ficar no chão por enquanto. Talvez mais tarde.

– É claro, Chama – o Cupido disse, lançando um olhar provocador para Paelen. – Só precisa me pedir – ele beijou Emily na bochecha e depois saltou confiante para o céu.

– Continuo dizendo, Emily – Paelen disse. – Você devia tê-lo deixado como estátua de pedra no mundo dos Nirads. Teria resolvido todos os nossos problemas.

– Achei que vocês dois tinham ficado amigos – Joel comentou.

– Cupido e eu? – Paelen disse. – Dificilmente. Quero dizer, sim, ele nos ajudou a derrotar as górgonas e superou seu medo pelos Nirads. Mas o Cupido ainda é o Cupido. É um encrenqueiro arrogante.

Diana se juntou ao grupo e encarou Paelen com expressão dura.

– Não faz muito tempo que as pessoas diziam o mesmo sobre você, ladrãozinho.

Paelen deu de ombros.

– Talvez. Mas eu mudei. O Cupido, não.

– Verdade? – Diana disse. – Dizem que uma vez ladrão, sempre ladrão. Sei que há vários olímpicos que ainda contam suas moedas e joias depois que você se afasta.

Paelen ficou boquiaberto. Apesar de tudo o que fizera para ajudar o Olimpo, havia um grande número de olímpicos que não acreditava que ele havia mudado seu comportamento gatuno.

Emily ficou triste por ele. O que seria necessário para que acreditassem que ele estava diferente? Ela também sabia que, apesar dos sentimentos feridos, Paelen era esperto o bastante para não responder ao comentário. O temperamento de Diana era lendário. Era melhor deixar a observação para lá do que dizer algo que pudesse zangá-la.

Sempre o policial, o pai de Emily se adiantou para acalmar a situação. Colocou seu braço ao redor de Paelen e então indicou os olímpicos reunidos no campo.

– Olhe para este lugar, é uma loucura! Qualquer coisa é desculpa para uma festa. Vamos, pessoal, vamos nos divertir.

Emily não estava com muita disposição para se juntar às comemorações ao seu redor. Nem Joel ou Paelen. Uma sombra escura pairava pesadamente sobre eles. E não estavam sozinhos em suas preocupações. Tanto Pegasus como Crisaor mostravam sinais de profunda inquietação.

Quando seu pai se afastou para pegar bebidas para todos, Emily ficou com Diana e Pegasus. Joel cutucou-a gentilmente nas costas e sussurrou:

– Pergunte para ela agora.

A audição afiada de Diana não perdeu o comentário. Ela se virou e olhou desconfiada para Joel.

– Me perguntar o quê?

Emily respirou profundamente.

– Diana, precisamos falar com você sobre algo importante, mas não quero que meu pai saiba, ainda.

Diana franziu o cenho.

É sobre aquele cavalo de corrida, não é?

Emily assentiu.

– Pode não ser nada. Mas precisamos voltar para nosso mundo para ver se Aviso de Tornado é algo mais do que um cavalo. Precisamos partir sem que ninguém saiba...

O pai dela estava voltando para o grupo carregando uma bandeja com bolos de ambrosia e taças de néctar.

Diana se inclinou para perto de Emily.

– Depois da festa, me encontrem na base do Templo da Chama. Então conversaremos.

A festa continuou noite adentro. Quando terminou, Emily disse boa noite para seu pai e esperou que ele voltasse para seu quarto. Quando teve certeza de que ele havia ido para a cama, ela deixou seus aposentos e se dirigiu para o jardim para se encontrar com seus amigos.

Pegasus e Crisaor já estavam lá. Pouco tempo depois, Paelen e Joel chegaram. Pela rapidez, concordaram em voar até o Templo. Enquanto Emily subia em Pegasus, Joel se acomodou nas costas de Crisaor. Paelen olhou para suas sandálias aladas e ordenou que elas o levassem até o Templo. Com batidas rápidas de suas asinhas, elas obedeceram e o ergueram levemente no ar.

Entre todas as coisas que Emily amava no Olimpo, sua favorita era voar nas costas de Pegasus. Voar à noite era ainda melhor. Muitas vezes, quando seu pai pensava que ela estava na cama, Emily e Pegasus se esgueiravam para fora do palácio e passavam a noite subindo nos céus do Olimpo. E, cada vez que saíam, o dossel luminoso de estrelas nunca deixava de tirar o fôlego de Emily. Sempre a enchia de profunda animação, como se as próprias estrelas a chamassem e acenassem para se juntar a elas no céu.

Eram aquelas estrelas que a lembravam de que ela não estava mais em seu mundo. Nenhuma das constelações que conhecia aparecia no céu noturno do Olimpo. Não havia lua, e as estrelas pareciam mais brilhantes e muito mais próximas.

Mas nessa noite não havia nada da animação habitual. Eles se lançaram silenciosamente no ar e voaram sobre o palácio escuro. No chão abaixo, olímpicos de aparência estranha se moviam de um lado para o outro. Eram cidadãos que viviam suas vidas apenas à noite.

Emily aprendeu muito rapidamente a não temer os habitantes noturnos. Embora parecessem diferentes com suas peles claras e imensos olhos escuros, eles falavam baixinho e não representavam nenhum perigo para ela ou para Pegasus. Ela descobriu que o Olimpo era como dois mundos em um. Um mundo de dia, cheio de luz do sol e cores brilhantes e governado por Júpiter; e então um mundo noturno que existia apenas com as luzes das estrelas, cheio de seres estranhos e silenciosos, supervisionados pelo irmão de Júpiter, Plutão. O Olimpo à noite era o submundo sobre o qual os mitos falaram tantas vezes.

Emily olhou para Joel e percebeu que essa era a primeira vez que ele via esse Olimpo. Em qualquer outro momento, ele teria feito várias perguntas e insistido em descer para conhecê-los. Não essa noite. Ele olhava para seus habitantes com curiosidade, mas permaneceu em silêncio.

Mais à frente, viram um brilho reluzente no céu escuro da noite. Vinha do topo do Templo da Chama. Essa era a Chama que dava aos olímpicos seus poderes e força. Sem isso, o Olimpo cairia. Era a mesma Chama que o poder de Emily alimentava. Quando ela se sacrificou no templo, seus poderes foram libertados e renovaram a Chama no Templo. Era sua conexão com a Chama que tornava Júpiter e todos os olímpicos tão protetores dela. Embora ainda não entendesse como funcionava, ela sabia que a sobrevivência dos olímpicos dependia de que a Chama continuasse a queimar. E a sobrevivência da Chama dependia dela.

Quando Pegasus deslizou para baixo, Emily ficou surpresa ao ver três figuras sombrias paradas na base do Templo. Ao se aproximar, viu seu pai parado ao lado de Diana. Suas mãos estavam nos quadris e ele não parecia feliz.

Emily olhou de soslaio para Joel nas costas de Crisaor. Ele devolveu o olhar.

– Acho que estamos em apuros.

Emily ficou tentada a dizer para Pegasus dar meia-volta e retornar para o palácio. Mas era tarde demais. Com Pegasus brilhando no céu escuro, todo mundo via que estavam chegando.

Quando o garanhão tocou o chão diante das três figuras, Emily franziu o cenho. Parada ao lado de seu pai e de Diana estava uma terceira figura que ela não conhecia.

O pai de Emily se adiantou para ajudá-la a descer do garanhão.

– Não há algo que queira me dizer antes de sair de fininho do Olimpo?

O coração de Emily quase parou. Diana havia contado tudo para seu pai. Ela abaixou a cabeça.

– Sinto muito, pai. Queria contar para você, mas sabia que iria querer me deter.

– Pode apostar que vou deter você. Emily, você não pode voltar lá, é perigoso demais. O que estava pensando?

– É minha culpa, Steve, não de Emily – Joel se aproximou para defendê-la. – Fui eu quem sugeriu que fôssemos. Contamos para Diana, para que pelo menos alguém soubesse o que aconteceu com a gente.

– Isso é por causa daquele cavalo de corrida estúpido, não é?

– Pai, me escute, por favor – Emily implorou. – Aviso de Tornado se parece muito com Pegasus e corre rápido demais para ser um cavalo comum. Você sabe disso. Se não achasse isso, não teria trazido aqueles jornais para nos mostrar. Precisamos descobrir. Se há uma mínima chance de ele ser um clone, precisamos saber. Não vê? Se a UCP pode cloná-lo, pode fazer a mesma coisa com os outros olímpicos.

– Ou com os Nirads – Paelen acrescentou.

A terceira figura sombria veio adiante.

– Acha de verdade que isso é possível? A UCP poderia criar Novos Olímpicos a partir do nosso sangue?

Quando ele se aproximou, Emily viu o quanto se parecia com Júpiter e Netuno. Mas seus olhos eram mais intensos e tão negros quanto o céu noturno. Sua pele era pálida como pergaminho. Devia ser o terceiro irmão, Plutão. Era o dono de Cérbero e líder do submundo. Ela ouvira tudo sobre ele, mas ainda não o conhecia.

Emily inclinou a cabeça respeitosamente.

– Não temos certeza, senhor – ela se voltou para seu pai. – Pai, você o viu na TV. Pode dizer com certeza que Aviso de Tornado não é uma espécie de clone do Pegasus?

O pai de Emily passou os dedos pelos cabelos. Olhou para Diana e para Plutão. Negou com a cabeça.

– Não, não posso. A ciência humana está avançando tão rapidamente que não tenho ideia do que podem alcançar.

– Vocês não percebem? – Emily implorou. – É por isso que temos que ir até lá e ver por nós mesmos. Se Aviso de Tornado for apenas um cavalo, podemos nos esquecer dele. Mas se é realmente um clone de Pegasus, então temos que saber. O que a UCP poderia fazer com um exército de olímpicos ou Nirads clonados? Poderiam dominar o mundo!

– Ou talvez até mesmo desafiar o Olimpo – Joel acrescentou.

A voz de Plutão ficou mais baixa.

– Se aquele cavalo do qual você fala realmente foi criado a partir de Pegasus, todo o Olimpo ficará indignado! Júpiter irá ao seu mundo para detê-los – ele fez uma pausa antes de encarar Emily diretamente nos olhos. – Eu me juntarei a ele. O desenvolvimento de tais criaturas a partir do nosso sangue não deve ser tolerado. Se isso é verdade, e eles criaram Novos Olímpicos, não teremos outra opção senão destruir a Terra.

4

Emily olhou para Plutão completamente chocada. Seria verdade? Os olímpicos realmente destruiriam seu mundo? Júpiter sempre foi tão generoso e a tratava como uma neta. Ele realmente faria isso?

– É verdade – Diana olhou ao redor e começou a sussurrar. – Se meu pai ouvir falar nisso, não vai hesitar em destruir seu mundo antes mesmo de ter uma prova. Já o vi fazer isso antes. Júpiter é capaz de qualquer coisa, se isso significa proteger o Olimpo e a ordem da natureza.

O pai de Emily balançou a cabeça.

– Mas a Terra tem bilhões de pessoas e animais inocentes. Júpiter não destruiria tudo só para punir a UCP por ter feito algo estúpido.

Diana suspirou profundamente.

– Sinto muito, Steve, mas ele faria isso.

– Apolo também viu as fotos – Plutão acrescentou. – Ele veio até mim em segredo expressar suas preocupações. Eu o desencorajei a contar isso para seu pai. Mas somos todos leais a Júpiter. Se a UCP fez essa coisa, não teremos outra opção senão contar para Júpiter e deixá-lo dar a punição adequada ao crime.

– Destruir a Terra é uma punição grande demais! – Steve argumentou. – Especialmente se só umas poucas pessoas fizeram isso... e nem temos certeza se fizeram alguma coisa!

– E é por isso que temos que ir ver por nós mesmos – Emily acrescentou.

– Emily está certa – Plutão disse. – Devemos deixá-los ver se esse cavalo de corrida é real ou uma criação antinatural de seu povo.

O pai de Emily começou a caminhar de um lado para o outro.

– Tudo bem, mas vou com vocês.

Pegasus relinchou suavemente. Aproximou-se de Diana e fez uma longa série de sons.

– Pegasus não concorda – ela traduziu. – Ele diz que você deve permanecer aqui. Você e eu temos que fazer o relatório completo de nossa viagem para meu pai. Eles ficarão fora por um tempo muito curto. Posso dar desculpas para meu pai sobre por que Emily e os outros não estão aqui, talvez dizer que foram ao mundo dos Nirads visitar a rainha. Mas, se você partir também, isso vai causar suspeitas em meu pai; especialmente tão logo após nosso retorno. Com tudo o que está em jogo, não podemos nos arriscar.

– Mas é perigoso demais – Steve insistiu.

– Pai, por favor – Emily disse. – Temos que ir. Seremos realmente rápidos. Vocês precisam manter Júpiter ocupado e impedir Apolo de contar para ele sobre Tornado até descobrirmos o que está acontecendo.

– Mas como posso proteger você? – seu pai disse enquanto lhe dava um abraço apertado e beijava o alto de sua cabeça. – A UCP já nos separou uma vez. Não posso permitir que aconteça novamente.

– Não vai – Joel prometeu. – Isso não é como antes. Não vamos invadir uma instalação da UCP. Só vamos ver Aviso de Tornado em uma pista de corrida.

Steve suspirou profundamente.

– Eu realmente gostaria de ir com vocês.

– Eu também – Emily concordou, enquanto abraçava seu pai. – Mas seremos cuidadosos. Prometo. Você só precisa manter Júpiter ocupado para que ele não perceba que partimos.

Quando o sol começou a nascer, a reunião foi interrompida por Plutão. Eles concordaram em se encontrar no Templo na noite seguinte, para preparar a partida.

No dia seguinte, Emily, Joel e Paelen embalaram suas roupas novas e um bom suprimento de ambrosia e néctar para a viagem. Emily mal viu seu pai, já que ele passou a maior parte do dia com Júpiter, Diana e Apolo, apresentando seu relatório. Estava morrendo de vontade de falar com ele, para conversar sobre seus temores com o mundo deles, caso Júpiter já tivesse descoberto.

Até agora, tudo o que Emily fizera fora proteger e defender o Olimpo; primeiro dos Nirads e depois das górgonas. Mas agora, enquanto conferia uma e outra vez sua mochila, percebeu que ela, a Chama do Olimpo, podia ser forçada a proteger a Terra dos olímpicos.

Quando a noite chegou e o pai de Emily retornou de um longo dia com Júpiter, eles esperaram que o Olimpo fosse dormir antes de se dirigirem para o Templo da Chama.

Durante o curto percurso, o pai de Emily montou com ela nas costas de Pegasus. Ela sentia os braços tranquilizadores dele ao seu redor e silenciosamente desejava que ele os acompanhasse. Mas Pegasus estava certo. Ele tinha de ficar para evitar qualquer suspeita de Júpiter.

Diana e Plutão estavam esperando no Templo. Quando desceram de Pegasus, Emily notou que Plutão segurava um pacote nas mãos.

Diana se aproximou deles.

– Disse a meu pai que vocês vão ao mundo dos Nirads visitar a rainha. Ele não tem motivo para questionar. Mas precisam ser rápidos. Meu pai entende sua necessidade de independência e liberdade, mas não gosta quando a Chama do Olimpo está longe daqui.

– Entendo – Emily disse com seriedade. – Seremos tão rápidos quanto possível.

Enquanto elas falavam, Plutão abriu a sacola que estava carregando, tirou um elmo de couro ornamentado e o segurou.

Paelen prendeu a respiração.

– Esse é o elmo da invisibilidade! Você vem conosco?

Plutão negou com a cabeça.

– Não. Preciso ficar aqui e me assegurar de que meu irmão não fique desconfiado. Contudo, meu elmo se juntará a vocês em nossa missão.

– Posso usá-lo? – Paelen perguntou.

– Não é para você – Plutão disse.

– É para mim? – Joel perguntou, esperançoso. – Li tudo sobre o elmo. É maravilhoso.

Mais uma vez, Plutão negou com a cabeça e disse que não.

Finalmente, Emily disse:

– É para Pegasus, não é? Para que ele possa viajar conosco sem ser visto.

– Sinto muito, mas não. Eu gostaria de dar algo para manterem Pegasus escondido, mas só tenho um elmo para oferecer.

– Se não é para um de nós, quem vai usá-lo? – Paelen perguntou.

– Eu – uma voz veio por trás deles.

Emily se virou e seus olhos se arregalaram ao avistar a Esfinge pousando silenciosamente no chão. Ela dobrou as asas de águia com cuidado e caminhou para a frente. Quando passou por Joel, esfregou-se nele como um gato que se esfrega nas pernas do dono na hora de comer.

– Sem chance! – Emily gritou, sentindo que começava a se irritar. – Você não vai conosco!

– Sim, ela vai – Diana disse com seriedade. – Esse é o preço que pagará por nossa cooperação nisso. Se insiste em voltar ao seu mundo para ver Aviso de Tornado, então Alexis vai junto. Ela tem grandes habilidades que manterão você em segurança.

– Mas ela é uma... uma... – Emily lutava para encontrar a palavra certa.

– Cuidado, criança – Alexis avisou. Aproximou-se de Emily e se ergueu em suas patas traseiras de leão. Sua cauda de serpente se agitava no ar em aborrecimento, enquanto ela pousava as patas nos ombros de Emily. Suas garras estavam para fora. – Não estamos brincando agora, Emily. Isso é muito sério. Me contaram o que está acontecendo. Diana me pediu para acompanhá-la e mantê-la em segurança. É o que pretendo fazer.

– Você vai só para nos espionar – desafiou Emily, obrigando-se a não olhar para as garras da Esfinge, tão próximas de seu rosto.

Diana se aproximou.

– Alexis, se abaixe – ela se concentrou em Emily. – Alexis não é uma espiã. O trabalho dela é mantê-la em segurança. Você é a Chama do Olimpo. Deve ser protegida a todo o tempo.

– Posso tomar conta de mim mesma – desafiou, mais uma vez, Emily. – Derrotei as górgonas. Sabe que posso controlar a Chama agora.

O pai de Emily parou ao seu lado.

– Em, todos sabemos que pode controlar a Chama. Mas nosso mundo é um lugar perigoso... não só por causa da UCP – ele olhou para Pegasus. – E sabemos que você fará tudo para mantê-la em segurança. Mas Alexis tem habilidades especiais que você não tem. Diana me disse que ela pode pressentir o perigo. Pode se mover silenciosa e rapidamente e ler as intenções de uma pessoa. Ela será um trunfo que vocês não podem recusar.

Alexis levantou uma pata.

– Obrigada, Steve, mas talvez haja outra maneira de resolver isso – ela se aproximou de Emily. – Eu lhe darei um enigma. Se você decifrá-lo corretamente, não irei. Mas se a resposta for errada, eu irei e você não dirá mais nada a respeito.

– Quer jogar? – Emily quis saber. – Agora? Bem antes de partirmos?

– Isso não é um jogo – Alexis respondeu com seriedade. – Ou decifra meu enigma, ou irei com vocês sem sua permissão.

– Tome cuidado, Em – Joel avisou. – Alexis é a Esfinge.

– O que isso quer dizer? – Emily disse.

Alexis olhou para Joel.

– Não diga mais nada, Joel. Isso é entre mim e Emily – ela se concentrou em Emily. – Decifre isso...

Minhas planícies são as faces de reis
Meu horizonte é sempre perto
Minha música envia os homens para o túmulo
Minha ausência envia os homens para o trabalho.
Quem sou eu?

Emily franziu o cenho enquanto tentava decifrar esse enigma simples. Já que Alexis era do Olimpo, imaginou que a resposta devia ser algo olímpico. Que planícies havia no Olimpo com um horizonte próximo? Nenhuma, então não era um lugar. A próxima frase era sobre música. Que tipo de música manda os homens para o túmulo, mas sua ausência os manda para o trabalho? As Musas cantavam lindamente, mas nunca matavam com suas canções. Quem matava?

Emily sorriu.

– Já sei.

– Me diga – a Esfinge exigiu saber.

– A resposta é: as Sereias.

Alexis gargalhou.

– Você está errada.

O temperamento de Emily esquentou.

– Não, não estou. As Sereias mandam os homens para os túmulos na água, mas quando partem, os marinheiros podem voltar ao trabalho. Então a resposta é as Sereias.

– Você está errada – Alexis repetiu.

– Então, qual é a resposta?

– Cabe a mim saber e a você descobrir.

– O quê? – Emily gritou. – Você está trapaceando. Dei a resposta certa e você não quer admitir.

O pelo das costas de leão de Alexis se eriçaram quando a Esfinge estreitou os olhos verdes.

– Trapaça? Está me acusando de trapaça? – avançou para Emily.

Emily deu um passo para trás e levantou as mãos. Sentiu o formigamento do poder fluindo por seus braços até as mãos. A Chama estava a um sopro de distância.

– Alexis, basta – Plutão disse. – Controle-se! Emily, você também!

Os furiosos olhos verdes da Esfinge permaneceram em Emily um momento longo demais antes de se voltarem para Plutão.

– Ao seu comando.

Emily abaixou as mãos, mas se recusou a desviar seus olhos desconfiados da Esfinge.

Pegasus relinchou suavemente e balançou a cabeça. Aproximou-se de Emily e cutucou suas costas gentilmente.

– Ele diz que Alexis nunca mente – Paelen traduziu. – Se você dissesse a resposta correta, ela seria obrigada por sua honra e pelas leis do Olimpo a confirmar. Sua resposta estava errada.

Emily começou a protestar até que Plutão ergueu a voz.

– Isso não está aberto a discussões. O enigma foi lançado, a resposta foi dada. Alexis vai com vocês.

– Mas... – Emily choramingou.

Plutão negou com a cabeça.

– Você é a Chama do Olimpo e preciosa demais para arriscarmos. Ou leva Alexis com você, ou vocês não vão.

Joel se inclinou na direção dela.

– Vai dar tudo certo, Em. Com o elmo de Plutão, você nem vai vê-la. Nós só vamos até lá, olhamos o Aviso de Tornado e voltamos.

Emily olhou para Joel, então para Paelen, que assentia com a cabeça, entusiasmado. Era óbvio o quanto os dois gostavam da Esfinge. Finalmente seus olhos percorreram Alexis, que ainda a encarava perigosamente. Ela balançou a cabeça.

– Tenho um mal pressentimento sobre isso.

5

O grupo entrou na luz brilhante e poderosa da Corrente Solar. Era a passagem que os olímpicos usavam para viajar entre os mundos. Era barulhenta e cheia de energia branca, que fazia com que os pelos nos braços de Emily ficassem em pé. Montada em Pegasus, ela lembrava do rosto temeroso de seu pai enquanto a observava partir. Ela rezava para voltar para ele no Olimpo em breve, com boas notícias.

Atrás de Emily e Pegasus estavam Joel, montado em Crisaor, e Paelen, voando depois deles, usando as sandálias aladas. Emily olhou para trás e viu Alexis bem na retaguarda. O rosto da Esfinge estava sombrio enquanto suas grandes asas batiam no ritmo das de Pegasus.

Quando saíram da Corrente Solar, Emily se assustou ao sentir o calor do sol de um dia de verão. O que seu pai disse era verdade. O tempo entre os mundos era completamente diferente. Enquanto ainda era noite no Olimpo, os céus sobre a cidade de Nova York estavam em plena luz do dia. Eles também tinham descoberto que, quando um dia se passava no Olimpo, semanas haviam se passado no mundo dela.

Eles haviam decidido voltar para a região de Nova York, onde a Belmont Stakes, a última corrida da Tríplice Coroa, acontecera. Era o último local em que Aviso de Tornado fora visto. Quando emergiram da Corrente Solar, Emily olhou para baixo e viu a alta antena do Empire State Building passar bem embaixo deles. Pôde também ver turistas no deque de observação. Todos pareciam olhar para baixo e não os notaram.

– Pegs, estamos muito baixo! Leve-nos mais para cima!

Pegasus manobrou suas asas e levou o grupo mais para o alto enquanto voava sobre a cidade. Emily olhou para trás, para Joel. Ele estava balançando a cabeça.

– Essa foi por pouco! – ele disse. – Acha que alguém nos viu?

– Espero que não! – Emily respondeu.

Joel gritou para Paelen.

– Vá na frente! Peça para suas sandálias encontrarem Aviso de Tornado. Vamos só dar uma olhada nele e damos o fora daqui!

Paelen foi voando para a frente. Quando estava diante de Pegasus, pediu para as sandálias:

– Levem-nos até Aviso de Tornado.

Emily segurou a crina de Pegasus com mais força e se preparou para mudar de direção no céu. Mas, quando olhou para Paelen e então para suas sandálias aladas, nada aconteceu. Normalmente, quando ele dava um comando para as sandálias, as asas batiam para que ele soubesse que elas tinham ouvido e estavam obedecendo.

– Aviso de Tornado – Paelen repetiu. – Encontrem Aviso de Tornado.

Paelen repetiu o comando várias vezes, mas as sandálias permaneceram inalteradas. Ele olhou para Emily e encolheu os ombros, em sinal de dúvida.

– Elas não sabem onde ele está.

Eles estavam, então, se afastando do centro. À sua direita, Emily viu a ponte George Washington. Ela se inclinou para a frente e apontou.

– Pegasus, vê aquela ponte alta ali? Por favor, siga-a. Ela nos levará a um lugar em que poderemos pousar – ela gritou para Paelen, que ia na frente: – Siga-nos!

Pegasus desviou no céu. Embaixo deles, a alta ponte suspensa cruzava o rio Hudson e os levava para dentro de Nova Jersey. Quando passaram por Fort Lee, Emily viu uma grande área com densas árvores erguendo-se à extrema direita.

– Leve-nos para baixo, Pegs. Precisamos conversar!

Depois de alguns minutos de busca, Pegasus encontrou uma clareira entre as árvores. Quando o garanhão tocou cuidadosamente o chão, Emily deslizou de suas costas. Aproximou-se de seus amigos.

– O que aconteceu? – ela perguntou para Paelen. – Por que suas sandálias não conseguem encontrar Tornado?

Paelen encolheu os ombros.

– Não sei. Nunca falharam comigo antes.

– E ainda estão funcionando? – Joel perguntou. – Teste-as. Peça para levarem você até a Ilha do Governador.

Paelen assentiu e olhou para as sandálias aladas.

– Me levem para a Ilha do Governador! – imediatamente, as asinhas bateram concordando e ergueram Paelen do chão, movendo-se na direção da pequena ilha ao sul de Manhattan. – Parem! – Paelen ordenou. – Me levem de volta a Emily.

– Então ainda estão funcionando – Joel murmurou.

– Talvez não reconheçam o comando – Alexis acrescentou quando dobrou as asas e caminhou até eles. – Se realmente esse Aviso de Tornado vem tanto de Pegasus quanto deste mundo, isso pode estar confundindo as sandálias.

– Isso é besteira – Emily disse.

Alexis estreitou os olhos.

– Tem alguma sugestão melhor?

Emily não tinha. Mas não queria que a Esfinge soubesse disso. Ainda se ressentia de eles terem sido obrigados a aceitar Alexis.

– Se as sandálias não podem achar Tornado, o que devemos fazer? Esse era o plano.

Joel coçou o queixo.

– Bem, não podemos voltar até vermos aquele cavalo. Temos que o encontrar de outro jeito. Vamos pesquisar na internet para descobrir onde será a próxima corrida dele.

– Como? – Emily perguntou. – Não podemos apenas entrar em um *cybercafé*... Não conseguimos simplesmente nos misturar!

– Não estava sugerindo isso – Joel replicou. – Precisamos de alguém com um computador em casa. Quem conhecemos?

– Minha tia – Emily sugeriu. – Mas ela está sendo vigiada pela UCP.

– Não tenho nenhum amigo de escola – Joel murmurou. – E minha família adotiva não tinha um computador, então não adianta voltar lá.

– Eu sei – Paelen propôs animadamente. – O que acham de Earl? Talvez ele possa nos ajudar.

Emily pensou em Earl, o proprietário do antigo esconderijo deles, o Red Apple. Ele os ajudara na última vez em que estiveram nesse mundo. Mesmo depois de ter sido gravemente ferido – quando os Nirads atacaram –, ele fizera de tudo para ajudá-los.

Ela olhou para Paelen e assentiu.

– Não é uma má ideia. Acha que as sandálias podem encontrá-lo?

Paelen olhou para as sandálias.

– Me levem até Earl.

As asinhas bateram e levantaram Paelen do chão. Não havia hesitação enquanto o levavam pelas árvores, cada vez mais alto no céu.

– Paelen, pare! – Joel gritou. – Volte aqui!

Paelen retornou e Joel olhou para o grupo.

– Não podemos ir à luz do dia, seremos vistos. Só Deus sabe quem já nos viu. Chegamos muito baixo no céu sobre a cidade. Acho que devemos esperar aqui até escurecer. Será mais seguro voar, então.

Crisaor cutucou a mão de Joel. Grunhiu várias vezes. Pegasus também relinchou suavemente.

– Os dois concordam, Joel – Paelen traduziu. – É um risco grande demais ir agora.

– Então está resolvido – Emily disse. – Vamos esperar até a noite, e aí vamos encontrar Earl.

O dia passou lentamente enquanto ficaram sentados entre as árvores, esperando o pôr do sol. Emily pulava a cada estalido e som das madeiras ao redor deles. Sentia-se exposta e vulnerável, como se agentes da UCP estivessem escondidos atrás de cada árvore, esperando para atacá-los a qualquer momento.

Cada vez que Emily pulava, Alexis balançava a cabeça e resmungava.

– Diana não disse que posso pressentir o perigo? Não é o motivo pelo qual estou aqui? Não há o que temer, estamos sozinhos nessas árvores. Apenas sente-se aí e me deixe fazer meu trabalho.

Emily sentou-se no chão, ao lado de Pegasus. Joel foi se sentar ao lado dela, recostando-se para descansar na lateral do garanhão.

– Alexis está certa, Em. Relaxe. Não sabe o que é a Esfinge?

– Um gato gigante do deserto egípcio – Emily disse categoricamente.

Alexis se arrepiou e assobiou pelo insulto.

– O que você disse? Egípcia? Essa não sou eu!

Joel ergueu a mão para a Esfinge.

– Alexis, se acalme. Nem todo mundo neste mundo conhece as histórias.

– Então ensine para ela. Não suportarei tais insultos novamente! – sem um segundo olhar, a Esfinge saiu caminhando entre as árvores.

– Tome cuidado perto dela – Joel avisou. – A Esfinge é muito perigosa. Os mitos dizem que ela costumava vigiar a trilha para Tebas. Qualquer um que se aproximasse tinha que decifrar um de seus enigmas. Se errassem, ela os matava. Algumas lendas dizem até que ela os comia.

– Que grosseiro! – Emily exclamou. Ela olhava para onde a Esfinge sumira, entre as árvores. – Espere, como ela podia comê-los? Ok, ela tem corpo de leão e garras, mas tem cabeça de mulher. Como ela seria capaz disso?

Paelen respondeu:

– Você não viu os dentes dela.

– Sim, eu vi – Emily disse.

Paelen negou com a cabeça.

– Não, você não viu. Se tivesse visto, não estaria perguntando. Alexis tem dois conjuntos de dentes: os que usa para conversar e os que usa para comer. Ela tem longas presas que se estendem. Quando acaba de comer, ela pode retraí-las como as garras.

– Como um vampiro – Emily murmurou.

– Mas muito mais perigosa do que vampiros – Joel disse. – Se os mitos são verdadeiros, ela foi mandada para Tebas por Juno, esposa de Júpiter. A Esfinge só foi derrotada uma vez... quando Édipo adivinhou a resposta correta para seu enigma. Dizem que ela se matou quando ele fez isso.

Pegasus relinchou suavemente. Paelen traduziu.

– Não, ela não se matou. Ela simplesmente retornou para o Olimpo. Mas é uma de nossas melhores guardas. Pegasus sabe que você não gosta dela e que ela não é exatamente louca por você. Mas ele diz que somos muito honrados por tê-la conosco. Estamos em boas mãos.

– Isso se Emily não fizer algo estúpido e levar Alexis a matá-la! – Joel acrescentou.

Emily olhou para Joel e sentiu uma pontada.

– Se ela tentar qualquer coisa, vou queimá-la!

Os olhos de Paelen se arregalaram.

– Você não deve dizer uma coisa dessas. A Esfinge é a favorita de Juno. Nada deteria sua fúria se você destruísse Alexis, mesmo sendo a Chama do Olimpo. Por favor...

– Fique calmo – Emily disse. – Não estava falando sério. Nunca poderia machucar Alexis, mesmo que ela me deixe louca! – ela voltou sua atenção para Pegasus. – Você também sabe disso, não é, Pegs? Não usarei meus poderes para machucar ninguém... jamais!

– Exceto, talvez, as górgonas – Joel acrescentou, cutucando-a de um jeito brincalhão.

Emily o empurrou.

– Aquilo foi diferente. Elas começaram, e transformaram todos vocês em pedra. Não tive escolha. Além delas, não quero usar meus poderes contra ninguém, nunca mais.

Paelen relaxou visivelmente.

– Isso é um alívio. Eu odiaria ver uma guerra entre você e Juno por causa de Alexis.

Emily não disse nada. Já havia um peso enorme sobre seus ombros por saber que poderia ter de lutar contra Júpiter para proteger a Terra. Não estava a fim de arranjar outra briga. Sentada ao lado de Pegasus, acariciando distraidamente as penas de sua asa, ela se preocupava com o futuro.

Enquanto o sol se movia de forma constante sobre as cabeças deles e começava a descer no oeste, eles vestiram suas "roupas da Terra". Paelen sorriu quando olhou para sua camiseta e calça jeans.

– Pareço humano, não pareço? – perguntou orgulhosamente.

Emily sorriu com a ansiedade de seu amigo de se misturar, apesar do fato de estar vestindo sandálias aladas cheias de joias, em vez de sapatos.

– Você está ótimo.

Emily lutou para vestir o jeans sobre o aparelho de prata de sua perna. Odiava ainda ter de usá-lo. Mas os danos que os Nirads haviam causado em sua perna em Nova York a deixaram incapaz de andar sem ele.

Do outro lado da pequena clareira, Alexis estava se recusando a colocar a camiseta que Emily lhe dera para cobrir o torso desnudo.

– Não farei isso – Alexis disse. – Nunca tive que vestir nada antes... Nem mesmo na última vez que estive em seu mundo. Eu ia parecer ridícula.

Emily mordeu a língua. Uma mulher-leão com asas de águia e cauda de serpente estava preocupada em parecer ridícula por vestir uma camiseta?

– As coisas mudaram – Emily resmungou, lutando para fechar os botões em sua cintura. Ela cruzou com a Esfinge e então olhou para seus amigos. – Sem mencionar que você está distraindo Joel e Paelen e precisamos que eles se foquem.

– Não – Alexis disse. – Não vou usar isso. A menos que decifre outro enigma.

Emily gemeu.

– Não de novo.

– Se insiste que eu use essa roupa, só farei quando você me responder corretamente.

A Esfinge se aproximou de Emily e estreitou os olhos verdes.

O que é, o que é
Meu pai me deu sementes para plantar
A semente era negra e o chão era branco
Se adivinhar o que é
Vai escapar da minha mordida.

Emily pediu para Alexis repetir o enigma. Sementes negras em chão branco. Depois da última experiência, ela sabia que a resposta não seria clara ou simples. Uma coisa era certa, não tinha nada a ver com plantações. Chão branco e sementes negras... O que torna o chão branco? Neve! Finalmente tinha uma ideia e estalou os dedos.

– Já sei! É o carvão usado para fazer os olhos de um boneco de neve!

Alexis sorriu e jogou a camiseta longe.

– Incorreto. Não preciso usar isso.

– O que é, então? – Emily exigiu saber.

Alexis negou com a cabeça.

– Não é minha função dizer a resposta a você.

Emily jogou os braços para cima de frustração e voltou para Pegasus. Quando passou por Joel, balançou a cabeça.

– Você pode, por favor, conversar com ela?

As bochechas de Joel ficaram coradas.

– Humm... bem, eu... – ele olhou sem graça para a Esfinge. – Sei que você está com o elmo de Plutão e tudo mais, mas seria melhor se vestisse algo.

Alexis abaixou a cabeça e fez beicinho.

– Você não gosta de mim. Me acha feia.

Joel ficou em pé e se aproximou da Esfinge.

– Alexis, acho que é maravilhosa! Mas, em nosso mundo, tendemos a nos cobrir. Por favor... Por mim?

Alexis segurou a blusa com dúvida.

– Tudo bem, mas só por você.

Emily observou Joel bajulando a Esfinge. Com o cabelo negro e os grandes olhos verdes, ela era muito bonita. Mas, apesar do que todos diziam, para Emily, Alexis ainda era só um gato voador superdesenvolvido.

Emily sentiu a Chama se agitando dentro de si. Sabia que podia controlá-la e não a libertar. Mas naquele momento estava tentada a não fazer isso.

Pegasus cutucou-a gentilmente. Emily olhou para os grandes olhos castanhos do garanhão.

– Obrigada, Pegs – ela disse baixinho, enquanto abraçava seu pescoço. – Mas por que ele não vê isso? Ela está só brincando com ele.

Quando o sol finalmente se pôs, eles embalaram seus pertences e se prepararam para partir. Emily subiu em Pegasus.

– Ok, Paelen, vá na frente. Nos leve até Earl!

Com as luzes da cidade de Nova York atrás deles e todos os vilarejos de Nova Jersey adiante, Emily esperava que fossem para norte, na direção de Tuxedo, Nova York, onde haviam encontrado Earl pela primeira vez. Mas, uma vez que estavam bem alto no céu, as sandálias os levaram para o sul.

– Earl disse a você onde ele morava? – Joel gritou para Emily.

– Em Tuxedo – Emily gritou de volta. Ela se virou nas costas de Pegasus e apontou para a direção de onde vinham. – Mas é lá para trás. Para onde acha que estamos indo?

– Acho que descobriremos em breve.

Enquanto a lua se erguia alta e cheia em um céu repleto de estrelas, Emily se acomodou em Pegasus para um longo voo. O ar estava quente e ficava ainda mais quente conforme avançavam para o sul. Observavam as luzes de vilarejos e cidades passarem sob eles. Mesmo assim, as sandálias de Paelen continuavam sem uma pausa.

Depois de um tempo, as luzes da civilização acabaram e passaram silenciosamente sobre uma alta cadeia de montanhas densamente arborizada, com apenas um farol de carro ocasional para romper a sólida escuridão abaixo.

– Em – Joel finalmente chamou. – Isso se parece com as Montanhas Blue Ridge para você?

– Não sei – ela admitiu. – Nunca viajei para mais ao sul do que Nova Jersey.

– Bem, eu fui para a Flórida, e isso parece familiar.

Emily não tinha certeza de quanto tempo haviam voado. Mas, com a passagem da lua sobre sua cabeça, ela sabia que tinha sido a maior parte da noite. Bem antes do amanhecer, com o ar se tornando mais quente e mais doce, com as fragrâncias das flores e do ar salgado do mar, as sandálias de Paelen finalmente começaram a descer.

Estavam indo em direção a um bairro densamente povoado, cheio de casas enfileiradas ao longo de um canal. Com os raios rosados do amanhecer ao leste, Emily notou várias casas com as luzes já acesas. Havia um tráfego leve nas estradas, enquanto as pessoas começavam suas jornadas até o trabalho.

– Não gosto disso – Emily falou para Joel e Paelen. – Podemos ser vistos.

Paelen olhou por cima do ombro.

– Mas é onde Earl está.

Em minutos, estavam deslizando sobre uma fileira de casas.

– Não pouse na frente! – Joel gritou. – Paelen, se for uma dessas casas, pouse nos fundos.

Paelen repetiu a ordem para as sandálias. Logo elas estavam tocando a grama de um pequeno jardim dos fundos, ao longo do canal. Palmeiras balançavam com a suave brisa morna e o som dos pássaros da manhã enchia o ar úmido.

Emily olhou ao redor, nervosa.

– Não gosto nem um pouco disso. Estamos expostos demais aqui – Pegasus ainda brilhava na luz da madrugada. Ela apontou para a casa bem em frente de onde estavam, do outro lado do canal. – Olhem, as luzes estão acesas. Se olharem para fora, não deixarão de nos ver.

– Então não vamos ficar aqui – Joel disse. Olhou para Paelen. – Tem certeza de que é o lugar certo?

– Eu não, mas as sandálias têm.

Alexis agitou as asas para arrumá-las e analisou a área.

– Nunca estive aqui antes. O ar é delicioso. Onde estamos?

Joel olhou ao redor.

– Parece e cheira como a Flórida para mim.

– Flórida? – Emily repetiu. – Está dizendo que voamos mil e seiscentos quilômetros em uma noite?

Pegasus relinchou suavemente e Crisaor guinchou enquanto se moviam para mais perto dos fundos da casa.

– Eles dizem que devemos nos esconder antes que o sol termine de nascer – Paelen traduziu.

Joel se aproximou da porta de vidro de correr nos fundos da casa.

– Espero que as sandálias estejam certas – murmurou suavemente. – Ou estamos prestes a estragar o dia de alguém.

– A vida inteira de alguém, você quer dizer – Emily acrescentou.

A porta estava trancada. Mas um dos benefícios de ter um braço artificial feito nas oficinas de Vulcano era que Joel agora tinha uma força incrível em seu braço direito de prata.

Com um puxão rápido e firme, a trava estalou e a porta de vidro se abriu.

– Todo mundo para dentro – Joel sussurrou.

Como era o maior, Pegasus entrou primeiro. Mesmo com a porta de vidro completamente aberta, o garanhão alado era grande demais para passar por ela. Joel, Paelen e Emily tiveram de empurrar Pegasus por trás para forçar seu corpo inteiro e asas pela abertura.

– Vamos! – Joel grunhiu. – Mais um empurrão deve resolver.

Pegasus relinchou, reclamando, enquanto era empurrado dolorosamente pela porta de vidro. Com um esforço final, o garanhão passou pela pequena abertura, mas não sem antes perder várias penas.

Enquanto Crisaor e Alexis seguiam o garanhão, Emily e Paelen correram pelo quintal, reunindo as penas perdidas de Pegasus, agora voando com a brisa. Uma grande pena caiu no canal bem quando Emily estendeu a mão para pegá-la.

Entre lá e pegue-a – Paelen disse, enquanto a pena flutuava na superfície.

– Não vou entrar lá – Emily protestou. – Entre você!

Paelen negou com a cabeça.

– Eu não. Não gosto de água. Você deve ir.

– E eu não gosto de crocodilos – Emily disse. – Ouvi dizer que os canais da Flórida estão cheios deles.

Paelen olhou para ela, chocado.

– Então você quer que eu seja comido pelas criaturas dessa água?

– Não, é claro que não. Por ser olímpico, tenho certeza de que os crocodilos o deixarão em paz.

Enquanto discutiam, a pena flutuava para mais longe. Finalmente, Emily ergueu a mão direita. Concentrou-se na pena, enquanto convocava a Chama. Um pequeno feixe de fogo saiu de sua mão e queimou a pena. Quando terminou, tudo o que restava era vapor de água.

Emily olhou para Paelen e esfregou as mãos.

– Está resolvido. Vamos nos encontrar com os outros.

Quando estavam todos reunidos na pequena sala, Emily ficou parada ao lado de Pegasus, acariciando seu pescoço para que seus poderes restaurassem as penas perdidas ou danificadas.

– Sinto muito por isso, Pegs – ela disse, calmamente. – Mas tínhamos que colocar você para dentro. Acho que nenhum de nós percebeu o quão grande você é até que algo assim aconteceu.

Pegasus relinchou suavemente e assentiu com a cabeça.

No momento seguinte, Alexis levantou a cabeça e fez sinal para Emily se calar.

– Há dois humanos se mexendo nesta habitação.

– Dois? – Emily repetiu.

Alexis deu um rugido feroz. Em um piscar de olhos, a Esfinge saltou no ar. Pairando sobre a cabeça de Emily, uma voz estranha e abafada atrás dela gritou, quando Alexis derrubou no chão um homem de cabelos compridos vestindo um roupão de banho marrom.

Emily viu pela primeira vez os dentes de alimentação de Alexis quando a Esfinge parou sobre o peito do homem e se preparou para matá-lo. Era uma visão terrível. Caninos imensos e afiados enchiam a boca de Alexis enquanto sua mandíbula se deslocava para permitir que ela abrisse a boca muito mais do que Emily pensava ser possível.

– Alexis, não! – Joel gritou. Ele correu até a Esfinge e se ajoelhou ao lado dela. – Por favor, não o mate! Nós o conhecemos. Ele pode nos ajudar.

Quando a Esfinge olhou para Joel, Emily viu que seus olhos eram quase tão assustadores quanto seus dentes. A cor se fora e tudo o que ela podia ver eram as pupilas negras dilatadas. Um rosnado baixo e profundo continuava a sair da garganta da Esfinge. Emily entendeu o que Diana quis dizer sobre Alexis ser uma boa guarda-costas. Ela era assustadora.

Finalmente as pupilas da Esfinge voltaram ao normal, e seus dentes se retraíram. Ela saiu de cima da presa, mas permaneceu por perto e em postura de ataque. Joel ajudou o homem a ficar em pé, trêmulo.

Demorou um momento para reconhecê-lo, porque ele estava muito mudado. Seu cabelo estava comprido e despenteado e ele usava um bigode, mas era ele.

– Agente T! – Emily exclamou. – O que está fazendo aqui?

– Eu? – o agente da UCP os desafiou. – Que raios vocês estão fazendo aqui de volta? E o que é essa coisa que trouxeram com vocês? – ele apontou um dedo trêmulo para a Esfinge.

– Coisa? – Alexis repetiu, enquanto seus rosnados baixos aumentavam consideravelmente de volume. – Você acaba de me chamar de coisa?

O Agente T estava bem. Ainda possuía a mesma arrogância e ar provocador que todos os agentes da UCP tinham. Se não fosse cuidadoso com a Esfinge, aquela arrogância o mataria. Emily se adiantou para deter o desastre antes que ele começasse.

– Esta é Alexis – ela a apresentou rapidamente. – É a Esfinge do Olimpo.

O Agente T gemeu.

– Mais malditos olímpicos? De novo, não.

Um segundo homem entrou na sala.

– O que está acontecendo aqui?

Emily se virou e viu Earl parado na porta. Assim como o Agente T, ele mudara desde a última vez que ela o vira. Seu cabelo claro estava pintado de preto e sua barba se fora. Eles estavam obviamente tentando se disfarçar para se esconder da UCP. Mas não havia dúvida no brilho de seus olhos. Não havia sinal das sérias queimaduras que ele sofrera na destruição do restaurante Red Apple.

– Earl! Estou tão feliz em ver você!

Os olhos de Earl se arregalaram com a visão de Pegasus e os outros amontoados em sua pequena sala.

– Emily! – ele correu e a segurou em seus braços. – Fiquei tão preocupado com você! – seus olhos percorreram todos na sala. – Com todos vocês.

– Estamos bem – Joel respondeu. – Mas precisamos realmente da sua ajuda.

– Ajuda? – Earl disse, enquanto se aproximava de Pegasus e dava tapinhas no pescoço do garanhão. – Oi, amigão! – voltou-se novamente para Joel. – Qual é o problema?

Emily desviou seu olhar de Earl em direção ao Agente T.

– Na verdade, estou feliz que esteja aqui, porque acho que a UCP está envolvida em algo horrível.

O Agente T se afastou da Esfinge e se aproximou de Emily.

– O que quer que seja, não sei nada sobre o assunto. Me afastei da agência desde que você começou aquela confusão em Tuxedo, Nova York. A UCP vem nos procurando desde aquela época. Earl e eu estamos escondidos. Mudamos nossos nomes um número incontável de vezes e tivemos que fazer os trabalhos mais medonhos para sobreviver. Olhe para esse lixo. Eu tinha várias condecorações e era um agente de alta patente na UCP. O que estou fazendo agora? Por sua causa, sou um porteiro.

Emily se eriçou.

– Não venha nos culpar. Não começamos aquela confusão em Tuxedo... Vocês, sim, quando pegaram meu pai!

O Agente T ficou parado, ereto e desafiador. Apesar de seu cabelo comprido bagunçado, roupão esfarrapado e pés descalços, ainda era uma visão imponente.

– Não teríamos pegado seu pai, se vocês não tivessem causado todo aquele problema em Nova York. Você tem ideia do caos que aqueles Nirads nos causaram? Tivemos que subornar a maior parte das autoridades municipais e ameaçar os jornais.

– Também não foi nossa culpa! – Emily exclamou.

Pegasus relinchou suavemente. Paelen se adiantou e colocou a mão no ombro dela.

– Emily, se acalme. Isso é passado. Pegasus diz que devemos manter o foco em nossa missão.

Emily olhou para trás, para o garanhão, e assentiu. Respirou profunda e firmemente.

– Você está certo.

– Então por que estão aqui? – Earl perguntou. – O que a UCP fez agora?

Joel respondeu.

– Achamos que podem ter criado um clone do Pegasus. Sabe aquele cavalo de corrida que venceu a Tríplice Coroa?

– Aviso de Tornado? – Earl perguntou. – Vocês acham que aquele cavalo foi criado pela UCP?

Emily concordou com a cabeça.

– Ele se parece muito com Pegasus.

– Mas a clonagem não é possível – Earl insistiu. – Sei que ele quebrou recordes e tudo mais, mas não pode ser. Além disso, Tornado é cinza.

O Agente T ficou parado ao lado de Earl.

– Um cavalo pode ser tingido – disse. – Veja o que essas crianças fizeram com Pegasus ano passado. Temo dizer que a clonagem é muito possível. Os cientistas da UCP vêm fazendo isso em pequena escala há anos. Se tivessem material genético suficiente de Pegasus, seria uma coisa óbvia a se fazer.

Os olhos de Earl se arregalaram e ele estalou os dedos.

– Ei, você acha que os outros podem ser...

O Agente T balançou a cabeça e deu um rápido olhar de advertência para Earl.

– Mais tarde...

Emily observou o rosto do Agente T e a reação de Earl. Algo estava acontecendo entre eles. Quando estava prestes a perguntar, Crisaor se adiantou e bateu no Agente T por trás, enquanto dava vários guinchos altos e zangados.

– Não guinche comigo, porco! – o Agente T se irritou depois de se recuperar. – Não sou eu quem está fazendo isso. Já disse que deixei a UCP.

– Crisaor, por favor – Joel disse. – Perder a calma não vai ajudar – ele se concentrou no Agente T. – Por que fariam isso?

O Agente T deu um último olhar ameaçador para o javali alado antes de dizer:

– Os olímpicos são muito mais fortes do que os humanos... – parou e olhou para Pegasus, Crisaor e Alexis. – E parece que muitos de vocês podem voar. Pensem nisso. O que a UCP conseguiria se tivesse um exército de olímpicos criados em laboratório?

O choque atravessou a sala como pólvora. Pegasus bateu no piso de cerâmica com um casco de ouro, enquanto Crisaor guinchou de raiva. O rosto de Paelen parecia cinza e Alexis rugiu e mostrou as garras.

– Quietos! – o Agente T ordenou. – Querem que os vizinhos escutem? Eles chamarão a polícia e seremos todos capturados.

Emily ficou em silêncio, temendo o pior. Se Júpiter tivesse ouvido aquele comentário, não seria possível detê-lo.

– Eles não fariam isso, fariam?

– Poderiam e fariam – o Agente T insistiu. – É o que a UCP faz. Usa novas tecnologias para criar armas para equipar melhor nossas forças militares.

Emily balançou a cabeça.

– Você não entende o que isso significa! Se for verdade e a UCP estiver fazendo um exército de olímpicos clonados, isso significará o fim de tudo.

Earl colocou um braço ao redor de Emily.

– Calma, mal posso entender você. O que quer dizer com o fim de tudo?

– O mundo de vocês – Paelen finalmente disse. – Se a UCP tiver criado olímpicos, Júpiter destruirá a Terra.

6

Em pouco tempo, todos estavam reunidos para comer. Embora tivessem ambrosia, Pegasus e Paelen também devoraram uma caixa de cereal açucarado e apresentaram Alexis e Crisaor às alegrias dos *donuts* cobertos de glacê.

Enquanto comiam, contaram a Earl e ao Agente T tudo o que acontecera desde que deixaram a cabana na floresta e foram ao mundo dos Nirads lutar contra as górgonas. Earl assobiou em descrença.

– Górgonas? As mulheres com cabelos de serpentes das histórias? Elas são reais? Foram as causadoras de todos aqueles problemas?

Emily concordou com a cabeça.

– Elas queriam conquistar o Olimpo e tentaram me pegar, para usar meus poderes para matar Júpiter. Quando não fiz isso, elas transformaram todos nós em pedras.

– Sério? – Earl gritou. – Exatamente como nas histórias?

Novamente Emily assentiu.

– Emily derreteu a pedra ao redor dela – Paelen acrescentou. – Depois derreteu as górgonas.

– Você derreteu as górgonas? – Earl repetiu.

Emily encolheu os ombros, sinalizando que não lhe restava nada além disso.

– Perdi a paciência e meio que desencadeei meus poderes. A Chama fez o resto.

– Depois ela usou seus poderes para nos fazer voltar ao normal – Paelen completou.

Earl assobiou.

– Garoto, eu certamente teria gostado de ver isso!

O Agente T estava coçando o queixo. Olhava ao redor, para o estranho sortimento de olímpicos na sala.

– Me diga uma coisa: os mitos são todos verdadeiros? Tudo?

Joel inclinou-se para a frente.

– Parecem ser. Não são exatamente iguais, mas quase. Pelo que descobri, os olímpicos costumavam vir aqui todo o tempo.

– Por quê? – Earl perguntou.

– Porque vocês eram interessantes – Alexis respondeu. – Estávamos estudando vocês.

– *Vocês* estavam *nos* estudando? – o Agente T perguntou, incredulamente.

– É claro – Alexis respondeu. – Vocês eram um povo selvagem, sempre indo para a guerra. Achamos vocês fascinantes. Mas estavam nos contaminando com seu jeito violento, então Júpiter interrompeu todas as visitas ao seu mundo. Ele esperava que vocês aprendessem com seus erros e adotassem a paz. Pelo que tenho visto e ouvido, não aprenderam.

– Quem é ele para nos julgar? – o Agente T disparou. – Ou para decidir se podemos ou não existir?

Alexis estreitou os olhos.

– Ele é Júpiter.

Earl olhou para Joel.

– E quanto a você? O que aconteceu com seu braço?

Emily suspirou.

– Isso é minha culpa.

Joel negou com a cabeça.

– Não, não é. As górgonas fizeram isso comigo, não você – voltou-se para Earl. – Quando eu estava transformado em pedra, caí e meu braço se espatifou. Emily tentou me curar, mas não funcionou – ele levantou o braço prateado e mexeu os dedos prateados. – Vulcano fez isso para mim em sua forja. Não sei como funciona. Não há partes eletrônicas e, se olhar, não dá para ver nenhuma junção nos dedos. Mas é melhor e muito mais forte do que meu braço de verdade. A única coisa é que não consigo senti-lo. Mas ao menos não pode ser ferido.

O Agente T se inclinou mais para perto e observou o braço e a mão de Joel com um tipo de intensidade que perturbou Emily. Ela vira a mesma expressão quando ele estava no laboratório na Ilha do Governador, com Pegasus ferido.

– A UCP adoraria colocar as mãos nessa coisa – ele meditou baixinho. – Você consegue tirar?

Joel negou com a cabeça.

– Não. Está preso em mim agora.

– Então, se quisessem, teriam que remover cirurgicamente de você – o Agente T murmurou.

– A UCP não vai ver isso! – Emily exclamou. – Eles já causaram problemas demais. Se criaram clones, Júpiter vai destruir esse mundo.

– Não seja ridícula – o Agente T disparou. – Se Júpiter é tão a favor da paz, ele não destruiria esse planeta só porque a UCP criou alguns clones. Não poderia.

– Você não conhece Júpiter – Joel disse. – Ele é muito protetor com os olímpicos.

– E com a ordem da natureza – Emily acrescentou. – É verdade que no passado alguns olímpicos tiveram filhos com humanos. Mas era natural. Clones sendo criados em laboratórios são diferentes. Diana e Plutão sabem sobre isso e por que estamos aqui. Se for verdade, eles não deterão Júpiter.

– Ah, sim... Diana – o Agente T disse. – Mulher interessante. Como ela está?

– Ainda zangada – Joel disse. – Ainda mais agora que isso aconteceu.

O Agente T balançou a cabeça.

– Isso é insano. Alguns olímpicos não podem vir à Terra destruir o planeta inteiro. Vocês podem ser poderosos, mas temos armas e nos defenderemos.

Pegasus estava parado ao lado de Emily, mastigando em sua grande tigela de cereais. Ele levantou a cabeça e relinchou.

– Vocês não podem se defender contra Júpiter – Paelen traduziu. – Ele nem precisaria vir ao seu mundo para destruí-lo.

Emily olhou para Pegasus e franziu o cenho.

– Não precisaria?

Tanto Pegasus quanto Crisaor começaram a fazer sons. Paelen ergueu a sobrancelha.

– Eu não sabia disso.

– O quê? – Emily perguntou. – Paelen, o que disseram? Como Júpiter faria isso?

– Ele abriria a Corrente Solar e a viraria para a Terra.

– O quê? – Joel exclamou. – A Corrente Solar?

Earl franziu o cenho.

– Não é a super-rodovia especial que vocês usam para vir para cá?

Paelen confirmou com a cabeça.

– Júpiter a controla. Tudo o que precisa fazer é combinar seus poderes com os de seus irmãos, e eles podem redirecionar a Corrente Solar. Quando eles se reúnem, são chamados de Grande Trindade. E coletivamente têm o poder de mudar a direção da Corrente. Em vez de abri-la *ao lado* de seu mundo, como acontece agora, eles a apontariam *para* seu mundo. A energia de um bilhão de sóis destruiria seu planeta em um instante.

Emily ficou sentada em silêncio. Quantas vezes viajara dentro da Corrente Solar sem realmente pensar sobre o que era ou como funcionava? Era apenas um meio de transporte. Ela nunca imaginara que pudesse se transformar em uma arma de destruição em massa.

– Viajamos pela Corrente Solar várias vezes – ela disse a Earl e ao Agente T. – Você pode sentir seu poder quando está lá dentro.

– Temos que detê-lo – Earl disse.

O Agente T balançou a cabeça.

– Esperem! Vocês estão se precipitando. Até agora, isso é apenas especulação. Não há provas de que a UCP fez alguma coisa. Mas, mesmo se fizeram, tenho certeza de que podemos argumentar com Júpiter.

Alexis sentou-se em suas patas traseiras e descansou as dianteiras na mesa, bem ao lado do Agente T. Ela estreitou os olhos para o ex-agente da UCP.

– Júpiter não aceita argumentos quando o pecado é grande demais. Se seu pessoal criou Novos Olímpicos, nada o deterá. Ele pode e destruirá esse mundo.

– Eles não são mais meu pessoal – o Agente T disse enquanto se inclinava na direção dela e encarava desafiadoramente os olhos verdes da Esfinge. – Não sou responsável pelo que estão fazendo agora.

– Uma vez agente da UCP, sempre agente da UCP – Alexis rosnou.

Earl olhou para todos ao redor da mesa.

– Temos que encontrar Aviso de Tornado e rezar para Deus para que ele seja apenas um cavalo e não um clone olímpico.

– E se ele *for* um clone? – o Agente T questionou.

Emily olhou o Agente T diretamente nos olhos.

– Então temos que deter a UCP antes que Júpiter descubra.

Depois do desjejum, o Agente T levou Joel, Paelen e Crisaor para seu pequeno escritório para usar o computador na busca por Aviso de Tornado. Emily ajudou Earl a limpar a mesa.

– Fiquei surpresa em ver o Agente T ainda com você – Emily disse a Earl, enquanto lavava uma tigela do desjejum.

– Não tive muita escolha. Não consigo que me deixe em paz – Earl disse, pegando um pano de prato para começar a enxugar a louça. – Só Deus sabe como tentei! Não sei que raios vocês, crianças, fizeram com ele. Da última vez que o vi, ele estava louco pelo Cupido. Mas acordei na cabana e ele estava lá e vocês haviam partido. Ele disse que o Cupido lhe contara que era meu irmão e que ia me proteger para sempre. Mal posso ir ao banheiro sem que antes ele confira se é seguro.

– O Cupido não devia ter feito isso – Emily disse.

Earl suspirou.

– Posso reclamar muito, mas a verdade é que ele não é tão ruim depois que você o conhece. Nunca tive um irmão, e até que é legal. E ele salvou minha vida mais de uma vez. Ele sabe como o pessoal da UCP trabalha. Sempre nos mantém um passo a frente deles. Não conseguiria ter ido muito longe se não fosse por ele.

Emily abaixou a cabeça.

– Realmente sinto muito por isso. Teria sido muito melhor se você nunca tivesse nos encontrado no Red Apple. Você teria sua antiga vida de volta.

– Ei, ei, ei – Earl disse, suavemente. – Não vá se preocupar com isso. Abençoo o dia em que vocês entraram na minha vida. Se não tivesse conhecido o grandão ali – Earl passou pela porta e acariciou o rosto do garanhão – e o restante de vocês, minha vida teria sido muito mais vazia. Mesmo quando partiram, eu ainda me sentia parte do grupo. É como se fossem minha família que saiu em férias, mas que um dia vai voltar. E, olhe, aqui estão vocês. E agora conheci pessoas ainda mais interessantes, como a bonita senhora ali – Earl se aproximou de Alexis. A Esfinge estava sentada em suas patas traseiras e mal chegava na cintura dele. – Esse Olimpo deve ser um lugar incrível, se pessoas como vocês estão lá.

Os olhos verdes de Alexis brilharam e ela sorriu timidamente.

– Obrigada, Earl. É um prazer finalmente encontrar um humano que aprecia a verdadeira beleza – ela lançou um olhar para Emily. – Algumas pessoas só me consideram um... – fez uma pausa. – Quais foram as palavras que usou, Emily? Ah, sim, agora me lembro: "um gato voador superdesenvolvido de olhos verdes".

O rosto de Emily corou. Ela não achava que a Esfinge sabia do que a chamara.

Earl se virou para Emily, chocado.

– Você não fez isso!

Emily encolheu os ombros.

– Bem, eu...

– Está tudo bem – Alexis disse, enquanto batia na mão de Earl com sua grande pata. – Entendo completamente. Ela tem ciúmes de mim. Sabe que sou uma mulher melhor.

Emily inspirou rapidamente.

– Não tenho ciúmes!

Alexis olhou para Earl e confirmou com a cabeça.

– Ela tem.

Ao lado deles, Pegasus relinchou, enquanto seus olhos brilhavam.

– Não é engraçado, Pegs – Emily reclamou.

De repente, Joel apareceu na sala. Seu rosto estava pálido.

– Em, você tem que ver isso. Temos um problemão!

Emily seguiu Joel até o pequeno escritório.

Crisaor estava profundamente perturbado. O grande javali balançava a cabeça para frente e para trás e agitava as rudes asas marrons. O Agente T estava no *notebook* digitando furiosamente no teclado, enquanto Paelen rasgava um álbum de recortes. Joel se aproximou de um grande mural na parede. Artigos de jornais estavam afixados nele.

– O que é isso? – Emily perguntou.

– Estivemos mantendo registros de avistamentos olímpicos – Earl explicou.

– Que avistamentos?

– Olhe – Joel apontou para um recorte de jornal. Havia uma foto borrada no topo do artigo que parecia ter sido feita por uma câmera de segurança. A legenda dizia: *Mulher procurada por assassinato.*

Emily espiou mais de perto e ficou boquiaberta.

– É a Diana! – ela olhou para Earl. – Por que não nos contou sobre isso antes?

– Eu comecei... – Earl se defendeu.

– Mas eu o impedi de mencionar isso – o Agente T completou.

– Por quê?

– Antes queria saber por que estavam aqui – o Agente T se levantou e caminhou na direção de Emily. – Mas, se essa não é a verdadeira Diana, esses avistamentos e a teoria do clone devem estar ligados.

– Não pode ser Diana – Emily insistiu. – O que essa mulher fez?

– Ela é procurada por assalto e assassinato – o Agente T disse.

Pegasus relinchou alto, enquanto Emily exclamou:

– O quê?

O Agente T confirmou com a cabeça.

– Vi esse artigo há alguns meses e pensei que Diana tinha voltado à Terra. Earl e eu temos procurado por qualquer história incomum que indicasse tratar de algum olímpico.

– Até o retorno de vocês, hoje, nós realmente pensávamos que era ela – Earl acrescentou. – Nunca encontrei a mulher pessoalmente, mas Tom, sim. Ele diz que ela é forte e malvada o suficiente para fazer isso.

– Tom? – Emily perguntou.

O Agente T assentiu.

– Meu nome verdadeiro é Thomas. Sei do que Diana é capaz. Fui um dos que supervisionaram os testes nela quando estivemos com vocês nas instalações da Ilha do Governador. Quando vi esse artigo, me convenci de que ela estava de volta.

– Juramos que não foi ela! – Joel disse. – Sim, ela esteve aqui em uma viagem rápida com Apolo e o pai de Emily, mas não tem como ser ela. Eles foram discretos e, de qualquer modo, ela não faria isso!

O Agente T coçou o queixo. Uma expressão perturbada cruzou seu rosto.

– Então isso pode ser mais uma evidência de que a UCP tem criado clones. Mas, se é verdade, como esses clones estão soltos? Primeiro foi Aviso de Tornado, e agora esses avistamentos. Sei com certeza que a UCP não os soltaria na comunidade. Isso seria muito perigoso e levantaria muitas questões incômodas. Os clones devem ter escapado de algum modo. Mas como se livraram dos sistemas de segurança da UCP?

Emily se virou para Pegasus, que estava parado na soleira da porta.

– Aqui diz que a mulher misteriosa e seu grande cúmplice invadiram uma joalheria. Mataram o proprietário e vários empregados e então roubaram várias joias. O artigo diz que havia um cofre nos fundos da loja. Eles não entendem como, mas a pesada porta foi arrancada e o conteúdo, levado. Também diz que houve um sobrevivente ao massacre. Ele afirmou que o cúmplice da mulher era um monstro. Tinha quatro braços. Seu rosto estava coberto, mas era imenso e superforte. Arrancou a porta do cofre. Ele disse que deu uma olhada nas mãos da criatura e que eram cinza-escuro.

– É um Nirad! – Paelen disse.

Earl olhou para o Agente T.

– Eu disse para você. Você não acreditou em mim quando eu disse que devia ser um Nirad.

– Quando você disse isso, o Olimpo ainda estava em guerra contra os Nirads. Não era lógico que Diana estivesse trabalhando com um. Que pudessem ser clones nunca foi uma opção.

– Mas agora é – Joel disse.

Emily confirmou com a cabeça.

– O artigo diz que a polícia acha que o homem estava em estado de choque e não compreendeu o que estava vendo. Dizem que o cúmplice devia estar usando uma fantasia. Há uma caçada nacional por eles acontecendo neste momento.

Na porta, Pegasus relinchou alto. Bateu no chão com o casco e fez um grande buraco no carpete. Crisaor guinchou, barulhento. Depois de sua acalorada discussão, Paelen traduziu:

– Eles acreditam que essa é a confirmação dos nossos piores temores. Temos certeza de que não são Diana e um Nirad... eles nunca matariam assim, sem sentido. A única explicação é que são criações da UCP. Este mundo está ainda mais perigoso. Se Júpiter descobrir...

– Já sabemos – o Agente T interrompeu. – Ele nos destruirá.

Alexis estava analisando as fotos nos recortes de jornal.

– Houve múltiplos avistamentos dessa tal Diana por todo o país. O enigma é o seguinte: é a mesma mulher aparecendo em todos esses locais diferentes ou há mais de uma?

– Não é só Diana – Paelen disse, enquanto puxava um papel do livro de recortes. – Parece que fiquei no prejuízo também – ele estendeu um artigo com a fotografia de um adolescente que se parecia com ele. O garoto estava segurando uma placa com uma série de números embaixo. Embora o rosto fosse o de Paelen, a expressão nos olhos era muito diferente. Os olhos do garoto eram selvagens e aterrorizados.

Paelen deu o artigo a Emily.

– O que diz?

Emily leu a reportagem.

– Parece que o garoto foi capturado depois de invadir uma loja de chocolates. Foi encontrado no chão comendo vorazmente uma bandeja inteira de chocolates. A polícia o prendeu e o levou para a delegacia. Aqui diz que o garoto nunca disse uma palavra sequer e parecia petrificado. Depois que foi fichado e fotografado, atacou os guardas e conseguiu fugir. Uma testemunha disse que era superforte e jogou todo mundo longe, como se ninguém pesasse nada. Ele então pareceu se espremer por uma pequena janela pela qual era impossível passar. Ainda estão procurando por ele, mas acham que deixou a região.

– Pensei que fosse você nesse artigo – Earl disse a Paelen. – Mas se não é, então estamos bem encrencados.

– Juro que não sou eu – Paelen insistiu. – Ainda que tenha que admitir que adoro chocolate. Mas, se tivesse sido eu, não teria sido capturado.

– Emily, onde essa história aconteceu? – Joel perguntou.

Emily procurou no artigo.

– Las Vegas – olhou novamente para o mural e para o texto da mulher que parecia Diana. – Onde era a joalheria?

– Salt Lake City, Utah – Joel leu. – E esse aqui mostra Diana em Denver, Colorado. E aqui há um avistamento em Virgínia.

– Encontramos artigos sobre eles por toda parte – Earl disse. – Se não são Diana e um Nirad de verdade, de onde estão vindo? – olhou para o Agente T. – Que instalação da UCP pode estar criando clones?

O Agente T encolheu os ombros em sinal de dúvida:

– Não sei. Há várias instalações por todo o país. Também temos várias outras espalhadas pelo mundo. Qualquer uma delas poderia fazer isso.

– Quão grande é a UCP? – Joel perguntou.

– É imensa – o Agente T respondeu. – É maior do que a CIA, o FBI e a Segurança Nacional juntos.

Emily prendeu a respiração.

– Como isso é possível? Não entendo como podem ser tão grandes e ninguém realmente saber nada sobre eles!

– É o jeito como foi criada. Fui recrutado pela UCP diretamente na universidade. Eles existem desde a década de 1930. Não respondem ao Presidente nem ao Congresso. São completamente autogovernados e independentes.

O silêncio encheu o aposento, enquanto todos tentavam digerir a nova informação. Até agora, ninguém tinha ideia do quão grande e perigosa a UCP realmente era. Finalmente, Alexis se aproximou do Agente T. Levantou-se sobre as patas traseiras e colocou as dianteiras em seus ombros. Suas garras estavam para fora e ela mantinha o rosto furioso a centímetros do dele.

– Me diga agora. Como descobrimos qual instalação está criando esses olímpicos?

– Há só um meio no qual consigo pensar – o Agente T respondeu, novamente enfrentando sem medo o desafio da Esfinge. – Temos que achar esse cavalo de corrida. Se ele é um clone, vamos encontrar seu dono e exigir que nos conte onde conseguiu o animal.

– Vocês encontraram Aviso de Tornado? – Emily perguntou.

– Sim e não – o ex-agente da UCP respondeu. Quando a Esfinge o soltou, ele pegou umas páginas que havia imprimido. – Há inúmeros artigos sobre ele. Depois que ganhou a Tríplice Coroa, seu dono informou que ia aposentá-lo. Aviso de Tornado está nos estábulos de sua casa, no Rancho Dois R, na Califórnia. Seu dono é um homem chamado Rip Russell. Ele diz que vai colocar o garanhão para cruzar.

– Cruzar? – Emily exclamou. – Se ele é um clone de Pegasus e começarem a reproduzi-lo...

– Pode ter um monte de cavalos alados nascendo – Paelen completou.

Pegasus enlouqueceu. O garanhão batia no chão e se erguia em fúria, até que sua cabeça bateu no teto e o quebrou. Deu um coice na parede atrás de si e fez um buraco, e gritou antes de trotar pelo pequeno corredor até a sala, onde descontou sua ira nos móveis do ambiente.

Enquanto a mesa de centro era feita em pedaços, Emily correu até ele.

– Pegs, se acalme! – ela o silenciou. – Por favor, não pode deixar que alguém o escute!

Pegasus bufou e continuou a bater no chão, quebrando as cerâmicas brancas sob seus cascos. Crisaor correu até o garanhão, tentando acalmá-lo.

– Prometo que não deixaremos isso acontecer – Emily disse. – Vamos até lá e vamos detê-los.

– Sim, nós vamos – Joel concordou e os outros também. – Não deixaremos que façam isso.

Emily olhou desesperadamente para os demais.

– Devemos ir agora? Podemos usar a Corrente Solar para chegar até lá.

Alexis negou com a cabeça.

– Isso não seria sábio. Já estivemos lá mais tempo do que seria esperado. Se entrarmos na Corrente Solar, isso pode despertar as suspeitas de Júpiter. Se quer proteger esse mundo e permanecer escondida até que possamos resolver esse enigma, precisamos viajar por outros meios.

– Mas não podemos voar quase cinco mil quilômetros em uma noite – Emily disse.

– Não, não podemos – a Esfinge concordou. – Precisamos evitar sermos vistos.

– É fácil para você falar – Emily a desafiou. – Plutão deu o elmo da invisibilidade a você. Mas isso não vai ajudar Pegasus ou Crisaor.

Pegasus relinchou. Paelen disse:

– Ele diz que não temos escolha. Temos que encontrar Aviso de Tornado antes que ele se reproduza. Podemos voar durante a noite e nos esconder de dia.

– Então está resolvido – o Agente T falou e virou-se para Earl. – Faça as malas, vamos partir esta noite.

Todos se voltaram para o ex-agente da UCP.

– O que estão olhando? – o Agente T os desafiou. – Não esperam que eu fique sentado, sem fazer nada, enquanto vocês, crianças, determinam o futuro do nosso planeta? Posso ser um ex-UCP, mas ainda me importo com este mundo. Tenho habilidades e conhecimentos especiais que serão necessários para vocês. Se a UCP está realmente por trás disso, quem melhor do que eu para ajudar?

7

Depois de muita discussão, finalmente foi decidido que levar o Agente T e Earl com eles seria a melhor opção. Com a UCP ainda atrás deles, era hora de os dois homens se mudarem de qualquer maneira. O Agente T também exprimiu profundas preocupações com o fato de que os olímpicos pudessem ter sido localizados nos céus da Flórida antes de pousarem. Ele pegou todas as suas armas e se preparou para lutar. Enquanto o Agente T guardava o interior da casa, Alexis colocou o elmo de Plutão e se preparou para vigiar o exterior.

Quando ela colocou o elmo pela primeira vez, Emily temeu que não tivesse funcionado. Ainda podia ver a Esfinge. Mas quando os outros não conseguiram ver Alexis, Emily concluiu que esse era outro de seus poderes ocultos. Observou a Esfinge ir para o quintal dos fundos. Alexis abriu as grandes asas, se ergueu no ar e voou para o telhado da casinha. Lá, se posicionou para observar qualquer perigo se aproximando.

Exaustos pela longa noite, os outros se acomodaram para um descanso muito necessário. Pegasus estava chateado demais para se acalmar, mas ficou vigiando Emily e os outros enquanto eles dormiam no sofá.

Ao pôr do sol, Pegasus despertou Emily e Joel. Paelen já estava em pé e comendo bolos de ambrosia mergulhados em mel, geleia de cereja, metade de um pacote de açúcar e calda de chocolate. Emily ficou surpresa em encontrar a Esfinge trabalhando em conjunto com o Agente T. Os dois haviam espalhado mapas na mesa da sala de jantar e, usando a bússola do Agente T, estavam planejando o trajeto até Ramona, Califórnia, onde se localizava o Rancho Dois R.

Enquanto levantava do sofá e se espreguiçava, Emily observou Pegasus. O garanhão havia se acalmado um pouco, mas seus olhos ainda estavam muito brilhantes e alertas. A notícia de que Aviso de Tornado ia procriar o afetara demais.

– Você está bem, Pegs? – ela perguntou baixinho, enquanto acariciava o pescoço do garanhão.

Pegasus olhou para ela. No fundo de seus olhos, ela viu a imagem deles dois voando nos céus escuros do Olimpo. Esse era o sonho de Pegasus: voltar em segurança para casa com ela.

– Gostaria que estivéssemos de volta também – Emily concordou. – Odeio o que a UCP pode ter feito. Mas vamos detê-los, Pegs. Sei que vamos.

Pegasus cutucou Emily, e ela abraçou o pescoço dele com força.

– Ele está bem? – Joel perguntou ao se aproximar.

– Ele ficará – Emily disse – Assim que isso acabar.

Joel estendeu o braço e afagou o garanhão alado.

– Pegasus, podemos estar errados, você sabe. Aviso de Tornado pode ser só um cavalo de corrida muito rápido. E aquela mulher que a polícia está procurando? Pode ser só parecida com Diana. Quem sabe não estaremos de volta ao Olimpo em um dia ou dois, rindo de tudo isso.

Emily conhecia Joel bem demais. Estava falando isso por Pegasus. No fundo de seu coração, ele não acreditava. Mas ela estava grata por ele tentar.

– Joel está certo, Pegs – ela concordou. – Pode ser que tudo seja uma estranha coincidência.

Na sala de jantar, o Agente T estava marcando o trajeto no mapa. Ele olhou para Emily e Joel.

– Que bom, estão em pé. Earl está na cozinha. Peguem alguma coisa para comer, vamos partir em breve. Temos um longo voo pela frente – ele estendeu a mão e pegou um suéter e um par de luvas. – Joel, consegui isso para você. Vista isso e calce as luvas.

– Quer que eu use um suéter neste calor?

O Agente T assentiu.

– A menos que queira que o mundo veja seu braço e mão mágicos de prata, fará o que digo.

Emily e Joel se dirigiram para a cozinha. Ela se virou para olhar para o Agente T.

– Quem colocou ele no comando?

Joel seguiu os olhos dela. O Agente T estava novamente em uma intensa discussão com Alexis. Enquanto ouviam, notaram que a Esfinge e o ex-agente da UCP decidiam medidas de segurança que poderiam adotar se sofressem oposição. Emily estava surpresa em ver que não apenas estavam trabalhando juntos, mas estavam em total acordo. Se alguém tentasse detê-los, estariam preparados para matar.

Ela olhou para Joel.

– Acho que foi isso que colocou os dois no comando.

Quando se aprontaram para partir, entraram silenciosamente no quintal escuro. Em vez de forçar Pegasus pela porta de vidro novamente, Earl e o Agente T tiraram as dobradiças e a abriram completamente. Pegasus passou sem problemas.

Emily convidou Earl a montar com ela em Pegasus, enquanto Alexis se oferecia para carregar o Agente T. Quando o grupo foi para o ar, voaram tão alto quanto os humanos podiam aguentar. Com a luz da lua e a bússola do Agente T para guiá-los, começaram a longa jornada para o oeste.

Earl exclamou e aplaudiu como uma criança ao cavalgar em Pegasus. Sua animação era contagiosa e fez Emily ter ataques de riso enquanto ele acenava e gritava para Paelen e depois para Joel em Crisaor. Mesmo depois de várias longas horas, Earl ainda estava apreciando a viagem.

Quando a noite passou lentamente e o céu atrás deles começou a se iluminar, o Agente T finalmente dirigiu Alexis mais para baixo. Ao atravessar as nuvens que estavam sob eles, viram as luzes das ruas da uma grande cidade.

– Se nossos cálculos estão corretos, aquela deve ser Baton Rouge, em Louisiana – o Agente T se virou e gritou para eles. – Vamos passar sobre a cidade e encontrar algum lugar para parar do outro lado dela. Entendido?

Todos concordaram. Antes que o amanhecer chegasse completamente, voaram para mais perto do chão. Emily viu o tráfego matutino na rodovia interestadual diretamente sob eles. Seguindo esse caminho, se depararam com o último hotel na área.

Alexis deslizou mais para baixo e finalmente escolheu um ponto para pousar, em um campo aberto atrás do hotel de dois andares. Earl desceu de Pegasus primeiro e ajudou Emily. Joel saltou rigidamente de Crisaor e olhou ao redor.

– Tem certeza de que queremos parar em um hotel? Não seria mais seguro encontrar uma floresta ou algo assim?

O Agente T negou com a cabeça.

– Não. Isso seria um erro. Em campo aberto você se sente exposto e nunca descansa realmente. Para o que vamos encarar, devemos estar descansados e espertos. Especialmente Alexis, Pegasus e Crisaor precisam se recuperar, depois de duas longas noites de voo pesado. Precisamos de algum lugar privado para descansarem suas asas.

Emily odiava admitir, mas o Agente T estava certo. Podia ver que Pegasus estava cansado. Suas asas estavam um pouco caídas e sua cabeça estava baixa.

Ela olhou para os outros.

– Ele está certo. Vocês precisam descansar.

O Agente T caminhou até Earl.

– Venha comigo... vamos contar a história de sempre. Somos dois irmãos que dirigiram a noite toda. Nosso carro quebrou e está na mecânica. Precisamos de um quarto duplo nos fundos e diremos que precisamos dormir o dia todo e não queremos ser incomodados.

Earl concordou com a cabeça e olhou para os demais.

– Vocês todos ficam aqui. Já fizemos isso antes. Assim que conseguirmos os quartos, voltamos para buscar vocês.

Emily ficou parada ao lado de Pegasus enquanto esperavam que Earl e o Agente T retornassem. Joel e Paelen vieram até ela.

– Acha que devemos confiar no Agente T? – Joel perguntou. – Ele era da UCP. E se nos usar para conseguir seu emprego de volta?

Alexis estava descansando no chão. Seus olhos estavam fechados e ela estava desfrutando a fragrância do ar do pré-amanhecer.

– Ele não faria isso – ela respondeu baixinho. Levantando-se, a Esfinge se aproximou do grupo. – Ele pode não gostar de vocês – ela disse sinceramente –, mas não os trairá. Há muito em risco.

– Como pode ter tanta certeza? – Emily perguntou.

Alexis inclinou a cabeça para o lado e estreitou os olhos verdes. Emily tinha certeza de que, se pudesse, a Esfinge teria colocado as mãos nos quadris.

– Está sugerindo que não conheço meu trabalho? Que depois de todo esse tempo não consigo ler as intenções humanas?

Emily suspirou. Negou com a cabeça, cansada.

– Sinto muito, Alexis. Não quis insultar você. Mas não entende o que a UCP fez conosco.

– Especialmente o Agente T – Paelen acrescentou.

A Esfinge se acalmou e sentou.

– Não, eu não estava aqui e não sei o que ele fez – ela admitiu. – O que sei é que conheço o homem que esteve montado em minhas costas a noite toda. Ele está mudado. Se foi o charme do Cupido ou a percepção do que a UCP fez, não sei. Mas ele está do nosso lado. Tom será um grande aliado.

Emily olhou para Joel e ergueu uma sobrancelha.

– Tom?

Paelen segurou o braço de Emily. Ele negou com a cabeça.

– Não diga mais nada. Ela está cansada e preocupada, como o resto de nós.

A chegada do Agente T interrompeu conversas adicionais.

– Tudo bem... temos um quarto duplo no térreo, bem na extremidade – ele se concentrou em Alexis. – Usaremos o elmo de Plutão para colocar um de cada vez no quarto. As pessoas estão começando a se movimentar e a se preparar para sair. Ninguém, além de mim e Earl, deve ser visto.

Um a um, o elmo foi usado para colocar os olímpicos furtivamente no estreito quarto de hotel. Mais uma vez, Pegasus teve dificuldade de se espremer pela porta estreita. Mas, com ajuda, o garanhão invisível finalmente foi empurrado para dentro.

O aviso de "Não perturbe" foi pendurado na porta e os dois colchões foram tirados das camas e colocados no chão para dar um espaço mais confortável para todos dormirem. Pouco tempo depois, haviam caído em um sono profundo e exausto.

Quando Emily acordou, ainda havia luz vindo por trás das cortinas. Olhou ao redor e viu Pegasus também desperto.

– Você está bem, Pegs? – ela murmurou baixinho.

O garanhão pressionou o focinho na mão dela. Seus olhos ainda estavam brilhantes e alertas. Não havia dúvidas. Pegasus estava com medo. Apesar do que Joel dissera antes, Pegasus não acreditou naquilo. Bem no fundo, o garanhão sabia, de algum modo, que Aviso de Tornado era parte dele.

Emily se levantou para usar o banheiro. No quarto apertado e lotado, teve de passar por cima de Pegasus. Depois passou por cima de Joel no outro colchão. Mas, ao colocar o pé no chão, pisou em Crisaor. O javali alado guinchou e reclamou alto.

– Desculpe! Volte a dormir... – Emily o silenciou, enquanto lhe dava um afago de leve. Olhou ao redor para ver se os guinchos haviam acordado os outros. Satisfeita em ver que permaneciam dormindo, Emily continuou sua trilha com obstáculos até o banheiro. Mas, quando entrou, encontrou Alexis descansando de costas na banheira transbordante.

– Seu pai não ensinou você a bater? – Alexis quis saber.

Muito atordoada com a visão da Esfinge na banheira, Emily voltou para o quarto e fechou a porta silenciosamente atrás de si. Paelen estava acordado e sorriu para ela.

– Ela esteve aí metade do dia – ele sussurrou.

Irritada pela necessidade de usar o toalete, Emily murmurou:

– Pensei que gatos odiassem água.

– Eu ouvi isso, Emily! – Alexis exclamou de dentro do banheiro.

Horas mais tarde, todos estavam acordados e se movendo. Joel estava apresentando Paelen e Crisaor às alegrias da TV a cabo. Paelen segurava o controle remoto e estava aprendendo a zapear pelos canais.

– Pegasus, sai da frente, está bloqueando minha vista! – reclamou, enquanto tentava enxergar do outro lado do grande garanhão. Havia tanta coisa para assistir que não conseguia ficar em um canal por mais de um minuto ou dois. – Isso é incrível – ele exclamou, quando começou a assistir a um filme de ficção científica. – Precisamos ter isso no Olimpo!

Crisaor guinchou em protesto quando Paelen mudou de canal novamente. Tentou arrancar o controle remoto de Paelen.

Joel olhou para Emily.

– Você acha que Júpiter iria de TV a cabo ou por satélite?

– Nenhum dos dois – Emily riu, enquanto via seus amigos desfrutando sua primeira experiência televisiva.

Na cama atrás deles, o Agente T contava o dinheiro restante.

– Earl, quanto dinheiro você ainda tem? – perguntou.

Earl abriu a carteira e tirou duas notas de dez dólares.

– Vinte dólares, só isso.

O Agente T olhou para Emily.

– Vocês trouxeram alguma coisa do Olimpo que podemos vender?

– Não, não esperávamos ficar aqui por tanto tempo. O plano era olhar Aviso de Tornado de perto e voltar.

O Agente T suspirou.

– Temos 97 dólares. Isso não vai dar para outro quarto, sem falar em um monte de comida.

– Bem, não podemos voltar para o Olimpo para pegar mais – Emily disse.

Alexis finalmente saiu do banheiro. Seu cabelo escuro estava preso com uma toalha e ela lutava para vestir a camiseta com suas patas. Enquanto Emily a ajudava a terminar de se vestir, os olhos da Esfinge se fixaram em Paelen.

– Por sorte temos um ladrão muito bom entre nós.

Paelen olhou para cima.

– Não sou mais um ladrão – reclamou. – Por que ninguém acredita em mim?

O Agente T se levantou da cama.

– Porque precisamos de um bom ladrão agora e você foi o escolhido.

Paelen deu o controle remoto para Crisaor e se aproximou.

– Do que precisa?

– De dinheiro – o Agente T disse.

– E de comida – Earl falou. – Não podemos comer toda a ambrosia. Vocês, olímpicos, precisam dela.

Paelen assentiu.

– Eu irei. Como encontro dinheiro? Da última vez que precisamos, o Cupido venceu um concurso de fantasias. Não sei se há outra competição dessas por aqui.

– Eu irei com você – Joel se voluntariou. – Suas sandálias podem levar nós dois. E, se Alexis deixar, usarei o elmo de Plutão para ficar invisível enquanto você usa seus talentos para se espremer e entrar aonde quer que precisemos chegar.

A Esfinge entregou o elmo para Joel. Sorria calorosamente.

– Qualquer coisa por você. É só pedir e será minha ordem.

Emily apertou as mãos com força. Ao fazer isso, o abajur sobre a mesa ao lado dela explodiu.

– Que raios é isso? – Earl exclamou, enquanto pulava para longe dos pedaços voadores.

– Desculpe – Emily disse rapidamente. – Minha mão bateu sem querer.

– Não foi sua mão – Joel a desmentiu. – O abajur explodiu!

Emily estava tremendo de medo enquanto seus novos poderes vinham à tona novamente. Não podia deixar que os outros soubessem deles. Não agora, quando o mundo estava em risco.

– Não, Joel, fui eu, eu bati nele. Agora vocês vão ou não?

Ele assentiu, mas continuou a examinar os restos do abajur.

– Sim, nós vamos – finalmente olhou para o Agente T. – Sabe quanto dinheiro guardam nos caixas eletrônicos?

– Mais do que o suficiente – o ex-agente da UCP disse. – Mas eles são resistentes. Duvido que consigam arrombar um antes que a polícia pegue vocês.

– Eu cuido disso – Joel disse, enquanto erguia seu braço prateado. – Tudo o que preciso fazer é abri-lo. Paelen pode fazer o restante, deslizando e pegando o dinheiro.

O Agente T assentiu.

– Tente isso, se quiser, mas seja cuidadoso. Essas coisas têm muitos alarmes. Se não der certo, terão que ir para outro lugar. Tentem uma loja de penhores. Elas sempre têm muito dinheiro. Mas fiquem atentos. Os donos em geral andam armados e há câmeras por toda parte.

– É por isso que vamos levar isso – Joel levantou o elmo de Plutão. Olhou para Paelen. – O sol está se pondo; vamos nessa.

8

Quando Joel e Paelen partiram, com pouca coisa a fazer além de esperar, Emily foi tomar um banho. Quando se recostou na banheira, estava feliz de finalmente tirar o aparelho da perna. Embora a ajudasse a andar, era pesado e roçava em sua pele dolorosamente.

Cochilou na água quente até que Alexis entrou no banheiro.

– Seu pai não ensinou você a bater? – Emily a desafiou, repetindo as palavras que a Esfinge lhe dissera.

Alexis ignorou o comentário. Fechou a porta e se aproximou da lateral da banheira.

– Gostaria de me contar o que aconteceu lá fora?

Emily afastou o olhar e balançou a cabeça.

– Não sei do que está falando.

– Você pode enganar os outros, mas não pode enganar a Esfinge. Você ficou zangada e fez o abajur explodir.

Emily se sobressaltou. Alexis sabia de tudo.

– Não quero falar sobre isso.

Alexis sentou-se e apoiou as patas na lateral da banheira.

– Você pode não querer, mas vai falar. Sei que não gosta de mim, e essa é sua escolha. Mas fiz um juramento de proteger você e esta missão. Se vejo algo errado, vou agir. Então, você poderia muito bem me contar, porque vou descobrir de qualquer maneira.

– Não vai me dar uma escolha? – Emily perguntou. – Barganhar com um enigma ou algo assim? Se eu errar o enigma, conto para você, mas se eu decifrá-lo, você me deixa em paz?

– Não desta vez – Alexis disse. – Precisa me contar o que aconteceu.

Emily abaixou a cabeça e suspirou. Olhou nos olhos verdes penetrantes da Esfinge.

– Tenho mais poderes e não posso controlá-los – admitiu. – Quando Vesta me falou pela primeira vez da Chama, ela disse que eu aprenderia a controlá-la, e aprendi...

Emily levantou uma mão para fora da água. Convocou a Chama e ela ardeu brilhante e indolor na palma de sua mão molhada.

– Posso fazer o que quiser com a Chama agora.

– Mas... – a Esfinge incentivou-a a continuar.

– Mas esses poderes novos são imprevisíveis e realmente me assustam. Algumas vezes posso mover coisas. Algumas vezes as coisas desaparecem e nunca mais as encontro. E, algumas vezes...

– Algumas vezes elas explodem – a Esfinge completou. – Por que não contou a ninguém? Tenho certeza de que Vesta e Júpiter ficariam muito interessados em saber.

– Eu ia fazer isso – Emily disse.

A Esfinge inclinou a cabeça para o lado.

– Em algum momento – Emily completou. – Mas então meu pai voltou com os jornais, falando sobre Aviso de Tornado, e isso se tornou mais importante.

– Mais importante do que fazer coisas desaparecerem e destruí-las?

– Eu sei – Emily disse. – Mas, se dissesse para alguém, eu não poderia ter vindo para cá. E olhe o que descobrimos até agora.

Alexis sentou-se e colocou as patas no chão molhado.

– Eu entendo, Emily. Sua dedicação a Pegasus e a este mundo é um crédito para você. Mas colocou em perigo todos com quem se importa ao não contar para Vesta, para que ela pudesse ajudar você a controlar esses novos poderes.

Lágrimas vieram aos olhos de Emily. Agora acostumada com o perigo explosivo que representavam, mantinha por perto o lenço verde-água com Pegasus bordado que Netuno lhe dera. Só ele tinha o poder de conter suas lágrimas, para que não causassem nenhum dano. Ela estendeu a mão para pegá-lo e gentilmente enxugou os olhos, observando as lágrimas deslizarem para dentro do bolso secreto.

– Estou tão assustada. O que devo fazer?

A Esfinge estendeu a grande pata e acariciou a cabeça de Emily.

– Isso deve ser muito difícil para você; ser criança e já tão poderosa. Posso imaginar que sua vida e a de Júpiter devem ter sido bem similares. Mas ele aprendeu a controlar seus poderes; tenho confiança de que você fará o mesmo. Tudo o que posso sugerir é que, até que aprenda a dominá-los, faça o melhor possível para controlar seu temperamento.

Emily olhou para a água da banheira, até que Alexis colocou a pata sob seu queixo e levantou sua cabeça. A Esfinge se inclinou mais para perto.

– Emily, as pessoas vêm e vão em sua vida, e você pode ou não gostar delas, e elas podem irritá-la ou chateá-la. Você precisa aprender a tolerá-las. Parece que emoções extremas disparam seus poderes.

Emily fungou e assentiu.

– Você está certa. Vou tentar.

Alexis negou com a cabeça.

– Precisa fazer mais do que tentar, Emily. Precisa ter êxito... Nem que seja só para proteger seus amigos.

A Esfinge se ergueu e foi para a porta.

– Ouvi os humanos dizerem que, quando estão chateados, eles contam até dez. Posso sugerir que tente fazer o mesmo?

Quando ela estava prestes a partir, Emily a chamou.

– Alexis, espere! – quando a Esfinge parou, ela prosseguiu. – Por favor, não conte a ninguém sobre isso. Não quero que meus amigos fiquem com medo de mim.

– Não contarei a eles – Alexis concordou. – A menos que seus poderes se tornem muito imprevisíveis. Emily, estou aqui para protegê-los também... Mesmo que isso signifique protegê-los de você.

Quando Emily saiu do banho, encontrou Earl e o Agente T conversando baixinho na cama, enquanto Pegasus, Crisaor e Alexis estavam grudados em um filme antigo de Elvis Presley na TV. Alexis morria de rir.

Quando Elvis começou a cantar, Alexis suspirou, sonhadora.

– Estou apaixonada. Preciso encontrar esse homem...

Enquanto acariciava Pegasus, Emily se perguntava se devia contar à Esfinge que Elvis morrera há muito tempo. Mas, antes que pudesse dizer uma palavra, houve uma suave batida na porta.

O Agente T saltou da cama. Abriu uma fresta na porta, espiou do lado de fora e, então, deixou Joel e Paelen entrarem no quarto.

Joel estava carregando duas caixas grandes de pizza, enquanto Paelen tinha outras sacolas de mantimentos. Emily imediatamente notou que Paelen estava coberto por centenas de cortes minúsculos.

– O que aconteceu com você?

Joel começou a rir.

– Ele foi comido por um caixa eletrônico.

Paelen lhe lançou um olhar de desprezo.

– Tivemos alguma dificuldade em tirar o dinheiro da máquina. Joel foi capaz de abrir um buraco nela, mas, quando me espichei e entrei nela, o metal me cortou em pedaços.

– Foram capazes de conseguir algum dinheiro? – o Agente T perguntou.

Paelen lhe entregou uma pilha grossa de notas de vinte dólares.

Enquanto o dinheiro era contado, Emily estendeu a mão e tocou em Paelen. Conforme ela traçava linhas ao longo de seus cortes e arranhões profundos, seus poderes começaram a curá-lo. Em alguns momentos a pele dele estava de volta ao normal.

– Excelente – o Agente T disse. – Isso deve nos levar em segurança até a Califórnia – olhou ao redor do quarto. – Comam todos; temos uma longa noite pela frente.

A noite passou lentamente enquanto o grupo seguia para o oeste. Em pouco tempo tinham voado sobre a Louisiana e estavam cruzando o Texas. Quando finalmente alcançaram o Novo México, Emily e Earl se maravilharam com a súbita aparição de aglomerados de luz dourada das vilas e cidades na escuridão aparentemente interminável embaixo deles.

Depois de um tempo, pousaram do lado de fora de um antigo hotel. Joel ficou animado ao descobrir que estavam nos arredores de Roswell, Novo México.

– Este lugar é famoso! É onde afirmam que alienígenas caíram na década de 1940 – ele explicou para Paelen.

– Alienígenas realmente caíram aqui – o Agente T confirmou. – Onde você acha que conseguimos algumas das nossas tecnologias e armas modernas?

– Quando fui capturado pela UCP pela primeira vez, o Agente J e o Agente O ficavam me chamando de alienígena – Paelen disse.

– Essa foi nossa primeira ideia – o Agente T explicou. – Era mais fácil acreditar que vocês eram alienígenas do que olímpicos, porque já sabíamos que alienígenas existiam.

– E agora? – Emily perguntou.

– Agora sabemos que os olímpicos existem também. Embora, se me perguntar, uma vez que o Olimpo é um mundo diferente da Terra, tecnicamente, vocês ainda podem ser chamados de alienígenas.

A exaustão pelo voo longo os pegou assim que se amontoaram no pequeno quarto de hotel. O sol se levantou, cruzou o céu e finalmente se pôs no oeste, enquanto o grupo dormia. Quando a última luz do dia desapareceu, eles acordaram e se prepararam para a etapa final da jornada até a Califórnia.

– Espero que não fiquemos aqui por muito tempo – Paelen disse, enquanto comia seu último bolo de ambrosia. – Vocês sabem o que acontece quando ficamos muito tempo sem isso. Mesmo com açúcar, nos tornamos fracos e vulneráveis.

– Com sorte, estaremos de volta amanhã à noite – Joel disse, mastigando seu hambúrguer e fritas. – Assim que vermos Tornado com nossos olhos e provarmos que ele é apenas um cavalo, estaremos livres para voltar.

– E se ele for realmente um clone? – Emily perguntou.

– Então estamos todos encrencados – disse o Agente T, sombriamente. – Não só os olímpicos sem sua comida.

O comentário final ficou pairando pesado no ar, enquanto o grupo usava o elmo de Plutão para sair do quarto sem ser visto. Reuniram-se atrás do velho hotel.

– Tudo bem – o Agente T disse. – Pelos meus cálculos, se colocarmos mais velocidade, devemos chegar a Ramona antes do amanhecer. Isso nos dará tempo para encontrar o Rancho Dois R para vermos Aviso de Tornado. O que acontecerá em seguida, ninguém pode adivinhar. Não gosto de imprevistos, mas não temos muita escolha.

Quando Emily subiu em Pegasus, sentiu como se tivesse chumbo no estômago. Era isso. Dentro de algumas horas descobririam a verdade. Mas, mesmo antes de verem Tornado com seus próprios olhos, de algum modo Emily já sabia a resposta. Ele não era um cavalo. Aviso de Tornado era um clone de seu amado Pegasus, criado pela UCP.

9

A cada poderosa batida de asas, Emily sentia sua tensão crescer. Olhava para os outros voando ao seu redor e, na fraca luz das estrelas, era capaz de ver que suas expressões eram as mesmas que a dela. Paelen estava inclinado para frente enquanto suas sandálias aladas o levavam adiante. Seus braços estavam cruzados sobre o peito e sua expressão era sombria. Até Earl parara de conversar e sentava-se em silêncio atrás dela, nas costas do garanhão. Todos partilhavam os mesmo temores.

Como a maior parte do voo fora sobre deserto com pouca população, sem o medo de serem vistos, Alexis dirigiu o grupo mais para baixo. Mais no alto, as temperaturas eram muito frias e era difícil para Joel, Earl e o Agente T suportarem. Emily não era mais incomodada pelo frio, mas durante a maior parte da viagem, quando passaram sobre áreas povoadas, sentia Earl tremendo atrás de si.

Continuaram através da noite, e a paisagem embaixo deles mudou. Dos penhascos íngremes e platôs do Texas, Novo México e Arizona, chegaram a uma região de cadeias de montanhas onduladas que era a entrada da Califórnia. Ainda era um terreno totalmente deserto, mas mesmo assim parecia muito diferente.

Na frente deles, Alexis e o Agente T continuavam a liderar o caminho. O ex-agente da UCP segurava a bússola em uma mão e lutava com um mapa na outra. Agarrava uma pequena lanterna entre os dentes. Apesar de como se sentia a respeito dele, Emily estava grata por ele estar ali. Era verdade, ele realmente possuía habilidades das quais precisavam. Sem ele, a viagem para a Califórnia teria sido muito mais difícil.

Depois de voarem por muitas horas, o Agente T levou todos mais para baixo. Estavam cercados por montanhas de ambos os lados, que subiam altas no céu. Embora ainda estivesse escuro, agora podiam ver as formas e as estruturas.

Logo chegaram a uma cidadezinha. A maior parte das luzes estava apagada e não havia tráfego na rua. Mas, quase imediatamente, Emily sentiu uma mudança em Pegasus. O garanhão estava bufando e suas orelhas, dobradas para trás.

– Está tudo bem? – Emily perguntou a ele.

Pegasus não reagiu. Espiando mais de perto, ela pôde ver que as narinas dele estavam abertas e seus olhos estavam arregalados e brilhantes. Também notou que o brilho dele aumentou.

– O que foi, Pegasus?

– Estamos perto de Aviso de Tornado – Paelen explicou enquanto voava mais perto. – Pegasus pode senti-lo e não está gostando.

Embaixo dela, Pegasus começou a tremer. Crisaor voou do outro lado do garanhão e começou a guinchar para seu irmão.

– O que está acontecendo? – Joel gritou.

– Pegasus pode sentir Aviso de Tornado. Estamos chegando perto – ela se inclinou para frente e acariciou o pescoço dele novamente. – Fique calmo, Pegs.

– Não gosto disso – Earl disse. – Pegasus pode ser um olímpico, mas ainda é um garanhão puro-sangue. Podemos estar em sérios apuros.

Earl externou o que Emily estava tentando não pensar. Pela primeira vez, Pegasus estava começando a assustá-la. Algo o guiava. Se esse algo era Tornado, o que faria quando se encontrassem?

Emily conseguiu a resposta muito mais rápido do que esperava. Pegasus acelerou. Deixou os demais para trás enquanto atravessava a cidade e começou a seguir por uma estrada escura. Na luz que antecedia o amanhecer, Emily viu uma cerca de alambrado cercando uma grande propriedade. Voaram sobre um portão alto que era a entrada. Emily mal teve tempo de ler a placa, Rancho Dois R.

Bem na frente deles havia vários cercados. Mais adiante, viram várias formas escuras de construções. Mas Pegasus prosseguiu. Voou por cima do primeiro conjunto de estábulos e dependências sem reduzir a velocidade. Finalmente Emily viu o destino deles. Era um estábulo grande, baixo e circular, bem no meio da propriedade.

Mesmo antes de Pegasus pousar, ouviram sons vindo de dentro dos estábulos. Os cavalos estavam acordados e gritando. Era quase como na primeira vez em que visitaram os estábulos das carruagens em Nova York. Mas dessa vez era diferente, porque uma voz se erguia mais alta do que as demais.

– Esse deve ser Tornado – Emily disse. – Ele sabe que Pegasus está aqui.

Pegasus atingiu o chão galopando. Emily teve de se agarrar em sua crina para não ser jogada longe. Earl passou os braços com força em volta da cintura dela e fez o possível para permanecer nas costas do garanhão.

– Pare, Pegs! – Emily gritou, enquanto ele avançava. – Deixe-nos descer!

Parando apenas o suficiente para que Emily e Earl pudessem desmontar, Pegasus seguiu em frente. Brilhando branco e reluzente, o garanhão correu até as portas trancadas do estábulo. Ergueu-se no ar enquanto seus cascos de ouro arrebentavam as portas como se fossem feitas de papel.

– Pegasus, pare! – Emily gritou, enquanto o via perder o controle. O garanhão jogou a cabeça para trás e gritou em fúria, enquanto as portas eram arrancadas das dobradiças. Sem uma pausa, irrompeu para dentro do estábulo.

Emily e Earl saíram correndo atrás de Pegasus enquanto os outros pousavam logo atrás deles.

– Emily, espere! – Joel gritou. – É perigoso demais!

Mas Emily tinha de deter Pegasus antes que ele fizesse algo que colocasse todos em perigo.

O brilho de Pegasus iluminou o estábulo escuro o suficiente para ver que era um círculo imenso com uma arena central aberta para treinamento. Incontáveis estábulos se alinhavam nas paredes circulares. As portas das baias eram sólidas na metade de baixo, com barras na metade de cima. Havia cavalos em cada uma delas. Com os olhos brilhantes, eles gritavam e davam coices nas portas altas para sair. Mas, apesar da força que tinham, as portas os seguravam. Todos, exceto um.

A luz reluziu através das barras, enquanto o ocupante da baia brilhava quase tanto quanto Pegasus. Ele estava chutando a porta trancada e grandes rachaduras se formavam do lado de fora.

– É Aviso de Tornado! – Emily gritou. – Olhem, ele está brilhando como Pegasus!

Pegasus estava do lado de fora da porta da baia, chutando a madeira em fúria. Seus olhos eram selvagens e irados. Esse não era o garanhão que Emily conhecia e amava. Pegasus havia ficado insano.

– Pegasus, não! – Emily gritou. – Pare!

Se ele a escutou, não deu sinal. Em pouco tempo, a madeira da porta estava estraçalhada e Aviso de Tornado saiu de seu estábulo. Erguendo-se, os dois garanhões brilhantes atacaram um ao outro com toda a fúria que possuíam.

As asas de Pegasus se abriram e bateram na cabeça de Tornado, derrubando-o na grande arena de treinamento aberta.

– Pegasus, pare! – Emily berrou, enquanto corria para perto.

– Emily, não! – Alexis exclamou. Correndo, a Esfinge jogou Emily no chão e a prendeu com as grandes patas. – Eles vão machucar você se chegar perto.

– Me deixe! – Emily berrou. – Tenho que os deter!

– Não pode detê-los! – Alexis gritou. – Nem mesmo Júpiter poderia!

– Tenho que tentar antes que se matem!

– Como? – Paelen correu até ela. – Olhe para eles! Nunca vi Pegasus lutar com tanta fúria antes. Ele está incontrolável. Nem mesmo seu irmão pode detê-lo!

Crisaor estava no meio da briga, guinchando e tentando separar os dois garanhões descontrolados. Mas tudo o que sua presença conseguiu foi enfurecer Aviso de Tornado ainda mais. O garanhão cinzento se ergueu no ar e se jogou sobre Crisaor, esmagando-o com seus poderosos cascos dianteiros.

Levado ao chão, o javali alado guinchou de dor. Seus gritos alimentaram a fúria de Pegasus, enquanto ele lançava novo ataque contra Aviso de Tornado e o levava para longe de Crisaor.

– Joel, me ajude a buscar Crisaor – Paelen chamou. Eles correram para dentro da arena e arrastaram o javali para longe da luta. Crisaor guinchava e deixava um rastro de sangue atrás de si.

– Por favor, ajude-o – Alexis disse enquanto deixava Emily ficar em pé.

Emily assentiu e se ajoelhou ao lado de Crisaor. Viu dois talhos profundos em sua costas, onde os cascos de Tornado haviam cortado sua pele. Uma asa estava muito ferida. O javali gemia de dor.

– Está tudo bem – Emily acalmou Crisaor enquanto tocava gentilmente seus ferimentos. – Você ficará bem em um minuto.

Enquanto curava o estrago causado por Tornado, Emily percebeu que, quando Crisaor e Pegasus haviam lutado no Red Apple, Pegasus havia recuado. Tornado, não. Olhando para o ferimento, Emily entendeu o aviso de Alexis. Um bom coice de Aviso de Tornado poderia matar.

Quando terminou de curar Crisaor, Emily olhou para cima e viu que a luta mortal continuava. Sentia-se impotente para impedir que Pegasus se erguesse e escoiceasse Aviso de Tornado. Mas o garanhão cinzento não recuaria. Ele também estava se levantando e mordendo Pegasus, enquanto o desejo de matar reluzia em seus olhos brilhantes. Cada vez que os cascos do garanhão faziam contato com o outro, faziam entalhes profundos na pele do oponente.

Os sons furiosos vindos da luta dos garanhões eram ensurdecedores no grande estábulo. Ninguém ouviu os trabalhadores do rancho chegarem. A explosão de um tiro disparado contra Pegasus alertou o grupo.

– Não! – Emily berrou enquanto o homem levantava a arma para disparar pela segunda vez. Antes mesmo que Alexis pudesse se mover, Emily reagiu. Levantou as mãos no ar. Nenhuma Chama emergiu, mas o homem foi erguido sobre as cabeças dos garanhões em luta e atirado para o outro lado do estábulo.

Um segundo homem armado seguiu o primeiro. Emily repentinamente percebeu que seus poderes estavam reagindo sem seu comando ou controle. Olhou desesperadamente para seus amigos, que a encaravam em choque.

– Detenham os homens – ela gritou. – Antes que meus poderes os matem!

Com a luta mortal dos garanhões prosseguindo na arena central, Joel e os outros pegaram os homens entrando no estábulo. Os trabalhadores do rancho foram rapidamente dominados e suas armas, retiradas.

Lágrimas enchiam os olhos de Emily enquanto ela via seu amado garanhão atacando Aviso de Tornado.

À medida que os minutos passavam, Pegasus ia ganhando de Tornado. Apesar da força do garanhão de corrida, ele não era páreo para o olímpico enfurecido. Quando Tornado se ergueu, Pegasus o jogou para trás e o garanhão cinzento perdeu o equilíbrio. Caindo de costas, acertou o chão com força.

Antes que Tornado pudesse se levantar, Pegasus aproveitou a oportunidade para terminar a luta. Ergueu-se e se jogou sobre Tornado, esmagando-o com seus letais cascos de ouro. Gritando em fúria, Pegasus fez isso novamente.

– Pegasus, não! – Emily berrou. Incapaz de se conter, correu até ele. Pegasus estava pronto para se jogar sobre Tornado pela terceira vez quando Emily se colocou entre ele e o cavalo de corrida caído. Convocando o poder da Chama nas duas mãos, ela as ergueu contra Pegasus. – Pare, Pegasus! – ordenou. – Não me obrigue a queimá-lo! – Ergueu as mãos mais alto. – Pare!

Os olhos de Pegasus estavam brancos e selvagens de fúria. Ele se ergueu sobre ela, com seus cascos mortais de ouro pairando a meros centímetros do rosto dela.

– Acabou! – Emily gritou. – Você venceu!

Finalmente algo mudou nos olhos de Pegasus. Ele repentinamente percebeu o que estava fazendo e a quem. Abaixando as patas dianteiras até o chão, relinchou baixinho.

– Para trás! – Emily gritou, ainda incerta do que ele faria a seguir. – Vá, vá para trás!

Pegasus bateu com a pata no chão de serragem. Finalmente se virou e caminhou até o outro lado do estábulo.

Com o coração ainda batendo dolorosamente no peito, Emily olhou para os outros cavalos do estábulo, que continuavam a gritar e a chutar as portas de suas baias.

– Todos vocês, fiquem quietos! – ela gritou.

Alexis e Crisaor se aproximaram dos estábulos. A presença deles pareceu acalmar os cavalos assustados. Finalmente eles ficaram em silêncio.

Earl ligou o interruptor que acendeu a luz do estábulo. O Agente T estava apontando uma arma para os trabalhadores do rancho e ordenou que entrassem no estábulo. Sob a luz brilhante, seus olhos assustados seguiram Alexis e Crisaor enquanto eles circundavam as baias. Finalmente voltaram-se para Pegasus, que ainda estava parado longe dos outros. Sua cabeça estava baixa e suas asas, caídas.

– Em – chamou Joel, baixinho. Ele e Paelen estavam ajoelhados no chão, ao lado de Aviso de Tornado.

Emily olhou para o cavalo de corrida caído. Aviso de Tornado estava coberto de sangue dos profundos cortes causados pelos cascos de Pegasus. Seus olhos estavam fechados e ele não estava respirando.

– Ele está morto – Joel disse. – Pegasus o matou.

10

Pela primeira vez, Emily estava furiosa com Pegasus. Não achava que isso fosse possível. Mas Pegasus sabia como isso era importante e, mesmo assim, não deixou de matar Aviso de Tornado. Ela se lembrava de seus olhos ardentes quando se erguera sobre ela. Se não tivesse usado a Chama, ele a teria atacado também?

Pegasus estava afastado, um pouco distante. Relinchou baixinho para ela.

Emily olhou para ele, mas ergueu a mão em sinal de advertência.

– Fique aí, Pegasus. Você já causou danos suficientes.

O garanhão parou e silenciosamente deixou o estábulo.

– Isso foi injusto – Alexis disse.

– Injusto? – Emily disparou. – Você viu o que ele fez. Pegasus sabia como era importante para nós descobrirmos a verdade sobre Aviso de Tornado. Mas ele nos deixou ver o cavalo? Não, ele o matou.

– Mas descobrimos a verdade – Alexis disse. – O fato de cada um deles querer matar o outro diz isso. Não é óbvio? Aviso de Tornado veio de Pegasus. Ambos têm o mesmo sangue impetuoso. Nenhum dos dois poderia tolerar a existência do outro.

– Em, olhe – Joel disse baixinho. – É verdade. Aqui está onde cortaram as asas do Tornado.

Emily olhou para onde Joel apontou. Ajoelhou-se e traçou os dedos ao longo das profundas e compridas cicatrizes nas omoplatas do cavalo.

– Sinto muito, Tornado – ela disse suavemente. – Você não deveria ter morrido.

– Ele deveria nunca ter existido – Paelen disse, com raiva.

Enquanto a mão de Emily descansava na lateral de Tornado, ela sentiu um lampejo de movimento. Olhando para o garanhão caído, colocou a outra mão em seu corpo ferido.

– Joel, verifique os olhos dele – Emily disse. – Acabo de sentir alguma coisa.

Bem quando Emily pensou que estava enganada, sentiu outro movimento de Tornado.

– Ele é olímpico – Joel murmurou. – Em, você o está curando!

Conforme os momentos passavam, mais e mais vida retornava à Aviso de Tornado. Aconteceu mais devagar do que com outros olímpicos, mas estava acontecendo do mesmo jeito. Repentinamente, Tornado respirou de modo profundo e irregular.

Pegasus apareceu na entrada dos estábulos e chamou Emily.

– Fique onde está, Pegasus – Alexis ordenou. – Emily está curando Aviso de Tornado. Não haverá mais lutas hoje.

Emily prendeu a respiração quando as antigas cicatrizes das asas de Aviso de Tornado desapareceram, surgindo tocos no lugar. Então os tocos cresceram. Asas começaram a tomar forma. Encheram-se de penas. A tintura cinza que cobria seu corpo desapareceu e todos os seus ferimentos foram curados.

Todos estavam surpresos, em silêncio. Aviso de Tornado era realmente idêntico a Pegasus – incluindo as grandes asas e os cascos dourados.

– É um clone perfeito – Joel murmurou.

Aviso de Tornado abriu os olhos. Berrou quando viu Joel e Paelen bem ao seu lado. Em um movimento rápido demais para ser seguido, mordeu Paelen violentamente na perna.

Paelen uivou de dor e saltou para longe do garanhão.

– Todo mundo se afaste! – Alexis avisou enquanto abria as asas, colocava as presas e garras para fora e encarava Aviso de Tornado. – Ele pode ter vindo de Pegasus, mas não é como ele.

Com os olhos arregalados e frenéticos, Aviso de Tornado se levantou. Olhou para suas asas e, por um momento, parou, confuso. Quando elas vibraram, ele relinchou de medo.

– Está tudo bem – Emily exclamou. – Tornado, se acalme!

Tornado olhou para Emily e parou. Inclinou a cabeça para o lado e relinchou baixinho.

Na entrada do estábulo, Pegasus relinchou de volta. Tornado encarou Pegasus. Ergueu-se nas patas traseiras, abriu as asas e se preparou para atacar novamente.

– Tornado, pare! – Emily gritou. – Nada de lutar!

Novamente os olhos do garanhão pousaram sobre ela. Ele voltou para o chão e deu um passo para a frente.

– Em, para trás – Joel avisou.

Emily confrontou o olhar de Tornado. Soube imediatamente que ele não era nada como Pegasus. Mas algo lhe dizia que ele não a atacaria.

– Está tudo bem, Joel – ela disse baixinho, enquanto se aproximava do garanhão.

Pegasus relinchou alto do outro lado do estábulo.

– Ele diz para não o tocar – Paelen avisou, enquanto esfregava a perna onde Tornado o mordera. – Diz que Tornado é perigosamente insano. É antinatural e deve ser destruído.

Emily se virou para Pegasus. Os olhos dele estavam brilhantes e suas narinas, abertas. Estava pronto para lutar novamente.

– Confie em mim, Pegasus. Ele não vai me machucar.

Ela não sabia como sabia disso, mas sabia. Emily se concentrou em Aviso de Tornado e caminhou até o garanhão.

– Calma, garoto – disse suavemente. – Não quer machucar ninguém, não é?

– Sim, ele quer! – Paelen disparou. – Olhe o que fez em mim!

Tornado deu outro passo para a frente e alcançou Emily. Seus olhos estavam mais calmos e não mostravam sinais de agressão em relação a ela.

– Bom garoto – Emily disse, enquanto acariciava seu focinho macio. Parada diante do garanhão, a face dele era fisicamente idêntica à de Pegasus. Mas havia algo profundamente diferente em seus olhos e no que ela sentia vindo dele.

Sempre que estava com Pegasus, Emily tinha uma sensação de paz, calma e intensa sabedoria. Mas com Aviso de Tornado era uma mistura de confusão, medo e raiva. Não havia sabedoria ou sensação de paz. Ela podia sentir que, embora não fosse machucá-la, não faria o mesmo em relação aos demais. Era verdade: Aviso de Tornado era perigosamente instável.

Com a tensão diminuindo, Emily olhou para Pegasus. Ele ainda estava sangrando por causa dos ferimentos causados pela luta e pelo tiro. Mas sua cabeça estava erguida e orgulhosa, e seus olhos estavam brilhantes.

– Vá até ele – Alexis disse baixinho. – Ele precisa de você.

Emily não precisava que lhe dissessem isso. Sua raiva de Pegasus se fora, e ela podia sentir a conexão que tinha com ele chamando-a. Pegasus estava sofrendo e ela não podia suportar isso. Ele era sua prioridade. Olhou para trás, para Aviso de Tornado, e ergueu a mão para ele.

– Fique.

Mas, quando caminhou na direção de Pegasus, Aviso de Tornado começou a segui-la.

– Não, Tornado! – Emily parou e levantou a mão novamente. – Eu disse para ficar.

– Ele não consegue entendê-la – Paelen disse, enquanto seus olhos desconfiados observavam o cavalo de corrida. – Ele não é como Pegasus. É só um cavalo voador que não pode se comunicar e vive apenas pelas emoções confusas – Paelen deu um passo cauteloso em direção ao garanhão. – Você não consegue me entender, consegue?

Os olhos de Tornado ficaram selvagens novamente ao olhar para Paelen. Suas orelhas se viraram para trás, suas narinas se abriram e a respiração mudou. Começou a tremer e a bater a pata no chão. Parecia prestes a atacar.

– Em, você é a única que ele permite que se aproxime – Joel observou, enquanto Paelen dava um passo cuidadoso para trás.

Emily olhou para Tornado e franziu o cenho.

– Por que ele me deixaria tocá-lo?

– Criança boba, você realmente não sabe? – Alexis se aproximou. – Você é a Chama do Olimpo. Seus poderes o afetam tanto quanto a todos nós. Ele é atraído por você, assim como todos nós somos. Ele não entende a necessidade que tem de você, mas ela está lá, de qualquer maneira. Ele não a machucará.

– Todos os olímpicos são atraídos pelo meu poder?

Alexis assentiu.

– Mas não pense que é só seu poder que nos atrai. Somos atraídos por *você*. Embora alguns de nós não demonstrem, todos nos importamos com você.

Pegasus se aproximou de Emily, mas seus olhos permaneciam fixos em Aviso de Tornado. Tornado abriu as asas ameaçadoramente.

– Pare – Emily disse rispidamente para o cavalo de corrida. – Pegasus precisa de ajuda e vou ajudá-lo. Fique aí e se comporte.

O tom de sua voz impediu mais protestos de Aviso de Tornado, enquanto Emily cruzou a distância que a separava de Pegasus.

– Ah, Pegs, o que vou fazer com você? – ela acariciou seu pescoço. – Sabe que sempre vou amá-lo mais. Mas não pode culpar Tornado por ser o que é. Devia ter pena dele, não tentar matá-lo. Me prometa que não vai atacá-lo novamente.

Pegasus se aproximou de Emily. Relinchou baixinho e a atraiu com a cabeça. Emily abraçou-o e deixou que seus poderes curassem seus vários ferimentos. Quando terminou, beijou-o suavemente no focinho.

– Pronto, já está melhor.

Do outro lado do estábulo, o Agente T chamou.

– Não que esse festival do amor não seja tocante, mas estamos perdendo um tempo precioso – apontou a arma para um dos trabalhadores que haviam capturado. – Você aí, me diga onde está Rip Russell?

O homem não disse nada, enquanto mantinha os olhos fixos nos olímpicos. Alexis caminhou até ele. Ergueu-se em suas patas traseiras e apoiou as patas nos ombros dele.

– Não tenho paciência para seu silêncio. Responda ao homem.

– *Diablo* – ele murmurou, enquanto tentava fazer o sinal da cruz.

– *Diablo*, não – Alexis corrigiu. – Esfinge. E eu sugiro que não me chame assim novamente.

Os olhos do trabalhador se arregalaram de pavor enquanto olhava para o rosto da Esfinge.

– Ele está ali – gaguejou temeroso e apontou para um dos homens que os poderes de Emily haviam jogado para o outro lado do estábulo. – Aquele com a arma.

O Agente T concordou com a cabeça.

– Muito bem. Alexis, você poderia, por favor, levar esse homem e os demais para um dos estábulos vazios? Não queremos heróis aqui.

A Esfinge assentiu e voltou a atenção para todos os trabalhadores.

– Vocês o escutaram! – disse em voz alta. – Todos você, dentro daquele estábulo. Agora!

Um mexicano idoso se afastou dos outros.

– De onde vieram? Que magia fizeram com Aviso de Tornado? Eu o treinei por toda sua vida – o homenzinho tocou a cabeça. – Ele é *loco*, maluco. Como aquela garota conseguiu tocar nele? Ele já matou dois cavaleiros.

Emily se voltou para o trabalhador.

– O que você disse?

O ancião assentiu.

– Aviso de Tornado é *loco*. Já matou dois cavaleiros. Ninguém pode tocar nele, a menos que ele esteja drogado.

– Você o mantém drogado? – Joel estava chocado.

O trabalhador assentiu.

– *Sí.* É o único jeito de mantê-lo calmo.

– O que dá para ele? – o Agente T quis saber.

– Sedativos e açúcar – o homenzinho disse. – Quilos e quilos de açúcar. Isso faz ele ficar melhor.

Emily repentinamente compreendeu.

– Não é de admirar que ele seja tão malvado. Está faminto. Precisa de ambrosia.

– O que é ambrosia? – o homenzinho perguntou.

– Não importa – Alexis disse, enquanto o levava para se juntar aos demais no estábulo. – Apenas se considerem sortudos por eu não os matar pelo que fizeram aqui. Aviso de Tornado não devia existir – ela fechou e trancou a porta da baia.

Paelen atravessou a arena até onde os dois homens estavam caídos, inconscientes. Virou o que sabiam ser o dono de Aviso de Tornado. Começou a sacudi-lo.

– Hora de acordar – disse. – Precisamos falar com você.

O homem começou a se mexer e a olhar ao redor. Arquejou, em choque, quando seus olhos encontraram Emily parada entre Pegasus e Aviso de Tornado.

– Que diabos é isso? – disse.

– O diabo não tem nada a ver com isso – o Agente T disse bruscamente. – Você é Rip Russell, proprietário de Aviso de Tornado?

O homem levantou-se trêmulo e olhou ao redor do estábulo em total descrença.

– O que são vocês? – perguntou temeroso. – De onde vieram?

– Nós fazemos as perguntas – o Agente T disse. – Onde conseguiu Aviso de Tornado?

Seus olhos assustados permaneceram em Pegasus, e então foram para Aviso de Tornado.

– Esses cavalos têm asas!

– Sim – o Agente T falou. – Agora responda à minha pergunta.

Rip olhou freneticamente ao redor da arena.

– Onde está aquele cavalo diabólico? Ele estava lutando com o que tem asas.

– Este é Aviso de Tornado – Emily respondeu, enquanto acariciava o garanhão alado.

– Não, não é! – Rip insistiu. – Tornado não tem asas. Mas eles têm...

– Sim, já percebemos isso – o Agente T disse calmamente. – Este é Pegasus e aquele é Tornado. Agora, não perguntarei novamente. Onde conseguiu Aviso de Tornado?

– Não lhe direi nada – Rip disse. – Até que me diga como esses cavalos podem ter asas.

– Resposta errada – o Agente T esbofeteou Rip. – Este sou eu sendo legal. Mais uma resposta errada e o apresentarei alegremente a Alexis. Ela não é tão paciente.

– Quem é Alexis? – Rip quis saber.

– Sou eu – a Esfinge abriu as asas e voou a curta distância até onde o grupo estava parado. Estreitou os olhos verdes e espreitou o homem. – Sou Alexis. Você responderá às nossas perguntas ou não viverá para ver o sol nascer.

O medo tomou o rosto de Rip.

– Você é uma mulher-leão! E tem asas também!

– Você é muito observador – Alexis disse sarcasticamente. – Não é que você também notou isso? – levantou a pata e colocou as garras para fora.

Rip ergueu as mãos e olhou para o Agente T.

– Tudo bem, tudo bem, contarei tudo. Só deixe essa coisa longe de mim!

– *Coisa*? – Alexis rugiu.

Emily viu o clarão de um dos movimentos mais rápidos da Esfinge. Segundos depois, Rip estava no chão gritando de dor e segurando as pernas. Seus jeans fora rasgado pelas garras de Alexis e sangue saía à superfície.

– Teve sorte que foram apenas as pernas – o Agente T avisou. – Mais uma observação como essa e não vou impedi-la. – O ex--agente da UCP se ajoelhou ao lado dele. – Agora nos diga. Onde conseguiu Aviso de Tornado?

– Meu primo – Rip arquejou entredentes. Estava agarrando as pernas ensanguentadas. – Meu primo me deu.

– Onde ele o conseguiu? – Emily perguntou.

Rip xingou e se sentou.

– Eu sabia! Sabia que isso ia voltar para me assombrar!

– Explique-se – o Agente T ordenou.

Ainda agarrando as pernas, Rip Russell começou a falar.

– Há dez meses, eu estava vivendo em uma fazenda falida no norte da Califórnia. Tinha um par de cavalos de corrida, mas nunca consegui dar sorte e ganhar nada. Um dia, do nada, meu primo me ligou. Disse que tinha uma barbada. Tudo o que eu tinha que fazer era criar um potro e fazê-lo correr. Ele disse que dividiríamos os ganhos.

– E você concordou? – o Agente T perguntou.

– Você não concordaria? – Rip respondeu. – Então, um mês depois, ele trouxe o potrinho branco para mim. Tinha bandagens por todo lado. Mas, mesmo com as bandagens, pude ver que era um cavalo de qualidade. Então fiquei com ele. Me deram instruções para alimentá-lo com açúcar e outras coisas doces. Também me disseram para tingir o potro de cinza para competir, já que ninguém compete com cavalos brancos.

O Agente T franziu o cenho.

– Como pôde competir com ele? Ele não tinha documentos para provar seu *pedrigree*.

– Essa parte foi fácil – Rip disse. – Tudo o que eu tinha que fazer era encontrar um cavalo cinzento registrado que pudesse ser substituído por ele. Levou um tempo, mas encontramos um que se parecia muito com ele, com o mesmo topete e tudo mais... Chamava-se Aviso de Tornado. Então, tudo o que tive que fazer foi esperar que o potro crescesse, o que ele fez muito rápido. Então o trocamos pelo verdadeiro Aviso de Tornado e, aos seis meses de idade, ele estava vencendo todas as corridas nas quais o inscrevíamos.

– O que aconteceu com o verdadeiro Aviso de Tornado? – Emily perguntou.

– Não podia haver dois, para não sermos descobertos. Então tive que o destruir.

Emily cobriu a boca com a mão.

– Você o matou?

Rip deu de ombros.

– Ei, estamos falando de corridas de cavalos. Fiz o que tinha que fazer.

O Agente T ficou de cócoras.

– Isso foi um erro grave. O que seu primo contou sobre o potro?

Rip balançou a cabeça.

– Nada. Só me disseram para correr com ele e mantê-lo tingido de cinza. O que eu fiz. E ele é um cavalo de corrida incrível. Aviso de Tornado é o cavalo mais rápido do mundo.

– Ele é o mais rápido porque não é um cavalo de verdade. É um clone de Pegasus! – Emily disparou. – Você nunca se perguntou sobre as bandagens? Não se importou que cortaram suas asas?

Rip ergueu a mão.

– Ei, eu não sabia nada sobre isso. Só achei que ele tinha tido uma cirurgia na omoplata.

– Sim! – Emily exclamou. – Para cortar as asas!

Sua voz alterada fez Aviso de Tornado relinchar e bater no chão furiosamente. Seus olhos ficaram selvagens.

– Mantenha esse monstro para trás! – Rip gritou.

Emily deixou Pegasus e foi até Tornado.

– Calma, garoto. Sinto muito por ter erguido a voz – ao toque dela, Aviso de Tornado se acalmou. Até deixou que Pegasus se aproximasse.

Ela olhou para Pegasus.

– Vê, Pegasus, você não tem que lutar com ele. Ele é legal.

Emily ficou parada entre os dois garanhões, com uma mão na crina de cada um. Sob seus dedos, Tornado estava calmo. Mas ela podia sentir Pegasus tremendo. Ele não estava feliz com a atenção que ela estava dando para o clone.

– Onde seu primo conseguiu o potro? – Joel perguntou.

– Juro que não sei – Rip disse. – Ele é agente da Unidade Central de Pesquisas. Não tinha ideia de que estava trabalhando com cavalos.

– A UCP – o Agente T assentiu e olhou para Emily e para os outros. – Isso explica tudo. Se o primo dele estava trabalhando no projeto do clone, sabia o quão poderoso Pegasus era e o quão poderoso o clone seria. Se ele tem uma alta patente, não seria impossível contrabandear um potro muito jovem para fora das instalações. Um clone como esse poderia fazer uma fortuna.

– Ele fez – Rip disse. – Ganhamos milhões com Tornado. Especialmente depois da vitória da Tríplice Coroa. Quando ele procriar, não dá para saber o que poderemos fazer.

As orelhas de Pegasus foram para trás e ele relinchou, irado. Bateu com a pata no chão furiosamente, fazendo Tornado recuar e abrir as asas ameaçadoramente.

– Calma, Tornado – Emily o acalmou. – Pegs, por favor. Sabemos que está zangado. Mas você não pode chatear Tornado. Não dá para saber o que ele fará.

– Ele pode nos entender? – Rip perguntou, enquanto seus olhos arregalados observavam Pegasus.

– Sim – Joel disse. – E está furioso por você colocar o clone dele para reproduzir.

– Eu não sabia que era um clone! – Rip insistiu. – Achei que fosse só um cavalo!

O Agente T estendeu a mão e apertou a perna machucada do homem.

– Onde podemos encontrar seu primo?

– Eu... eu... eu não sei como chegar até ele. Ele trabalha na Área 51!

– Ah, Deus, isso fica pior a cada momento – o Agente T começou a andar de um lado para o outro, passando os dedos pelos longos cabelos.

– Não é na Área 51 que desenvolvem todas as novas aeronaves militares? – Joel perguntou.

O Agente T assentiu.

– Sim, é uma base da Força Aérea. Mas também tem a maior instalação da UCP no país. É onde guardamos todos os restos do acidente alienígena em Roswell. Aquela instalação tem a maior segurança de todos os locais nos Estados Unidos, porque é onde estão os laboratórios mais desenvolvidos. A Ilha do Governador era um parque temático e a instalação em Tuxedo é um parque infantil se comparadas a isso.

– Onde fica? – Emily perguntou.

– No deserto de Nevada – o Agente T disse. – Em um leito de lago seco, o Lago Groom. Está a uns cento e sessenta quilômetros de Las Vegas. Só estive lá uma vez e foi mais do que suficiente. Não via a hora de ir embora. Por pior que fôssemos na Ilha do Governador, eles são muito piores ali.

– Então, podem ser eles os criadores dos clones? – Emily perguntou.

O Agente T assentiu.

– É bem provável. Eu devia ter pensado nisso inicialmente. Os laboratórios na Área 51 devem ser os mais bem equipados para criar e manipular os clones.

– Eles não estão manipulando tão bem, se os clones estão fugindo – Joel disse.

– Tenho que entrar lá e ver quantos clones criaram – o Agente T refletiu. – Talvez eu possa detê-los antes que isso vá longe demais.

– Você quer dizer que *temos* que entrar lá – Emily o corrigiu.

O Agente T negou com a cabeça.

– Não os olímpicos aqui e especialmente você. Você tem poderes muito perigosos para eles colocarem as mãos. Isso tudo começou quando a UCP capturou olímpicos. O que eles poderiam alcançar se pegassem você?

Alexis negou com a cabeça.

– Ninguém vai até lá, especialmente a Chama do Olimpo. Não vamos entrar na instalação da UCP. Nossa missão era ver Aviso de Tornado e então retornar. Fizemos isso. Aqui está Aviso de Tornado. Agora sabemos que ele foi criado a partir de Pegasus pela UCP. Nossa missão está completa. Temos agora que voltar ao Olimpo e reportar nossas descobertas para Júpiter.

– Não! – Emily exclamou. – Se fizermos isso, Júpiter vai destruir a Terra.

– O destino deste mundo já está selado – Alexis disse sombriamente. – A UCP decidiu isso no momento em que criou Aviso de Tornado.

– Deve haver outro jeito! – o Agente T insistiu. – Não pode acabar assim. Por favor, Alexis, deixe-me tentar entrar lá e salvar meu mundo.

Emily estava perplexa em ver o Agente T implorando à Esfinge. Ele era sempre tão inflexível e duro, mesmo com ela. Agora havia medo e desespero genuínos em seus olhos.

– Estive na UCP por quase vinte anos. Olhe como mudei. Todos podemos. Por favor, você precisa me deixar tentar.

– Realmente sinto muito por você, Tom – Alexis disse. – Mas nada pode salvar este mundo. A UCP cometeu um crime imperdoável. É meu dever voltar ao Olimpo e contar a verdade a Júpiter.

11

O silêncio tomou conta do estábulo. Emily olhou os rostos chocados ao redor de si. Continuou a acariciar os dois garanhões alados enquanto reunia seus pensamentos.

Tornado permanecia alheio ao perigo que encarava, mas Pegasus sabia. Ele relinchou baixinho e pressionou a face contra Emily. A cabeça de Crisaor estava abaixada e ele arranhava o chão.

Finalmente ela falou:

– Não vou voltar.

Todos se voltaram para ela.

Era isso, o momento da escolha. Por dias, Emily lutara com o dilema. O que faria se tivesse de escolher entre o Olimpo e a Terra? Diante da terrível decisão, Emily fez sua escolha. Escolheu seu mundo em vez do Olimpo.

– Vocês não vão me fazer mudar de ideia – prosseguiu. – Se Júpiter decidir destruir este mundo, terá que me destruir com ele.

Pegasus relinchou e olhou para ela abalado.

– Sinto muito, Pegs. Você sabe o quanto amo o Olimpo, e sabe que eu faria qualquer coisa para protegê-lo. Mas amo este mundo também. Vim daqui. Não posso deixar Júpiter destruí-lo porque algumas pessoas fizeram algo realmente estúpido.

Joel e Paelen ficaram ao lado de Emily. Crisaor se posicionou perto de Pegasus. Cruzaram os braços e ficaram parados desafiadoramente diante da Esfinge.

Alexis olhou para o grupo.

– Vocês não estão sendo razoáveis. Dissemos a Diana, Plutão e Steve que voltaríamos logo. Já estamos aqui há tempo demais e nossa ausência no Olimpo será sentida. Devemos retornar e relatar nossas descobertas.

– Volte se for preciso, Alexis – Emily disse. – Mas não deixarei Júpiter destruir este mundo sem lutar.

Alexis bufou e sacudiu a cauda no ar.

– Você pode, por favor, falar com ela? – a Esfinge pediu a Pegasus. – Diga a ela que isso precisa ser feito. Esses humanos precisam ser punidos pelo que fizeram.

Emily olhou para Pegasus. O momento de ele tomar uma decisão chegara também. Ele ficaria com ela? Ou ficaria ao lado do Olimpo? Ela sabia o quanto isso devia ser difícil para ele. Mas quando mirou seus olhos de perto, não viu hesitação. Pegasus se aproximou de Emily e ficou parado ao lado dela. Relinchou para Alexis.

– Você também, Pegasus? – a Esfinge disse, descrente. – Trairia seu próprio povo por este mundo? Eles pecaram contra você mais do que contra qualquer um! Aviso de Tornado foi criado a partir do sangue roubado de você. Não quer vingança por esse crime?

O coração de Emily se encheu de emoção pelo garanhão. Pegasus ficaria com ela, não importava o quê. Ela se pôs ao lado dele e encarou a Esfinge.

– Por favor, Alexis, nos ajude – prosseguiu. – Isso não tem que se transformar em uma batalha. Tenho poder para destruir a Área 51, se precisar – Emily olhou para seus amigos. – Todos temos. Mas talvez não chegue a tanto. Talvez possamos impedir tudo isso e salvar este mundo.

Alexis olhou para o grupo parado com Emily, pronto para lutar por aquele mundo. Seus olhos encontraram Pegasus.

– Isso é realmente verdade, Pegasus e Crisaor, filhos de Netuno? Vão virar as costas para seu povo por este lugar?

Vários longos relinchos e guinchos confirmaram a decisão deles.

– Os dois concordam que não estão virando as costas para o Olimpo – Paelen sussurrou para Emily e Joel. – Pegasus acredita que podemos deter isso antes que vá longe demais.

– É sua decisão final? – Alexis perguntou.

Pegasus assentiu com a cabeça e bateu a pata no chão. A Esfinge começou a caminhar de um lado para o outro diante do grupo. Suas asas estavam tremendo e sua cauda balançava para frente e para trás.

– Isso é mau – ela disse baixinho para si mesma. Ficou olhando Emily. – Muito, muito mau, na verdade.

Suspirou profundamente e se sentou.

– Que seja.

O coração de Emily estava em sua garganta.

– Você vai voltar ao Olimpo e contar para Júpiter?

A Esfinge suspirou novamente.

– Eu deveria. Mas prometi a Diana que seria sua guardiã. Eu falharia com esse dever se a abandonasse aqui para encarar sozinha a ira de Júpiter. Gostando ou não, tenho que ficar para mantê-la em segurança.

– Obrigada! – Emily exclamou, enquanto corria e abraçava a Esfinge com força.

– Não me agradeça, Emily – Alexis disse rispidamente. – Estou ficando ao seu lado contra todos os meus julgamentos. Tenho a impressão de que viverei para lamentar isso.

O sol estava a pino antes que estivessem prontos para partir. Conforme mais e mais trabalhadores chegavam ao rancho, eram levados para o estábulo do garanhão. Todos os trabalhadores, incluindo Rip Russell, estavam agora trancados em duas grandes baias para cavalos. Alexis vigiava e alertava os trabalhadores sobre o que aconteceria se fizessem um movimento para se libertar.

Do lado de fora do estábulo, Earl e o Agente T prenderam um grande reboque para quatro cavalos em uma caminhonete branca nova em folha. O Agente T ainda insistia que a coisa mais segura a ser feita para todos seria Emily usar seus poderes para destruir o cavalo de corrida.

Emily se negou. Levariam Aviso de Tornado com eles para impedir que fosse usado para procriar. Depois de alimentá-lo com um desjejum de alimentos açucarados e pesados tranquilizantes, o cavalo de corrida alado foi selado e Emily o levou até o primeiro compartimento do reboque.

– Agora, o que faremos com todos esses homens? Eles vão chamar a polícia assim que partirmos – Joel disse, enquanto fechava e trancava a porta traseira do reboque.

– Talvez eu possa convencê-los a não fazer isso – Emily sugeriu. – Especialmente se explicarmos o que está em jogo – caminhou na direção do estábulo.

– Seria mais eficaz se os matássemos – Alexis ronronou. – Mas podemos tentar do seu jeito antes, se insiste. – Seguiu Emily de volta ao estábulo para ver os trabalhadores que haviam sido trancados nas baias.

Com Pegasus e Alexis parados do lado de fora da baia, Emily entrou naquela que mantinha presos Rip Russell e vários de seus homens. Tentou argumentar com eles, explicar que, se a polícia fosse chamada e eles fossem capturados, o líder do Olimpo destruiria o mundo. Mas ela podia ver no rosto dele que, depois de tudo o que vira e ouvira, não se importava. Tudo o que Rip podia ver era que estavam tirando seu único meio de fazer dinheiro. Isso e sua caminhonete e reboque novos em folha.

Balançando a cabeça em derrota, Emily se virou para deixar a baia. Mas, ao fazer isso, Alexis exclamou em advertência.

– Vocês não vão levar meu cavalo! – Rip gritou.

Emily se virou a tempo de vê-lo ordenar a seus homens.

– Peguem ela!

Rip saltou adiante e derrubou Emily no chão, enquanto seus homens a cercavam e Alexis disparava para dentro da baia. Aqueles que seguiram as ordens de Rip logo aprenderam o quão forte, rápida e letal a Esfinge do Olimpo realmente era.

Rip Russel foi o primeiro a sentir sua ira, enquanto Alexis o arrancava de cima de Emily. Escancarando a mandíbula, seus olhos ficaram negros e ela colocou as presas para fora. Exclamou para Emily.

– Feche os olhos!

Fazendo como instruído, Emily colocou as mãos sobre o rosto. Ouviu gritos enchendo o ar ao seu redor, misturado com o som de Alexis rugindo, enquanto a Esfinge a defendia do ataque dos homens.

Emily curvou o corpo em posição fetal e tentou bloquear os terríveis sons. Momentos mais tarde, percebeu um movimento. Estendendo a mão, Emily sentiu as patas dianteiras de Pegasus diante dela. Suas patas traseiras estavam atrás, enquanto suas asas estavam uma de cada lado. Ela percebeu que ele estava parado sobre ela, protegendo-a com todo o seu corpo. Logo em seguida, Emily ouviu Earl e o Agente T correndo para dentro da baia.

– Emily, você está bem? – Earl perguntou.

Ela assentiu. Começou a tirar as mãos do rosto, mas Earl a impediu.

– Fique de olhos fechados; você não quer ver isso – ele a ajudou a se levantar e a sair de baixo do garanhão.

– Pegasus, leve-a para fora daqui – o Agente T ordenou. – E mantenha os outros afastados também. Cuidaremos disso.

Earl guiou Emily para fora da baia e a ajudou a montar em Pegasus.

– Vão em frente. Sairemos em pouco tempo.

Enquanto o garanhão a levava para fora do estábulo, ela podia ouvir os cavalos gritando e escoiceando as portas de suas baias. Quando chegaram do lado de fora, Pegasus relinchou baixinho.

– Estou bem, Pegs – Emily disse trêmula, enquanto descia de suas costas.

– Em, o que aconteceu lá dentro? – Joel disse. Correu até ela e viu o sangue em suas roupas. – Você está ferida?

Emily negou com a cabeça e olhou para si mesma, chocada.

– Não é meu sangue. É deles. Depois de tudo o que ouviram e viram, Rip Russell ainda não queria que levássemos Aviso de Tornado embora. Ele e seus homens me atacaram.

– O que você fez? – Paelen perguntou.

– Nada – Emily disse. – Não tive tempo. Alexis fez tudo. Ela me disse para fechar os olhos e que cuidaria daquilo. Tudo aconteceu muito rápido.

Paelen estremeceu.

– Essa é a Esfinge. Quando está do nosso lado, não se pode ter aliada melhor. Oponha-se a ela e você se expõe ao perigo.

Earl saiu do estábulo do garanhão. Apoiou-se pesadamente contra a lateral da construção, lutando para ficar em pé.

– Earl – Emily exclamou enquanto ela e os outros se aproximavam dele. – Você está bem?

Ele negou com a cabeça.

– Nunca vi nada assim. Malditos tolos. Não perceberam o que aconteceria se tentassem alguma coisa? Nós os avisamos. Avisamos todos eles.

– Alexis pegou todo mundo? – Paelen perguntou.

Ele negou com a cabeça.

– Acho que não. Vi um par encolhido no canto do estábulo. Parecia que não tinham se mexido.

Pegasus relinchou e Paelen disse:

– Alexis só foi atrás dos homens que atacaram você. Se alguém ficou para trás, ela deixou ileso.

Earl assentiu.

– Ela deixou os que estavam na segunda baia em paz também. Só pegou aqueles que foram atrás de Emily – o rosto de Earl ganhou um tom esverdeado. – Ficarei bem em um minuto – disse. – Vocês, crianças, se aprontem para partir e eu os encontrarei na caminhonete.

– Vamos – Joel disse baixinho, enquanto levava Emily para os veículos. – Vá se trocar e então poderemos sair daqui.

12

Horas mais tarde, Emily estava no reboque, ao lado de Pegasus, enquanto o veículo era levado pelo deserto, em direção a Nevada. Crisaor e Alexis estavam em uma baia aberta, atrás deles. Aviso de Tornado estava trancado na baia traseira, agora calmo e quieto por causa dos tranquilizantes. Joel e Paelen estavam na frente, na caminhonete de quatro lugares, com Earl e o Agente T.

Emily não disse uma palavra durante todo o percurso. Alexis saíra do estábulo molhada, após ter sido lavada com uma mangueira pelo Agente T. Ninguém além de Pegasus, Earl e do ex-agente da UCP vira o que a Esfinge fizera e nenhuma palavra foi dita sobre isso.

Enquanto Alexis cochilava pacificamente na palha seca e limpa do reboque, não havia sinal do monstro no qual se transformara.

Ao lado dela, Pegasus relinchou. Emily encarou seus cálidos olhos castanhos e viu os dois voando juntos nos céus sobre o Olimpo. Não havia violência, nem sangue. Só o sentimento de paz e alegria que partilhavam sempre que estavam juntos, sozinhos.

– Espero que possamos fazer isso novamente um dia, Pegs – Emily disse baixinho, enquanto acariciava o focinho macio do garanhão. Ela se virou e olhou pela janela do reboque. O ar que soprava em seu rosto era seco e devastadoramente quente. Embora o Olimpo fosse quente, nunca era desconfortável. O calor opressivo só fazia Emily se sentir pior.

Ela se sentou na palha e inclinou-se contra a parede. Estava dolorosamente cansada. Pegasus se abaixou e lambeu o rosto dela. Relinchou suavemente.

– Ele sugere que você descanse – Alexis traduziu sem abrir os olhos. – Tempos difíceis estão por vir e você vai precisar disso.

Emily queria comentar sobre o momento difícil pelo qual haviam passado, mas achou melhor deixar para lá. A Esfinge estava do lado deles, mas por pouco. Não precisaria de muito para levá-la de volta para o Olimpo e Júpiter.

Deitou na palha macia aos pés de Pegasus. Estava preocupada com o que tinham pela frente e estava preocupada com o que os homens do estábulo diriam à polícia. Alexis lhes avisara que, se dissessem a verdade, ela retornaria. Mas isso seria o suficiente para detê-los?

Apesar de suas preocupações, o balanço gentil do reboque e o cheiro doce da palha fresca embalaram Emily até um profundo sono conturbado.

***

– Olhe aquilo! Tenho que ver aquele lugar com meus próprios olhos!

Emily acordou e deu de cara com a barriga dourada de um leão sobre ela. As patas da frente da Esfinge estavam na janela do reboque, enquanto ela e Pegasus espiavam para fora.

– O que é esse lugar? – Alexis perguntou, sem fôlego.

Emily se arrastou para sair de baixo da Esfinge e levantou-se, trêmula. Estavam dirigindo por uma estrada que seguia através de Las Vegas. O sol começava a se pôr e jogava uma luz dourada em todas as janelas dos edifícios. Agora passavam por um alto edifício negro, coberto de vidro escuro. Havia um guindaste no telhado e parecia que ainda estava em construção.

– É Las Vegas – Emily respondeu. – Esses são cassinos, onde as pessoas vão apostar e assistir a espetáculos.

Enquanto continuavam na estrada, Emily observou os olhos excitados de Alexis, que tentavam ficar atentos a todos os pontos turísticos da cidade. A Esfinge apertou os olhos para entender um grande cartaz pendurado ao lado de um alto cassino.

– Elvis... está... no... local – leu lentamente em voz alta. – Elvis? Meu Elvis! Ele está aqui, eu o encontrei! Precisamos parar!

Emily odiava destruir a ilusão de Alexis.

– Talvez, quando isso acabar, possamos voltar para vê-lo.

– Excelente ideia – Alexis concordou animadamente. – Será nossa recompensa por salvar o mundo.

Na baia do fundo, Aviso de Tornado estava começando a sair da sedação. Deu um coice na porta da baia e relinchou. Emily foi até ele e acariciou a face branca do cavalo de corrida.

– Como vai, garoto? Não vai demorar muito.

Pegasus se aproximou, seu ciúme era óbvio.

– Está tudo bem, Pegs – Emily disse baixinho. – Ele está assustado e confuso. Não entende o que aconteceu.

Apesar do comentário dela, Pegasus continuou a se aproximar. As orelhas de Tornado viraram para trás e suas narinas se abriram. Começou a bater a pata no chão do reboque e a relinchar.

– Calma, garoto – Emily disse. – Por favor, Pegs, para trás. Você está chateando-o e não sei o que ele fará aqui, no reboque.

Pegasus se afastou. Bufou zangado e se afastou de Tornado. Andou até o outro lado do reboque e ficou de costas para Emily.

– Acho que precisaremos sedar Aviso de Tornado novamente. – Alexis se aproximou cuidadosamente da baia. – Ele está irritando Pegasus. Neste lugar apertado, isso pode não ser bom. Pegasus está fazendo o possível para se controlar. Mas até ele tem limites.

Emily concordou. Subiu até o pequeno sótão do reboque e rastejou pela parte que se apoiava sobre a caminhonete. Emily começou a bater na parede dianteira do reboque, esperando que a audição sensível de Paelen funcionasse e fizesse o Agente T saber que precisavam parar.

A mensagem foi recebida. Logo a caminhonete e o reboque foram para o acostamento da estrada. Quando pararam, Emily foi até a janela e esperou que alguém aparecesse.

– O que foi? – Earl perguntou, ao chegar na janela.

– Aviso de Tornado está saindo do efeito das drogas e está realmente aborrecendo Pegasus. Precisamos dar um pouco mais de tranquilizantes para ele, antes que comecem a brigar novamente.

Earl assentiu.

– Bem, estamos quase cozinhando na caminhonete. Este lugar é como um forno! Como as pessoas conseguem viver aqui está além da minha compreensão. Estávamos falando sobre parar para conseguir alguns suprimentos e algo para beber. Acho que agora seria um bom momento.

– Definitivamente – Emily concordou.

Com a promessa de uma parada, Earl voltou para a cabine da caminhonete.

– Ouviu isso, Pegs? Vamos parar para conseguir um pouco de comida. Também vamos sedar Tornado novamente, para que ele não incomode você.

Os olhos do garanhão estavam arregalados e brilhantes e ele estava tremendo. Emily colocou os braços ao redor de seu pescoço.

– Sei que isso é difícil para você, Pegs. Mas estou pedindo que fique calmo só mais um pouco.

Crisaor estivera deitado na palha, mas agora se aproximou de seu irmão e guinchou baixinho. Pegasus relinchou em resposta. Mas, quando Emily olhou para Alexis, esperando que traduzisse, a Esfinge simplesmente balançou a cabeça e permaneceu em silêncio.

Depois de um tempo, o reboque saiu da estrada e entrou nos subúrbios de Las Vegas. Alexis permaneceu na janela, prestando atenção curiosamente em tudo e bombardeando Emily com perguntas.

Finalmente entraram em um *shopping center* com um supermercado imenso. O Agente T estacionou o reboque e todos desceram. No momento em que Emily deixou o reboque, Aviso de Tornado começou a relinchar alto e a escoicear a porta da baia. Isso fez com que Pegasus relinchasse em resposta e batesse a pata no chão.

– É melhor ficar com eles – Joel avisou. – Não acho que seja seguro deixar esses dois sozinhos juntos.

– Ficarei com você – Paelen se ofereceu rapidamente. – Prefiro não entrar, depois da minha última visita a um supermercado – fora uma armadilha da UCP. Emily podia entender totalmente a relutância dele.

– Joel e eu iremos – o Agente T entregou as chaves da caminhonete para Earl. – Se alguma coisa acontecer, leve todo mundo para longe daqui.

Alexis saiu do reboque usando o elmo de Plutão, então só Emily podia vê-la.

– Aonde você vai? – Emily perguntou.

– Não sinto perigo aqui e quero ver como é dentro desse lugar estranho – Alexis tocou a perna do ex-agente da UCP. Tom, se importa se eu for com vocês?

– Nem um pouco – o Agente T disse e até sorriu. – Só fique perto de mim.

Emily notava uma mudança clara sempre que ele falava com Alexis. Seu tom de voz era muito mais suave e amigável. Teriam os encantos da Esfinge aquecido seu coração frio?

Mais relinchos altos de Aviso de Tornado forçaram Emily a voltar para o reboque. Paelen e Earl a seguiram, enquanto os outros foram para o *shopping*.

Pouco foi dito enquanto esperavam, e todos sentiam a tensão pressionando-os.

O Agente T e Joel voltaram com o carrinho cheio de comida. Uma animada Alexis relatou todas as coisas que vira, cheirara e ouvira no supermercado. Parecia mais uma criança do que a temível criatura na qual se transformara no Rancho Dois R. A Esfinge e o Agente T riram enquanto contavam novamente a história da cauda de Alexis batendo acidentalmente em um mostruário e das expressões perplexas nos rostos das pessoas que não podiam vê-la ou entender como aquilo acontecera.

Aviso de Tornado foi alimentado primeiro, enquanto colocavam mais tranquilizantes pesados em seu sorvete de chocolate. Depois que ele devorou sua parte, todos subiram no reboque e se ajeitaram para comer.

– Bem, é isso – Agente T se levantou. – Em algumas horas estaremos em Rachel, Nevada. Isso fica a poucos quilômetros da Área 51 e da entrada da instalação da UCP.

– E então? – Joel perguntou. – Alguém tem alguma sugestão do que faremos em seguida? Porque eu não tenho mesmo, e isso está me deixando doido.

Emily negou com a cabeça.

– Não desta vez. Parecia tão claro da última vez porque tínhamos que resgatar meu pai. Mas agora...

– Mas agora temos que ver quantos clones a UCP criou e se podemos detê-los – o Agente T completou.

– Exatamente – Emily concordou.

– Bem, não saberemos até chegarmos lá – Earl disse, enquanto se levantava também. – E não vamos chegar lá a menos que prossigamos.

– Antes disso... – disse o Agente T, e concentrou-se em Emily. – Você viu aquela torre alta, negra, quando chegamos a Vegas? – quando Emily assentiu, ele prosseguiu. – Todos concordamos que vamos usá-la como ponto de encontro. Se algo sair errado. Se nos separarmos, vá para o alto da torre negra. Entendido?

Emily assentiu.

– Muito bem. Vamos.

Partiram de Las Vegas sob um lençol de estrelas e seguiram pela Estrada Extraterrestre, que corria através das profundezas do deserto. Quando chegaram a Rachel, foi uma surpresa ver que o lugar era considerado uma cidade. Parecia mais um estacionamento de *trailers*. Não havia casas, e o único negócio na área era um hotel com um pequeno restaurante. Como tudo mais em Rachel, não era mais do que uma série de *trailers* estacionados um ao lado do outro.

Enquanto Earl e o Agente T entraram para conseguir acomodações para a noite, os outros se reuniram do lado de fora do reboque.

– Ei, Em, você viu o nome do lugar? – Joel apontou para o restaurante.

– *Pequeno Alien* – Emily leu a placa. – Como você chamaria um negócio tão perto da Área 51?

Paelen caminhou até um disco voador colocado em cima de um poste. Estava cercado por brilhantes luzes coloridas.

– O que é isso?

– É um óvni – Joel contou a Paelen sobre espaçonaves alienígenas.

– Então é nisso que a UCP pensou que eu tinha vindo até seu mundo, quando me levaram para a Ilha do Governador?

Paelen franziu o cenho e olhou ainda mais intrigado.

– Não é muito grande. Como acharam que eu caberia aí?

Joel e Emily gargalharam.

– Isso é só uma maquete – Emily colocou o braço ao redor dele. – Uma espaçonave real seria muito maior.

Paelen não parecia convencido.

– Se há alienígenas, certamente eles usariam a Corrente Solar e não teriam que vir aqui nessas coisas.

O Agente T voltou com a chave de um dos *trailers*. Ele se inclinou para chegar mais perto e manteve a voz baixa.

– Só vocês, olímpicos, usam a Corrente Solar. Os outros alienígenas que capturamos usam veículos como esses.

Emily olhou para o ex-agente da UCP, espantada.

– Quantos já foram?

– Alguns poucos – ele disse enigmaticamente, e mudou de assunto. – Conseguimos o *trailer* para passar a noite e podemos levar o reboque até lá. Depois quero todos no restaurante, se comportando como uma grande família feliz.

– Mas não estou com fome – Paelen disse.

– Não importa – o Agente T disse. – Este é o único lugar para comer em oitenta quilômetros. Pode apostar que há trabalhadores da Área 51 vindo aqui. Alguns deles serão da UCP. E, se eu for completamente honesto, suspeitaria que algumas das pessoas que trabalham aqui são militares. Que família ficaria aqui e não comeria no único restaurante da área?

Emily franziu o cenho e olhou ao redor, nervosa.

– Mas por que alguém dos militares trabalharia aqui no restaurante?

O Agente T suspirou e balançou a cabeça.

– Depois de tudo o que viu e aprendeu sobre a UCP, ainda não entende? Emily, pense. Esse é o único lugar que há para comer nas proximidades da Área 51. Rachel, Nevada, atrai todo tipo de pessoas; desde fanáticos por alienígenas até repórteres e teóricos da conspiração. É lógico que os militares e, especialmente, a UCP tenham infiltrado trabalhadores aqui para checar as pessoas que podem estar próximas da base. Então, vamos entrar lá e nos comportar como viajantes de passagem.

Dirigiram-se para o pequeno restaurante. Alexis, usando o elmo de Plutão, ficou perto de Emily, Joel e Paelen, enquanto eles olhavam ao redor, examinando todas as fotos e recordações de óvnis nas paredes. Havia prateleiras vendendo camisetas da Área 51. Canecas com alienígenas e "Área 51" escrito nelas. *Mousepads* de computador com a placa de aviso da Área 51 e vários livros escritos sobre a base secreta. Até mesmo os cardápios tinham pequenos alienígenas e estavam à venda.

Havia algumas pessoas sentadas no bar e às mesas, comendo e conversando em voz baixa. Um grupo de homens jogava sinuca. A música enchia o ar e o ambiente era leve.

Quando se ajeitaram em uma grande mesa e seus pedidos foram feitos, a garçonete de meia-idade sorriu e perguntou casualmente por que estavam ali.

– Vieram ver os alienígenas? – perguntou para Joel, brincalhona. – Talvez ver o portão de entrada da Área 51?

O Agente T sorriu e deu uma risadinha.

– Meus filhos e meu irmão querem, mas temos um horário a cumprir. Estamos levando um par de cavalos mais para o norte. Mas pensamos que seria divertido vir por este caminho. Ouvimos falar deste lugar e queríamos vê-lo com nossos próprios olhos.

Earl colocou o cardápio na mesa e perguntou como quem não quer nada.

– Então... você já viu algo no céu aqui?

A garçonete deu de ombros.

– Eu não olho.

Emily achou que essa era uma resposta estranha, mas ficou em silêncio. Observou a garçonete atentamente. Embora sorrisse e conversasse de modo amigável com todos os clientes, havia algo de perturbador nela. As respostas da mulher eram muito ensaiadas, e havia uma dureza ao redor de seus olhos. Ficou parada como se tivesse um poste preso às costas e não conseguisse se inclinar ou relaxar.

Alexis também estava desconfiada. Quando a garçonete voltou à cozinha para fazer os pedidos, a Esfinge invisível a seguiu. Alexis voltou vários minutos mais tarde e disse em voz baixa para o Agente T que a garçonete tinha ido até um cômodo e falado baixinho com alguém. Embora não tivesse ouvido tudo o que a mulher dissera, a garçonete mencionara a família viajando para o norte com um reboque para cavalos.

– Até aqui, tudo bem – o Agente T disse. Olhou para os demais na mesa. – Apenas ajam com naturalidade.

Quando a comida foi servida, Emily estava impressionada com a atuação do Agente T. Ele não se parecia em nada como era normalmente. Sorria com facilidade, contava piadas bobas e tinha até um brilho em seus olhos azul-claros. Agia exatamente como um pai faria. Emily se perguntou como ele teria sido se nunca tivesse se juntado à UCP e, em vez disso, tivesse tido uma família. Imaginava que seu pai poderia até mesmo ter gostado dele.

Quando deixaram o restaurante, todos pararam para olhar o céu coalhado de estrelas. Era de tirar o fôlego e quase tão bonito quanto quando estavam voando nele. Mais para o sul, podiam ver o brilho de Las Vegas.

A temperatura estava visivelmente mais fria do que durante o dia, e o ar estava repleto dos sons do deserto. Coiotes uivavam ao longe enquanto insetos cantavam e pequenos animais corriam pelo matagal.

Enquanto se dirigiam para seu *trailer*, ouviram outros hóspedes do hotel caminhando por aí e se dirigindo para o restaurante. Cães latiam alto em seus canis, não muito distantes do reboque em que Pegasus e Tornado estavam estacionados.

– Espero que os cães não latam toda a noite – Emily disse. – Estava planejando tirar Pegasus do reboque para ele esticar as asas. Mas não quero que chame atenção sobre nós.

– Pegasus ficará onde está – o Agente T disse sombriamente. – Não quero que seja levado daqui.

Emily percebeu que o ex-agente da UCP parecia agitado.

– Há algo errado?

– Tenho um mau pressentimento.

– Assim como eu – Alexis concordou. – Vir até aqui pode ter sido um erro.

Emily olhou ao redor, temerosa.

– Devemos partir e encontrar outro lugar para parar?

O Agente T negou com a cabeça.

– Isso definitivamente chamaria muita atenção sobre nós. Só vamos ter um cuidado extra. Vamos para o reboque e poderemos conversar.

Antes de entrar no reboque, Earl e Joel foram até o pequeno *trailer* alugado e acenderam as luzes. Fecharam as cortinas e fizeram parecer como se houvesse nele pessoas se preparando para dormir.

Logo todos estavam reunidos no reboque para cavalos. Aviso de Tornado permaneceu trancado em sua baia. As luzes estavam apagadas e todos falavam baixinho.

– Este lugar é maluco – Joel disse. – Não há TV ou telefone no *trailer*. O que se espera que as pessoas façam à noite?

– Durmam e depois vão embora – o Agente T disse. – Não querem que as pessoas passem tempo aqui. Especialmente tão perto de uma base militar em atividade – olhou para a Esfinge. – Alexis, precisamos de todas as suas habilidades agora. Me avise se ouvir ou sentir alguém se aproximando do reboque.

A Esfinge assentiu e se sentou ereta. Dividia a atenção entre a reunião e em escutar os sons do lado de fora.

O Agente T balançou a cabeça.

– Isso está ficando mais difícil do que pensei. Havia muitos militares no restaurante esta noite. A tensão é grande. Algo importante está acontecendo na instalação.

Earl olhou para seu amigo.

– Não vi pessoal militar.

– Eles estavam lá – o Agente T disse. – Você tem que saber o que está procurando. Como eu disse a você, visitei a Área 51 há alguns anos. A segurança era reforçada na época. Mas não assim. Vamos ter que ver por nós mesmos.

Enquanto o grupo falava, Alexis virou a cabeça bruscamente. Levantou uma pata.

– Alguém está se aproximando.

Emily sentiu uma vibração de medo. O poder dentro dela se agitou e começou a ressoar com a comichão da Chama chegando até a ponta de seus dedos.

Em um instante, o Agente T mudou de atitude. Inclinou-se para perto do grupo e riu alto.

– E sabe o quê? – exclamou. – Seu avô nunca descobriu que éramos nós quem colocávamos a casinha no telhado do celeiro!

Gargalhou mais alto e fez sinal para que os outros se juntassem a ele. Acenou com a cabeça para Earl.

– É verdade – Earl acrescentou, juntando-se à risada. – Mamãe sabia, mas nunca contou ao papai. Até hoje ele acha que eram os garotos do fim da estrada...

Enquanto todos riram, Alexis acenou com a pata no ar, indicando que deviam continuar. Aproximou-se da lateral do reboque e apontou a parede.

– Ele está bem aqui – murmurou.

Pequenas chamas irromperam das pontas dos dedos de Emily conforme seu medo aumentou. Tentou controlar a Chama, mas ela não obedeceu. Pegasus a cutucou, tentando acalmá-la.

Joel olhou para as chamas enquanto elas reluziam a vários centímetros acima dos dedos de Emily. Gargalhou alto.

– Então, tio Earl, é verdade o que o pai nos contou? Que você e ele estavam pescando com dinamite?

– Claro que sim – Earl concordou animadamente. – É a melhor maneira de pegar os grandões...

De repente, houve uma batida alta na porta do reboque. O Agente T fez sinal para que Pegasus e Crisaor se escondessem em uma das baias. Acenou com a cabeça para as mãos de Emily. Ela as colocou nas costas.

– Quem está aí? – o Agente T perguntou animadamente, voltando ao papel de pai amigável.

Uma voz de homem veio do lado de fora.

– Está tudo bem aí dentro?

O Agente T foi até a porta

– É claro, está tudo bem – ele disse, abrindo-a. – Por que pergunta?

O homem estava segurando uma lanterna. Emily podia ver seu rosto. Era duro e frio, enquanto tentava espiar para além do Agente T.

– Alguém relatou sons estranhos vindos daqui. Mantemos um hotel seguro. Só queria ter certeza de que estava tudo bem.

O Agente T passou a mão pelas costas do homem para convidá-lo a entrar, e o coração de Emily quase parou. Ela fechou as mãos com força para manter a Chama presa.

– É claro – o Agente T disse. – Nós entendemos. Mas meus cavalos ficam um pouco assustados se ficam muito no reboque. Então, meus filhos e eu estamos passando um pouco de tempo com eles antes de ir para a cama. Gostaria de entrar e ver por si mesmo?

Alexis estava escondida atrás da porta. Seu olhos estavam brilhantes e suas garras para fora. Estava em posição de ataque.

O homem deu o primeiro passo para entrar no reboque quando uma voz o chamou de volta ao restaurante. Ele parou por um momento que pareceu uma eternidade, enquanto esperavam para ver se ele ia entrar. Finalmente deu um passo para trás e voltou para o chão.

– Sinto ter incomodado vocês esta noite. Estamos só sendo cuidadosos.

– Entendemos completamente – o Agente T disse. – Tenha uma boa noite – o ex-agente da UCP ficou parado na porta por alguns minutos, observando o homem partir.

Joel olhou para Emily.

– Pode desligá-las agora – disse, indicando as mãos ardentes.

Emily se acalmou e mandou a Chama para dentro de si mesma.

– Não gosto daqui. Talvez devêssemos voar até a instalação agora mesmo, ver o que está acontecendo e sair.

O Agente T fechou a porta e retornou para o grupo. Discordou com a cabeça.

– Já estão desconfiados o suficiente. Se fizermos um movimento, vamos nos expor. Temos que planejar tudo cuidadosamente. Essa base tem sensores aéreos e terrestres que captam vestígios visuais, de áudio e de calor. O que sei com certeza é que, quando alguém se aproxima a menos de cinco quilômetros de qualquer propriedade da Área 51, as autoridades já os viram e sabem tudo o que há para saber sobre eles. Esta não é a Ilha do Governador ou Tuxedo. Este lugar tem a maior segurança entre todas as instalações do mundo. Nem mesmo o Presidente dos Estados Unidos pode entrar aqui.

– O que vamos fazer? – Paelen perguntou.

– Vamos usar nossas cabeças, e não nossas emoções – o Agente T disse friamente. Seus olhos pousaram em Emily. – E você, mocinha, precisa controlar esses seus poderes. Não queremos que deixe coisas acesas até que estejamos prontos.

– Eu sei – Emily disse, abaixando a cabeça. – Normalmente posso controlá-los. Mas saber que o cara estava do lado de fora meio que me tirou do sério.

Os penetrantes olhos azuis do Agente T pousaram nela.

– Assim como no hotel em Baton Rouge, com o abajur explodindo? E o que me diz do Rancho Dois R? Parece que seus poderes escapam de você com uma certa frequência.

– Sim, o que aconteceu no estábulo? – Joel acrescentou. – Aqueles dois saíram voando! E você nos disse para detê-los antes que seus poderes os matassem.

Emily percebeu que fora exposta.

– Sinto muito – começou. – Mas acho que tenho mais poderes do que simplesmente a Chama, e não posso controlá-los. Algumas vezes eles escapam de mim completamente.

– Por que não nos contou? – Joel exigiu saber, parecendo magoado. – Não confia em nós?

Emily negou com a cabeça.

– Não é isso e você sabe! Não disse nada porque tínhamos coisas mais importantes com as quais nos preocupar. Pensei que ia conseguir mantê-los escondidos até voltarmos.

– O que são esses novos poderes? – Paelen perguntou. – O que eles podem fazer?

Emily odiava contar para seus amigos sobre seus poderes. Não queria que descobrissem que ela era quase uma aberração.

– Posso mover coisas – ela começou. – E, algumas vezes, elas meio que explodem...

– Como o abajur – Joel disse.

Emily assentiu.

– E, algumas vezes... mas não muito frequentemente... os objetos desaparecem completamente e nunca mais os vejo novamente.

– Se transformam em cinzas, como as górgonas? – Paelen perguntou.

Emily encolheu os ombros.

– Não. Na verdade, eles meio que desaparecem.

Alexis sentou-se ao lado dela.

– Emily logo aprenderá a controlar esses novos poderes, como pode controlar a Chama. Enquanto isso, devemos ajudá-la a permanecer calma e focada, para que os poderes não escapem novamente.

– E é por isso que devemos planejar nosso próximo passo muito cuidadosamente – o Agente T disse. – Não podemos deixar Emily perder o controle. De acordo?

Todos acenaram com a cabeça e concordaram em ajudá-la. Olhando para seus rostos determinados, ela se perguntava por que havia ficado tão preocupada em contar a eles.

– De volta ao problema em questão – o Agente T prosseguiu. – Sei com certeza que pegaram detalhes dos nossos veículos e conferiram. O fato de ainda estarmos livres significa que alguém no Rancho Dois R seguiu nossas ordens e disse para as autoridades que estávamos transportando cavalos. Estamos seguros, por enquanto.

– Isso ou estão reunindo um exército contra nós – Joel disse.

O ex-agente da UCP negou com a cabeça.

– Não, com a base tão próxima, estariam aqui em minutos. Estamos seguros, por enquanto. Acho que nossa melhor alternativa é dirigir até os portões da base pela manhã e ver como é à luz do dia.

Emily perguntou:

– Não devíamos ir à noite, enquanto está escuro?

– Não deveríamos tomar decisões precipitadas – o Agente T disse. – Se exagerarmos, isso pode se voltar contra nós. Devemos planejar muito cuidadosamente. Além disso, estamos todos cansados da viagem. Devemos estar descansados e preparados antes de seguir em frente. Descansem esta noite, porque amanhã vamos nos mover contra a Área 51 e a UCP.

13

Emily e Earl permaneceram no reboque com Pegasus, Crisaor e Aviso de Tornado. Com Pegasus ao seu lado, Emily se deitou na palha e se curvou em direção a ele. Exausta do longo dia quente, ela rapidamente caiu no sono.

Uma batida na porta do reboque despertou Emily abruptamente. Pegasus ficou imediatamente em pé, batendo a pata no chão e relinchando. Em sua baia, Aviso de Tornado se juntou a ele e relinchou alto. Emily olhou pelas janelas do reboque. Ainda estava escuro lá fora e ela não pôde ver nada.

– Fique aí – Earl avisou. – Deixe que eu vejo.

Earl abriu um pouco a porta e espiou para fora.

– Ah, meu Deus! – pulou para o chão.

Emily correu para a porta e viu Earl lutando para levantar Alexis. A Esfinge estava caída no chão, coberta de sangue. Ele a carregou pelos três degraus até o reboque.

– Feche a porta e acenda as luzes – ele ordenou, enquanto colocava Alexis sobre a palha seca.

A Esfinge estava gemendo.

– Está tudo bem, Alexis – Emily disse, enquanto afastava o cabelo negro da Esfinge do rosto. – Você vai ficar bem.

Earl correu para a porta do reboque.

– Fique com ela. Vou chamar os outros.

Emily se concentrou na Esfinge. Com a falta de ambrosia, Alexis estava enfraquecida e vulnerável o suficiente para ser ferida. Parecia que havia enfrentado uma terrível batalha.

– São ferimentos de tiro? – Emily exclamou, enquanto checava o corpo de Alexis e começava a curá-la. – Quem fez isso? – Mas a Esfinge estava fraca demais para responder.

Enquanto os poderes de Emily começavam a agir, Pegasus e Crisaor ficaram parados perto da cabeça machucada e ensanguentada de Alexis. Pegasus lambia seu rosto suavemente.

Joel, Paelen e Earl se amontoaram ao redor da Esfinge quando ela se mexeu e abriu lentamente os olhos.

– Tom foi embora – Earl exclamou. – Ele não está no quarto.

– Não o ouvimos partir – Joel acrescentou. – Eu achava que ele ainda estava conosco. O que aconteceu aqui?

Com a cura completa, Alexis sentou-se bruscamente. Lágrimas enchiam seus olhos.

– Tom está morto – ela anunciou. – Foi morto pelo seu próprio pessoal da UCP.

– O quê? – Emily exclamou. – Como?

Alexis ignorou a pergunta de Emily e olhou para Earl.

– Eles deslocaram minhas asas. Não podia voar e tive que correr até aqui. Não temos muito tempo antes que venham atrás de nós. Tom me disse que, se algo acontecesse, deveríamos voltar para Las Vegas e nos esconder na torre negra. Vá agora, tire-nos daqui. Posso contar o que aconteceu mais tarde.

Earl assentiu.

– Vocês, crianças, fiquem com Alexis e segurem firme. Vou levar este reboque o mais rápido que puder.

Momentos depois de Earl deixar o reboque, ouviram sons de homens gritando e atirando. O reboque balançou violentamente quando os pneus foram alvejados embaixo deles, inutilizando o veículo. Josh correu para a janela.

– É aquele cara do restaurante. Ele e alguns outros capturaram Earl!

Luzes piscavam enquanto veículos militares lotavam o estacionamento do hotel. Podiam ouvir um ruído surdo, pesado, a distância. Paelen levantou a cabeça.

– Conheço esse som. São soldados nas máquinas voadoras!

– Estamos presos aqui! – Emily exclamou.

Aviso de Tornado estava berrando em sua baia e chutando a porta. Os olhos de Pegasus estavam frenéticos e ele relinchava alto.

– Ele diz que devemos fugir – Paelen traduziu. – Emily, abra a porta grande e vamos voar para longe daqui.

Emily concordou com a cabeça e então olhou para Tornado.

– Não vamos deixá-lo aqui para eles! – antes que os outros pudessem protestar, ela correu até o fundo do reboque e abriu a porta da baia de Tornado.

Os olhos do cavalo de corrida estavam frenéticos e assustados, mas ele deixou que Emily o levasse para frente, até ficar ao lado de Pegasus. Os olhos dos garanhões se encontraram, mas nenhum fez movimento contra o outro, como se ambos percebessem o perigo maior.

Emily subiu em Pegasus.

– Todo mundo se apronte. Vou queimar a porta para que ela abra. Joel, suba em Crisaor – olhou para a Esfinge. – Você pode voar? Ou quer cavalgar comigo em Pegasus?

– Estou curada o suficiente – Alexis disse. – Use seus poderes, nos tire daqui!

Emily olhou para seus amigos.

– Assim que a rampa descer, quero todo mundo voando para fora daqui. Pegasus, Tornado e eu seguiremos vocês. Subam bem alto. Dirijam-se para Vegas. Vamos nos encontrar no topo daquela alta torre negra que vimos no caminho para cá.

Quando todos assentiram, Emily ergueu as mãos.

– Prontos?

Seu medo alimentou o poder da Chama. Em um instante, uma enorme explosão de luz ofuscante voou de suas mãos e acertou a rampa trancada do reboque. Com o impacto, a rampa explodiu. Os destroços atingiram vários soldados que corriam em direção ao reboque.

– Vão! – Emily gritou.

Crisaor foi o primeiro a se mexer. Enquanto o javali alado guinchava e disparava pela abertura queimada, Joel, pendurado em suas costas, gritava. Paelen seguiu, correndo e ordenando que suas sandálias o levassem para o céu. Quando voou sobre a cabeça do pelotão de soldados, chutou os dois homens mais próximos.

– Deixe-nos em paz!

– Alexis, vá! – Emily gritou quando Pegasus se moveu embaixo dela. Ela olhou para Tornado. – Vamos, garoto, venha conosco. Use suas asas e voe!

Como seu irmão, Crisaor, Pegasus disparou para fora do reboque queimado gritando. Abriu as asas e bateu-as com confiança para o ar.

Os olhos de Emily ficaram frenéticos com a visão de incontáveis veículos militares lotando o estacionamento. Homens saíam deles aos montes, com as armas em punho. Sons de estalos encheram o ar quando abriram fogo. Ela sentiu ferroadas em seus braços e costas e percebeu que estavam usando dardos tranquilizantes, exatamente como a UCP fizera com eles em Nova York, na ponte da Rua 59. Só que, dessa vez, não tiveram outro efeito além de deixá-la zangada.

Ela ergueu a mão e soltou uma chama em formato de laser no veículo militar mais próximo. Ele explodiu em um brilhante clarão. Um segundo, um terceiro e um quarto veículo seguiram o primeiro, enquanto o ar ao redor deles parecia aceso com a luz dos caminhões queimando.

Os olhos de Emily procuravam Earl. Ela olhou para trás e o viu sendo mantido preso ao chão por vários homens armados. Earl estava gritando para ela, mas não podia ouvir o que ele dizia.

– Pegs, temos que voltar para salvar Earl!

– Emily, não – Alexis disse, mergulhando para perto. – Você é a Chama; precisa permanecer livre. Earl sabe disso. Ele não iria querer que se arriscasse.

Emily olhou para Earl. Ele fizera tanto por eles e tudo o que lhe deram em troca foram problemas.

Quando Pegasus subiu para o céu, Aviso de Tornado gritou. Ainda estava no chão, correndo com incrível velocidade para acompanhar Emily e Pegasus. Jipes militares o perseguiam e homens jogavam cordas para prendê-lo.

– Voe, Tornado! – Emily gritou. – Use suas asas e voe! – mas o garanhão não sabia como. Em vez disso, transformou seu medo em ira. Parou, girou e atacou os soldados que tentavam capturá-lo. Ele podia não saber voar, mas Aviso de Tornado sabia como lutar. Instintivamente usava suas asas como armas. Bateu-as e acertou os homens que tentavam pegá-lo. Outros levavam coices de seus cascos letais.

Conforme mais homens chegavam, Emily viu o cavalo de corrida alado finalmente ceder aos incontáveis dardos tranquilizantes que atiraram nele. A última visão que teve do garanhão foi quando ele caiu no chão.

Emily não podia testemunhar mais nada. Olhou para frente e viu que estavam longe de estar fora de perigo. Um esquadrão de helicópteros militares atravessava as montanhas que cercavam a Área 51 e se dirigia diretamente para eles.

Joel, Crisaor e Paelen estavam adiante no céu escuro. Emily notou que Paelen estava voando de um jeito esquisito, muito perto de Crisaor. Então viu o porquê.

– Joel! – ela engasgou. Viu o corpo mole do garoto sendo segurado por Paelen. – Pegasus, olhe, Joel foi atingido!

Paelen estava lutando para impedir que o amigo caísse das costas do javali alado.

– Paelen – Emily gritou. Apontou para os helicópteros que se aproximavam. – Leve Joel para Las Vegas. Pegasus e eu vamos atrasá-los!

Sem esperar uma resposta, Emily e Pegasus se viraram na direção dos helicópteros militares.

– Se querem brigar – ela disse para o garanhão –, vamos dar a eles uma briga da qual jamais esquecerão!

– Emily, não faça isso! – Alexis gritou, voando perto de Pegasus. – Precisamos fugir!

– Não podemos! Paelen e Crisaor não podem levar Joel muito rápido enquanto ele estiver inconsciente. Temos que os ajudar a escapar.

Ela sentiu o poder da Chama retumbando por todo o seu corpo. Apesar do perigo que encarava, Emily sentia-se estranhamente calma.

– Está pronto, Pegs?

Embaixo dela, Pegasus acelerou e gritou no céu noturno. Estava brilhando, branco, como um farol em chamas, enquanto voava em direção aos helicópteros. Emily focou seu olhar nos veículos mais próximos.

– Isto é por Joel, por Earl, por Aviso de Tornado e pelo Agente T! – gritou. Emily ergueu as mãos e soltou a Chama.

14

Paelen lutou para impedir que Joel caísse de Crisaor. Inconsciente, o garoto estava tombando das costas do javali e corria o risco de despencar. Mas tentar manter seu robusto amigo estável enquanto voava com as sandálias aladas estava se mostrando difícil demais.

À sua direita, Paelen viu o brilho de Emily e Pegasus avançando pelo céu escuro, em direção aos helicópteros que se aproximavam. Não aguentava olhar, mas tampouco conseguia afastar os olhos.

Emily e Pegasus pareciam tão pequenos e vulneráveis indo de encontro às máquinas voadoras e, mesmo assim, enquanto observava, Paelen viu sua melhor amiga usar seus poderes para derrubar os monstros de metal.

Paelen viu clarões sem fim no céu, vindo das armas das máquinas que atiravam em Pegasus e Emily. Isso lhe trouxe lembranças terríveis da noite em que Cupido foi derrubado por máquinas similares.

Mas o Cupido não tinha o poder ou a determinação de Emily. Paelen observou máquina após máquina explodir no céu sobre o deserto escuro. Suas carcaças ardentes caíam violentamente no chão, deixando o mato e as plantas secas em chamas. Em pouco tempo, o solo do deserto estava coberto com destroços que brilhavam e queimavam.

Paelen balançou a cabeça, maravilhado. Emily estava provando ser melhor lutadora e, mesmo assim, eles continuavam vindo, na esperança de derrubar Pegasus e ela do céu.

Estava tão absorto assistindo à batalha que não percebeu que Joel estava escorregando. De repente, Crisaor gritou.

– Joel! – Paelen exclamou, enquanto o amigo tombava do javali alado, em queda livre na escuridão abaixo.

– Sandálias, levem-me até Joel! – Paelen gritou em pânico.

As sandálias aladas reagiram instantaneamente. Paelen se lançou de cabeça atrás de Joel. Crisaor continuou a guinchar enquanto se virava no céu e mergulhava para impedir que Joel fosse esmagado no chão.

Era uma corrida para a morte.

Tanto Paelen quanto Crisaor alcançaram Joel alguns metros antes de ele acertar o solo. Paelen segurou o braço de prata de Joel e desacelerou sua queda apenas tempo o suficiente para que Crisaor voasse sob eles e pudesse deixar Joel pousar em suas costas.

– Nos leve para baixo! – Paelen ofegou, enquanto ele e suas sandálias lutavam para aguentar o peso de Joel.

A aterrissagem não foi limpa ou graciosa. Quando as patas de Crisaor tocaram o chão do deserto, o inconsciente Joel se precipitou para a frente. Apesar dos esforços de Paelen, o braço prateado de Joel se soltou de suas mãos e o garoto foi atirado das costas do javali. Caiu no chão, a vários metros de distância. Paelen se encolheu quando percebeu que seu melhor amigo acabara de pousar em um grupo de cactos.

Paelen dividia a atenção entre Joel e a luta travada no céu. Não podia mais ver Emily ou Pegasus, mas via os feixes de laser da Chama atravessando o céu escuro. Notou que os helicópteros que sobraram estavam se afastando de onde haviam aterrissado e percebeu que Emily os levava para longe dele, de Joel e de Crisaor.

– Fique a salvo, Emily – orou silenciosamente, enquanto a luta desaparecia ao longe.

Paelen relutantemente desviou os olhos do céu para se concentrar em Joel. Rapidamente descobriu que o garoto não havia simplesmente caído em um grupo de cactos – tinha de ser o maior e pior grupo de cactos do deserto. Enquanto se embrenhava entre eles e tentava se aproximar de seu amigo, espinhos afiados arranhavam seus pés entre as tiras de couro das sandálias e se enfiavam dolorosamente em seus tornozelos e pernas.

Paelen gritou de dor e recuou. Ao lado dele, Crisaor guinchava e oferecia sugestões.

– Tente você entrar lá, então – Paelen replicou para o javali. – Sua pele dura deve se dar bem com esses espinhos. Mas eles estão me fazendo em pedaços!

Depois de vários outros guinchos, Paelen olhou para Crisaor.

– Ah, entendo o que quer dizer – disse. – Boa ideia.

Olhou para seus pés.

– Sandálias, me levantem no ar e me virem de cabeça para baixo.

As asinhas das sandálias bateram rapidamente, compreendendo a ordem, e o ergueram do chão. Flutuaram no ar e então viraram. Paelen gritou quando foi colocado de cabeça para baixo.

– Agora, me levem até Joel, por cima dos cactos – elas se moveram sobre os espinhos.

– Cuidado – Paelen disse. – Só mais um pouco... Bom! Parem aqui!

Paelen alcançou uma das mãos de Joel e a agarrou firmemente.

– Sandálias, me levantem!

Paelen gritou quando suas mãos rasparam na lateral de um cacto que estava cheio de espinhos afiados. Seu amigo estivera deitado naquela planta. Joel teria muita dor quando acordasse.

Paelen carregou Joel até Crisaor. Mesmo no escuro, podiam ver milhares de pequenos espinhos espetados em sua roupa.

Usando seus dentes afiados, Crisaor começou a puxar os espinhos um a um.

– Isso vai levar a noite toda – Paelen disse, quando se juntou a ele.

Crisaor guinchou.

– Sim – Paelen concordou. – Passamos por um lago quando estávamos vindo para cá – olhou para os pequenos pontos inchados de sangue na pele nua de Joel, onde os espinhos do cacto haviam sido removidos. Olhou para Crisaor. – Boa ideia. Precisamos levá-lo até lá antes que ele acorde.

A jornada até o lago foi relativamente curta. Paelen ficou de olho para ver se apareciam mais veículos militares. Mas depois da grande luta, e de Emily levá-los para longe, Paelen percebeu que estavam completamente sozinhos.

Pousaram em um ambiente totalmente diferente. Ainda estavam no meio do deserto, mas o lago era cercado por árvores e grama viçosa. O ar estava mais fresco.

Levaram Joel até a água gelada. Ao contato, o garoto começou a se mexer. Gemeu baixinho e desmaiou novamente.

Paelen permaneceu na água com Joel até que o sol estava bem alto. Quando Joel voltou a se mover, Paelen o levou para fora do lago e o colocou gentilmente na grama sob uma grande árvore. O calor do dia já pesava sobre eles.

Joel abriu os olhos, olhou ao redor e então franziu o cenho.

– Onde estamos? – perguntou, grogue. – O que aconteceu?

– Está tudo bem – Paelen respondeu. – Mas você teve uma noite bem árdua. Primeiro, foi atingido com dardos tranquilizantes da UCP, quase foi esmagado no chão e então teve uma briga com um cacto... E perdeu.

– Você chama isso de *árdua*? Estou todo dolorido!

Paelen assentiu.

– Sim, mas pelo menos está vivo.

Joel levantou a cabeça e olhou ao redor.

– Onde está Emily? Ela está bem?

– Não sei – Paelen disse. – Da última vez que a vimos, ela estava levando as máquinas para longe de nós. Tenho certeza de que está bem – nem mesmo Paelen acreditava em suas próprias palavras.

Havia máquinas demais contra Emily e Pegasus. Era pouco provável que tivessem escapado ilesos.

– Temos que os encontrar. – Joel entrou em pânico enquanto lutava para se levantar. Mas ainda havia resíduo do tranquilizante em seu organismo e ele caiu.

– Não podemos sair daqui – Paelen disse, impedindo Joel de tentar se erguer novamente. – Olhe ao seu redor. A luz do dia está no auge e estamos no meio do nada. Não podemos deixar a segurança deste lugar até que esteja escuro.

Crisaor colocou o pequeno casco levemente sobre o peito de Joel e guinchou baixinho.

– Crisaor concorda. Não devemos ser vistos voando durante o dia. É muito perigoso para todos nós.

– Mas e quanto a Emily? – Joel exclamou. – Tenho que a encontrar.

– Sim, temos – Paelen concordou. – Mas não faremos nenhum bem a Emily, Pegasus ou Alexis se formos capturados. Você ainda está fraco por causa das drogas e dos espinhos do cacto. Aproveite o dia de hoje para se recuperar. Partiremos assim que escurecer. Então podemos nos encontrar com os outros na torre negra.

Paelen podia ver os pensamentos de Joel voando como uma tempestade. Como Joel, Paelen era devotado a Emily e odiava a ideia de ela estar lá fora sozinha. Embora Pegasus e a Esfinge estivessem com ela, ainda havia a possibilidade de um ou mais deles ter se ferido na batalha.

– E se ela estiver morta? – Joel perguntou.

Paelen negou com a cabeça.

– Emily é a Chama, é forte. Mas todos estamos sem ambrosia e néctar há dias. É com Pegasus e Alexis com quem me preocupo mais. Espero que estejam todos bem. Mas, por enquanto, tudo o que podemos fazer é esperar.

15

– Onde eles estão?

Emily caminhava ansiosamente junto à parede no topo do alto edifício negro. Olhava para Las Vegas, procurando no céu sem nuvens por sinais de Joel, Paelen e Crisaor. O sol estava alto, mas não havia indício de seus amigos.

– Eles virão – Alexis disse baixinho. Ela e Pegasus estavam escondidos dentro de um barracão de obras que permanecia no telhado. O edifício estava inacabado mas, pelo jeito das coisas, o trabalho de construção parara há algum tempo. Ainda havia um guindaste não utilizado no telhado e várias ferramentas. Na lateral, faltavam várias janelas negras e, no chão, andaimes se erguiam contra a parede. O local da construção estava cercado por um tapume alto de madeira.

Quando Emily voltou para o barracão, estava mais exausta do que jamais pensara ser possível. Mesmo depois de todo o treinamento que Vesta lhe dera, ainda estava despreparada para o encontro com os militares.

Aquilo exigira demais dela. A Chama fizera tudo o que ordenara. Mas isso não impediu que seus outros poderes viessem à superfície. Quando abriu fogo contra três helicópteros pesadamente armados, em vez de emitir chama pelas mãos, os veículos desapareceram. Mas para onde foram?

Ela se sentou contra a parede do barracão e respirou profundamente. Seus olhos pousaram na Esfinge. Alexis estava chorando.

– Você está bem?

Alexis abaixou a cabeça, enquanto mais lágrimas escorriam por suas bochechas macias.

– Eu o avisei – ela disse baixinho. – Disse que era uma má ideia, mas ele insistiu.

– O Agente T? – Emily perguntou.

Alexis assentiu.

– Depois que vocês foram todos para a cama, ele veio até mim. Disse que entrar na Área 51 era uma missão suicida. Tom estava temeroso por todos, especialmente por você. Ele sabia o que poderia acontecer se a UCP colocasse as mãos em você, e disse que jamais permitiria isso.

Emily sentiu um aperto na garganta. O Agente T nunca demonstrara nenhum sinal de que se importava. Mas estaria escondendo isso?

– Por que ele não esperou por nós? Teríamos ajudado.

– Ele não podia – Alexis lamentou. – Tom reconheceu o homem que foi checar o que fazíamos no reboque. Era da UCP. Tinha certeza de que o homem o reconhecera também. Tom me pediu que o levasse até a instalação antes que pudessem fazer algum movimento contra nós. Esperava poder argumentar com eles. Contar o que aconteceria se não parassem de clonar Novos Olímpicos.

– Eles o escutaram?

Alexis negou com a cabeça.

– Mesmo antes de chegarmos, deviam saber que estávamos a caminho. Assim que tocamos o chão, as luzes se acenderam e fomos cercados. Eu estava usando o elmo de Plutão, mas mesmo assim sabiam que eu estava lá.

A voz da Esfinge falhou quando ela olhou em prantos para Emily.

– Quando percebeu que fôramos capturados, Tom me disse para que tirasse todos vocês dali. Mas então um guarda Nirad veio até mim...

– O quê?

Alexis assentiu.

– Eles têm Nirads lá. Sabíamos que tinham, mas esses não eram prisioneiros. Estavam trabalhando com eles. Os Nirads cinzentos eram soldados da UCP. Foram eles quem me atacaram e quase arrancaram minhas asas.

Emily cobriu a boca com a mão.

– Isso é muito ruim.

– É pior – Alexis disse. – Enquanto eu lutava contra os soldados Nirads, vi mais chegando pela porta aberta, então voei para a porta e entrei em um mundo de terror – Alexis não pôde continuar quando seus soluços aumentaram.

Emily colocou os braços ao redor dela.

– Sinto muito, Alexis – sussurrou, segurando a trêmula Esfinge. – Mas precisa me contar. O que viu lá dentro?

– Eles têm clones de Diana trancados em jaulas. Também vi Paelens e Cupidos. Não vi clones de Pegasus, mas pude ouvi-los e sentir seus medos.

– Cupidos? – Emily repetiu. – Como isso é possível? Ele nunca foi prisioneiro da UCP.

A Esfinge fez o melhor possível para encolher seus ombros em sinal de dúvida.

– Não sei, mas estavam lá. Estavam sofrendo. Mas não pude ajudá-los. Precisei de toda minha astúcia para fugir e voltar até vocês.

Emily balançou a cabeça e falou em voz baixa.

– Isso é muito pior do que imaginei. Foi longe demais para que possamos fazer alguma coisa. Precisamos contar a Júpiter o que está acontecendo aqui e implorar para ele não destruir este mundo.

Alexis negou com a cabeça.

– Por favor, não, não podemos fazer isso.

Emily ficou confusa.

– Mas era você quem queria que contássemos a Júpiter.

– Sim, era eu – Alexis disse, trêmula. – Você é muito jovem e pode não entender isso. Mas eu me importava muito com Tom.

No pouco tempo que passamos juntos, descobrimos o quanto tínhamos em comum e... – Alexis fez uma pausa e levantou os olhos para Emily – e o quanto nós dois éramos sozinhos.

– De verdade?

A Esfinge assentiu.

– Tom me fazia rir. Me tratava como uma pessoa. Não como a Esfinge ou uma guardiã olímpica, mas como uma pessoa.

E repentinamente Emily viu que a grande e poderosa Esfinge era muito solitária e que o Agente T acabara com essa solidão.

– Sinto muito, Alexis.

Alexis abaixou a cabeça.

– Antes de partirmos para as instalações da UCP, Tom me implorou que o ajudasse a salvar este mundo. Era a única coisa com a qual ainda se importava – ela fez uma pausa e olhou para Emily com os chorosos olhos verdes. – Como eu poderia recusar?

Emily afastou o olhar.

– Isso não parece coisa do Agente T que eu conheço.

– Tom era um homem muito triste – Alexis prosseguiu. – Lamentava profundamente as coisas que havia feito. Juntou-se à UCP para servir e proteger seu país. Em vez disso, ele se perdeu. Só no fim percebeu seu erro e quis reparar o que fizera. Me pediu para dizer a você e a Pegasus que ele sentia muito.

Lágrimas encheram os olhos de Emily. Ela estendeu a mão para pegar seu lenço verde e recolheu-as cuidadosamente, antes que caíssem e explodissem.

– Gostaria que ele tivesse me dito – sussurrou.

O som de helicópteros se aproximando trouxe Emily de volta ao presente. Ela ficou em pé e espiou para fora da porta do barracão.

– É só um helicóptero de turismo – explicou. – Estamos a salvo por enquanto.

Deixando Alexis com suas lágrimas, Emily saiu para o calor do meio-dia. Era quase insuportável. O asfalto sob seus pés estava macio e começava a derreter. Aproximando-se da beirada, olhou para Las Vegas. Brilhantes cassinos coloridos se alinhavam na famosa Strip e milhares de pessoas se moviam lá embaixo. Nenhuma delas estava ciente do perigo que encaravam. Parecia que a UCP criara um exército de soldados Nirads. Com combatentes como esses, podiam dominar o mundo com facilidade. Por que mais iriam querer clonar Nirads? Emily percebeu que a UCP representava quase tanto perigo para este mundo quanto Júpiter.

Que engenharia genética haviam feito para criá-los? Nirads verdadeiros tinham ligações telepáticas uns com os outros. Seriam a Rainha Segan ou o Príncipe Tobin capazes de se comunicar com esses novos Nirads, como faziam com o resto de seu povo?

Um pensamento veio à mente de Emily. Ela voltou para o barracão.

– Alexis, os soldados Nirads cinzentos pareciam com os Nirads que conhecemos? Ou eram diferentes, como Tornado era diferente de Pegasus?

– Pareciam iguais – Alexis respondeu. – Tinham quatro braços, cabelo preto e pegajoso e três grandes olhos negros. A pele deles era marmorizada como a de todos os outros Nirads. Mas havia algo diferente neles. Tenho certeza de que não eram totalmente Nirads, mas misturados com algo mais.

– Mas são Nirads o suficiente para ser como os que conhecemos? – Emily pensou em voz alta. Foi até o garanhão. – Pegs, você acha que a Rainha Segan ou o Príncipe Tobin nos ajudariam? Se eles pudessem se comunicar com esses Nirads militares, talvez pudéssemos voltá-los contra a UCP.

Alexis levantou-se e caminhou até Emily.

– Está propondo trazer a rainha Nirad até este mundo?

– Não a rainha – Emily respondeu. – Segan deve permanecer em seu mundo, mas e quanto ao Príncipe Tobin? Ele pode falar com seu povo usando a mente, não pode?

Pegasus relinchou baixinho e deu patadas no chão do barracão.

– Ele diz que seria muito perigoso trazer o príncipe para cá. Concordo com ele. Se o príncipe for capturado...

Emily balançou a cabeça.

– O que a UCP poderia fazer com ele? Nirads são praticamente indestrutíveis. Só ouro olímpico, os cascos de Pegasus e meus poderes podem feri-los. Nada na Terra pareceu detê-los da última vez que estiveram aqui. A UCP não tem ouro olímpico e duvido que saibam que essa é a fraqueza deles. O Príncipe Tobin estaria perfeitamente seguro.

– Não acho que seja uma boa ideia – Alexis disse.

– Não gosto, também. Mas eles precisam saber o que está acontecendo aqui. Esses são clones Nirads... parte de seu povo. Precisam saber o que a UCP tem feito. É apenas justo.

Alexis olhou para Pegasus. O garanhão balançou a cabeça e bufou. Pressionou a cabeça contra Emily enquanto a Esfinge focava nela.

– Pegasus acredita que pode funcionar. Não vejo outra solução razoável. Parece ser o único curso de ação. Contudo, ainda há a questão da ausência de Joel, Paelen e Crisaor para considerar.

A preocupação com seus amigos pesou em Emily.

– Ficarei aqui e esperarei por eles enquanto você e Pegasus vão ao mundo Nirad falar com o Príncipe Tobin.

Pegasus protestou alto e Alexis negou com a cabeça.

– Você não ficará aqui sem proteção.

– Então você fica e espera pelos outros, e Pegs e eu vamos.

Alexis negou com a cabeça.

– Isso também é inaceitável. Vamos todos.

– E quanto a Joel e Paelen? Alguém deve ficar aqui para esperá-los. Você é a melhor para fazer isso.

– Jurei protegê-la, Emily. Vou aonde quer que você vá.

– Mas...

Alexis estreitou os olhos.

– Eu lhe darei um enigma. Se responder corretamente, ficarei aqui. Caso contrário, vamos todos.

Emily soltou um suspiro. Não tinham tempo para um dos enigmas de Alexis. Mas, ao mesmo tempo, sabia que a Esfinge precisava disso para ajudá-la a se centrar novamente.

– Vá em frente.

– Decifre isso...

Sou a fronteira inalcançável,
Mesmo assim, o lugar aonde você deseja ir,
Corro conforme você se aproxima.
Mas estou sempre ali.
O que sou eu?

Emily repetiu o enigma para si mesma. Uma fronteira inalcançável, que corre quando você se aproxima? Tentou pensar em algo que pudesse querer, mas que jamais conseguiria alcançar. Olhou para fora do barracão, tentando encontrar uma resposta. Com o sol alto no céu, havia poucas sombras ou abrigos do calor implacável. De repente, uma ideia veio à sua mente. Sombras. Como Peter Pan, você nunca consegue pegar sua sombra!

– Você é uma sombra – ela disse, triunfante.

Como sempre, Emily estava errada e não recebeu a resposta certa de Alexis. Em vez disso, a Esfinge assentiu presunçosamente e caminhou de volta para seu canto.

– Partiremos ao pôr do sol. Como não temos nada para comer, beber ou fazer, sugiro que aproveitemos o tempo para descansar. Foi uma noite horrível e estou muito cansada.

Emily acariciou Pegasus e observou Alexis se enrolar no canto. Ela parecia mais do que nunca um gatão doméstico, com as asas apertadas de encontro ao corpo e a cauda enrolada.

– Acha que estamos fazendo a coisa certa em trazer o Príncipe Tobin para cá, Pegs?

O garanhão cutucou Emily e a convidou a acariciá-lo. Era a melhor resposta que poderia dar.

Emily suspirou.

– Só espero que isso não piore as coisas.

16

Paelen e Crisaor descansaram sob uma árvore frondosa, enquanto Joel passou a maior parte do dia no lago. Seu corpo doía e ardia por causa do cacto. Só a água fria parecia acalmar sua pele inflamada.

Durante o longo dia, turistas vieram visitar o único lago no meio do deserto. Mesas de piquenique estavam espalhadas ao longo da margem e, em mais de uma ocasião, pessoas acenaram para Joel e o cumprimentaram. Quando se aproximavam, Joel afundava na água para esconder o braço e o ombro prateados.

Quando o sol começou a se por, Joel saiu da água. Paelen segurou o riso enquanto observava seu amigo caminhar até a margem. Joel estava coberto por pequenos pontos vermelhos.

Ele vestiu o moletom e imediatamente gritou de dor e o tirou. Jogou a peça no chão.

– Ainda está cheia de espinhos!

– Não tenho dúvidas de que sua calça jeans está igual – Paelen comentou. – Eu sugiro que a evite também.

– O que devo vestir agora? Não posso andar por aí pelado.

– Claro que pode – Paelen riu maliciosamente. – Tenho certeza de que Alexis e Emily vão adorar!

– Não é engraçado! – Joel exclamou. – Olhe para mim. Meu braço está exposto.

– Não é só ele que está exposto! – Paelen bramiu.

Rolando no chão, ele estava perdido em ataques de risos. Até os olhos de Crisaor faiscavam e ele bufava alegremente.

– Quando chegarmos à torre negra, talvez possamos encontrar algumas roupas para você.

– Você está se divertindo com tudo isso – Joel resmungou, enquanto se sentava para esperar.

Quando a escuridão caiu, Joel subiu em Crisaor e subiram para o céu. As únicas palavras ditas foram as de Joel reclamando do pelo grosso de Crisaor arranhando suas pernas e bumbum desnudos. Paelen achava difícil voar em linha reta enquanto gargalhava.

Mas conforme se aproximavam de Las Vegas, o riso de Paelen diminuiu e ele começou a se preocupar. Emily, Pegasus e Alexis teriam voltado para o edifício? Estariam esperando por eles?

Logo estavam voando sobre a cidade brilhante. Paelen olhou para baixo, maravilhado com todas as luzes coloridas. Nunca imaginara um lugar como esse. Nem mesmo Nova York era iluminada como Las Vegas.

– Ali está – Joel gritou, enquanto Crisaor voava sobre a Las Vegas Strip.

O alto edifício negro assomava bem diante deles, na outra extremidade da Strip. Não havia luzes reluzindo nele e, no escuro, era uma visão estranhamente imponente entre todo o brilho ao redor.

Desceram no telhado do prédio inacabado. Depois de uma busca rápida, perceberam que Emily e os outros não estavam ali.

– Onde estão? – Joel perguntou enquanto caminhava até a beira do telhado e espiava Las Vegas. – Deveriam estar aqui agora!

– Talvez não tenham conseguido – Paelen sugeriu.

– Como vamos encontrá-los, então? – Joel perguntou.

– Eu sei – Paelen disse. Estivera hesitante em usar suas sandálias, por medo de descobrir alguma verdade horrível. Mas agora não tinha escolha. Olhou para Joel e Crisaor. – Fiquem aqui. Voltarei logo.

Paelen olhou para suas sandálias.

– Me levem até Emily.

As sandálias se agitaram em reconhecimento e então dispararam com ele direto para o ar. Cada vez mais rápido, as sandálias levaram Paelen para longe de Las Vegas, até que ele percebeu que estavam ganhando velocidade para entrar na Corrente Solar. Mas quando entraram na Corrente de brilho ofuscante, as sandálias pararam e pareceram inseguras de onde ir.

Paelen sentiu a força da Corrente Solar ao redor dele e também pôde perceber que as sandálias lutavam para mantê-lo parado. Formas escuras de viajantes passavam aceleradas por ele, mas se moviam rápido demais para que pudesse identificar alguém.

– Basta – Paelen gritou sobre o poder ribombante da Corrente Solar. – Levem-me de volta a Joel.

As sandálias obedeceram imediatamente e Paelen foi levado de volta a Las Vegas. Pousou novamente no telhado do edifício negro.

– Isso foi rápido – Joel disse. – Onde ela está?

Paelen balançou a cabeça.

– As sandálias não sabem. Emily entrou na Corrente Solar, mas isso foi o mais distante que conseguiram me levar. Não podem segui-la por lá.

– Isso significa que ela está viva! – Joel comemorou. – E Pegasus também está, se ele a está levando!

– Pode ser Alexis levando-a – Paelen sugeriu. – Devemos considerar que Pegasus pode ter sido ferido e capturado pela UCP. Emily faria qualquer coisa para protegê-lo. Inclusive contar para Júpiter o que aconteceu.

– Emily não faria isso – Joel insistiu. – Nem mesmo por Pegasus! Ela sabe o que Júpiter faria se descobrisse.

– Talvez não tenha tido escolha.

Crisaor permaneceu em silêncio durante a maior parte da conversa. De repente, o javali guinchou e disparou através do telhado.

Correu até um pequeno barracão de obras. Gritos agudos encheram o ar.

Encontraram Crisaor encurralando um jovem garoto no barracão. Ele parecia ter apenas nove ou dez anos, estava vestido com roupas imundas e tinha o rosto sujo. Seus olhos estavam brilhantes e aterrorizados.

– Não me comam! – ele gritou.

Paelen franziu o cenho.

– Por que comeríamos você?

Entrou no barracão e o garoto gritou ainda mais alto.

– Por favor, pare de fazer isso! – Paelen exclamou, colocando as mãos sobre os ouvidos.

– Está tudo bem – Joel ergueu as mãos. – Não vamos machucar você. Eu prometo.

– Você está mentindo. Vocês vão me comer! – o garoto choramingou.

– Não, não vamos – Paelen insistiu –, embora eu possa jogar você do telhado se gritar de novo.

– Isso não está ajudando, Paelen! – Joel se ajoelhou ao lado de Crisaor e encarou o menino. Ofereceu sua mão de prata. – Prometo, não vamos machucar você. Este é Crisaor, este é Paelen e eu sou Joel. Venha até aqui e me diga seu nome.

O garoto olhou para a mão de Joel temeroso.

– Você é um robô alienígena!

Joel negou com a cabeça.

– Não, não sou. Mas meu braço é feito de metal. Meu braço de verdade foi destruído e agora eu tenho este.

O garoto pegou a mão de Joel de modo hesitante.

– É tão frio.

– Sim, é – Joel concordou. – Qual é o seu nome?

– Frankie – o garotinho disse enquanto caminhava ao redor de Crisaor e seguia Joel para fora do barracão.

– O que está fazendo aqui, Frankie?

– Eu vivo aqui.

Joel olhou ao redor do telhado.

– Aqui?

O garoto assentiu.

– Vivo no andar de baixo.

– Mas eu pensei que este prédio estava abandonado – Joel disse. – E inacabado.

– Está abandonado. Mas vivo aqui mesmo assim.

– Com seus pais? – Paelen perguntou. Procurava indícios de outras pessoas.

Frankie negou com a cabeça.

– Não, eles se foram.

– Se foram para onde?

– Simplesmente se foram – Frankie disse, sem graça. Olhou novamente para Crisaor. – São vocês que a garota com o cavalo voador e a mulher-leão estão procurando?

– Você viu Emily? – Paelen exigiu saber.

Frankie assentiu.

– Onde? – Joel indagou. – Quando?

– Aqui, hoje.

– Onde estão agora? – Paelen perguntou.

O jovem garoto encolheu os ombros.

– Você não é bom com respostas, não é? – Joel disse, irritado. Ajoelhou-se diante do menino. – É realmente importante que encontremos nossos amigos. Por favor, nos diga o que sabe.

Novamente, Frankie encolheu os ombros.

– Estiveram aqui o dia todo e partiram quando escureceu.

– Você falou com eles? – Paelen perguntou.

Frankie negou com a cabeça.

– Sem chance! Eu estava assustado demais... A mulher-leão teria me devorado! Então fiquei escondido ali – apontou para uma grande pilha de entulhos e resto de construção.

– Você parece convencido de que todos vão comer você – Paelen observou.

– Porque é o que os alienígenas fazem, eles comem as pessoas – Frankie disse. – Todo mundo sabe disso.

– Não somos alienígenas – Joel insistiu. – E não vamos comer você. Você ouviu o que os outros estavam conversando?

– A mulher-leão estava realmente triste. Estava chorando – os olhos de Frankie permaneciam em Crisaor. – Posso fazer carinho no seu porco voador?

– Ele é um javali – Joel o corrigiu. – Não acho que ele gostaria disso.

Crisaor se aproximou de Frankie e encorajou uma palmadinha. O garotinho acariciou suas asas e o pelo em seu focinho.

– É engraçado – ele riu.

– Por que a mulher-leão estava chorando? – Paelen perguntou. – Ela estava machucada?

Frankie deu de ombros.

– Não sei.

– O que você sabe? – Paelen disse, impaciente. – Sobre o que estavam falando?

– Estavam falando sobre nerds.

– Nerds – Joel repetiu. – Tem certeza disso?

– Acho que sim. Não podia ouvir muito bem. Mas parecia que era sobre nerds. Iam buscar um príncipe nerd.

Joel prendeu a respiração ao compreender.

– Não são nerds! Estavam falando sobre Nirads! Foram buscar o Príncipe Tobin.

– O quê? – Paelen se concentrou em Frankie. – Tem certeza de que ouviu direito? Eles disseram Nirads?

Frankie assentiu.

– Parecia isso. Estavam dizendo que precisavam do príncipe nerd para controlar a tropa de soldados nerds.

Joel franziu o cenho e tentou decifrar as palavras de Frankie. Finalmente entendeu e estalou os dedos. Olhou para Paelen.

– UCP... soldados Nirads! A UCP criou clones Nirads para servirem como soldados.

– E Emily foi até o mundo Nirad buscar o príncipe – Paelen completou. – É claro, tudo faz sentido agora. Ela não iria até Júpiter se ainda houvesse uma chance de salvar este mundo. Agora tudo o que precisamos fazer é ir até lá e nos juntarmos a ela.

Crisaor guinchou baixinho e então cutucou Frankie para que o menino fizesse mais carinho nele.

– O que ele disse? – Joel perguntou.

– Que devemos esperar aqui. Podemos perdê-los na Corrente Solar e desperdiçar mais tempo precioso. Entrar na Corrente Solar novamente pode chamar a atenção de Júpiter. Crisaor acredita que é mais seguro esperar aqui, já que eles sabem que esta torre é nosso ponto de encontro.

Joel olhou, incrédulo.

– Quer que sentemos aqui e esperemos enquanto a UCP cria mais clones?

Crisaor guinchou e resmungou. Paelen suspirou e confirmou com a cabeça.

– Crisaor está certo. Estamos famintos e ficando cada vez mais fracos sem ambrosia. Precisamos comer primeiro.

– E você devia vestir alguma roupa – Frankie acrescentou. – No meu planeta, não andamos por aí pelados.

Joel percebeu que ainda estava desnudo.

– Este *é* meu planeta! Mas minhas roupas foram estragadas!

– Tenho algumas – Frankie ofereceu. – Mas elas podem ser muito pequenas. Você é realmente grande – fez uma pausa e inclinou a cabeça para o lado. – Tem certeza de que não é um robô alienígena que está aqui para invadir nosso planeta?

– Não sou um robô! – Joel exclamou.

Frankie não parecia convencido.

– Você certamente se parece com um. E seus amigos parecem exatamente como alienígenas, especialmente ele – apontou para Paelen.

– Por que sempre eu? – Paelen replicou, zangado. – Por que sou sempre o alienígena?

Seguiram Frankie por um lance de escadas e chegaram ao último andar do edifício negro. Ainda estava inacabado – era apenas um grande espaço aberto sem paredes e com um monte de vigas de aço e fiação expostas. Em um canto, descobriram a casa que Frankie fizera para si. Ele reunira engradados e caixas e criara móveis rudes. Havia uma pilha de cobertores velhos e comida enlatada. Frankie tampara todas as janelas para que ninguém visse as luzes que ligara.

As habilidades domésticas de Frankie precisavam melhorar, mas ele obviamente sabia se virar com computadores e internet. Montara o que parecia ser um centro de controle, com pelo menos quatro computadores em funcionamento. Havia outros, em processo de montagem. De um dos lados estavam telas e peças adicionais colocadas ordenadamente e prontas para serem usadas.

– Este é meu quartel-general – ele disse orgulhosamente, mostrando seus computadores. – Estou usando isso para procurar alienígenas.

Joel e Paelen admiraram a obra do garoto. Ele conseguira construir tudo isso a partir de sucata que pegava na rua.

– Uau, isso é muito legal – Joel disse. – Já procurou alienígenas na Área 51? Pode nos mostrar como entrar lá?

Frankie balançou a cabeça.

– Olho o tempo todo, mas não consigo entrar no sistema deles. Não acho que estejam na internet. Devem estar usando um sistema de intranet interno, em vez disso. Rastreei algumas fotos tiradas de satélites. Mas nunca vi alienígenas, até que vocês chegaram aqui hoje.

– Não somos alienígenas! – Joel protestou.

– Se é o que diz – Frankie falou, em dúvida. Continuou a mostrar para Joel suas tentativas de entrar nos sistemas da Área 51.

Paelen não entendia uma palavra do que Frankie estava dizendo, mas Joel concordava com a cabeça. Olharam as fotos que Frankie havia baixado da Área 51. Elas mostravam o deserto aberto, o leito seco do Lago Groom e duas longas pistas de aterrissagem com vários edifícios escuros e quadrados. Nenhuma das fotos mostrava alguma atividade ou indícios de Nirads ou de outros clones.

– Ei, isso é um belo trabalho – Joel disse. – Quanto anos você tem?

– Tenho quase dez – Frankie respondeu orgulhosamente. – Mas sou realmente esperto – parou para acariciar Crisaor de novo. – Mas não vou para a escola agora. Só gosto de brincar com meus computadores.

– E você vive aqui sozinho? – Paelen perguntou.

Frankie negou com a cabeça e apontou para a pilha de cobertores.

– Não, meu amigo John vive comigo.

Todos se concentraram na pilha que pensavam que era de trapos. Estava respirando.

– Não se preocupe com John – Frankie disse. – Ele fica bêbado a maior parte do tempo. Mas me ajuda a viver. Me ensinou como recolher coisas e a me esgueirar nos lugares. Sem John, não sei o que eu teria feito.

– E sua família? – Joel pressionou.

– Já disse, se foram – Frankie replicou. – Vivo aqui com John.

– Então, são só vocês dois neste edifício? – Paelen perguntou.

Frankie negou com a cabeça.

– Não. Há outros. Mas eles ficam nos andares inferiores. Todo mundo sabe que John e eu vivemos aqui em cima. Nós os ajudamos com dinheiro, então eles nos deixam em paz.

– Dinheiro? – Paelen disse, quando seu interesse foi despertado. – Como consegue dinheiro? Você rouba?

– Na verdade, não – Frankie disse hesitante. – Sou realmente bom com números, então vamos até os cassinos e conto as cartas para John. Digo para ele qual vem na sequência. Mas só podemos fazer isso em cassinos muito pequenos. Os grandes têm normas que não permitem a entrada de crianças... mas alguns dos pequenos permitem, desde que acompanhadas por adultos.

Paelen franziu o cenho.

– O que é contar cartas?

Joel explicou.

– É um jeito de trapacear. Algumas pessoas podem olhar para múltiplos baralhos e calcular as cartas que vêm na sequência. Então sabem se devem apostar ou não. Os cassinos não gostam disso e impedem os contadores de cartas.

– Mas eles não me impedem – Frankie disse. – Porque não acham que eu possa fazer isso. Mas eu posso.

Sob a luz, Paelen foi capaz de dar uma boa olhada em Frankie. Ele era muito pequeno para sua idade e muito rechonchudo, com cabelos ruivos encaracolados. Tinha imensos olhos castanhos e um rosto cheio de sardas. Havia algo nele que fazia Paelen lembrar-se de si mesmo quando era mais jovem. Talvez fosse o jeito como o garoto vivia de sua esperteza, fora da sociedade, exatamente como ele fizera no Olimpo.

Frankie foi até uma caixa de roupas.

– Estas são as coisas de John. Não acho que se importe se eu emprestar algo para você – remexeu na caixa e conseguiu encontrar um terno limpo, mas desconjuntado, de poliéster. – Esta é a melhor roupa de John. Ele a está guardando para uma ocasião especial.

Joel olhou para a roupa horrível e balançou a cabeça. Podia apenas colocar o braço de prata em uma camiseta de manga curta e padrão duvidoso que combinava mal com a calça do terno. Usou outra camiseta para fazer uma espécie de tipoia rústica para esconder o braço.

– Bem? – perguntou. – Como estou?

Paelen lutou para conter o riso, mas falhou.

– Muito bem! – se esforçou para dizer, antes de cair na gargalhada. – Mas eu não deixaria ninguém do Olimpo ver você nisso. Não se você espera viver lá novamente!

Joel olhou para si mesmo e suspirou.

– Pareço um vendedor de carros usados!

Frankie sorriu abertamente.

– É melhor do que ficar pelado.

– Acho que sim – Joel suspirou. – Ei, você tem algum dinheiro?

Frankie hesitou e então assentiu.

– John e eu dividimos nossos ganhos meio a meio. Ele compra bebida com a parte dele, mas eu compro peças de computador. Tenho tudo de que preciso agora e tenho guardado dinheiro para emergências.

Paelen olhou ao redor e se perguntou o que o garoto achava que era uma emergência. Ele não tinha família e vivia largado em Las Vegas com um devoto de Baco. Quão pior podia ficar?

– Frankie – Joel disse baixinho – não comemos há muito tempo e estamos realmente com fome. Olhe para o pobre Crisaor, está faminto. Pode nos emprestar algum dinheiro? Prometo que pagaremos depois.

Frankie acariciou as asas de Crisaor novamente e assentiu. Passou por cima de uma pilha de escombros. Depois de conferir se John ainda estava dormindo, enfiou a mãozinha na pilha e retirou um vidro de maionese usado cheio de dinheiro.

– Pegue, compre um pouco de comida para... – lutou com o nome de Crisaor. – Compre comida para Crisler.

O javali alado foi até Frankie e lambeu sua mão gentilmente.

– Obrigado, Frankie – Joel disse. Contou cinquenta dólares. – Isso dá para o começo.

17

A jornada pela Corrente Solar parecia durar eternamente, enquanto Emily esperava impaciente para chegar ao mundo Nirad. Odiava deixar Las Vegas sem saber o que acontecera com seus amigos. Mas, com Alexis se recusando a esperar por eles no telhado, o plano dela era chegar lá, convencer o príncipe a se juntar a eles e voltar imediatamente para Vegas antes do nascer do sol.

Emergiram da Corrente Solar em uma caverna escura. Era a entrada para o mundo Nirad. Desde a luta com as górgonas, Emily não havia voltado, ainda que tivesse sido convidada muitas vezes. Mas a lembrança ainda era muito recente, e a dor de perder seu amigo Nirad, Tange, era grande demais.

Emergiram da caverna na luz do dia. Ou no que era considerado luz do dia no mundo Nirad. O céu ainda estava fechado, cheio de nuvens carregadas, mas o ar era seco e árido. O solo escuro era empoeirado e a poeira rodopiava ao redor de seus pés com o vento suave e quente.

Do lado de fora da caverna, aproximaram-se dos guardas de cor lilás na entrada. Quando avistaram Emily e Pegasus, os guardas rugiram animadamente e se curvaram. Emily desceu das costas de Pegasus e os cumprimentou.

Como os Nirads eram uma raça telepática, não demorou até que outros chegassem. O chão ressoava conforme o pesado povo com pele de mármore se reunia para saudar os heróis de seu mundo.

Da parte de trás da aglomeração, Emily ouviu um rugido familiar e agudo. A multidão abriu caminho e se curvou enquanto uma figura se aproximava.

– Segan! – Emily exclamou, correndo para cumprimentar a rainha Nirad. Não fazia muito tempo que Emily a vira no Olimpo, mas Segan havia crescido e parecia mais velha. No entanto, para o tamanho Nirad, ainda continuava delicada e elegante em seu longo vestido rosa.

Segan exclamou um som que era o mais próximo do nome de Emily que sua boca e língua podiam pronunciar. Correu e pegou Emily em seus quatro braços. Enquanto as duas amigas se abraçavam, Pegasus relinchava animadamente.

Emily pegou uma das mãos de Segan e a levou até Alexis.

A Esfinge se curvou rapidamente.

– Vossa Majestade, é uma grande honra finalmente conhecê-la.

A Rainha Segan se ajoelhou diante de Alexis e tocou no ombro da Esfinge. Fez vários rosnados suaves. O sorriso no rosto de Alexis disse a Emily que a rainha a acolhera.

Segan se levantou e se virou para seu povo. Ergueu as quatro mãos no ar e emitiu uma longa série de rosnados.

Alexis se aproximou de Emily.

– Eles vão preparar um grande banquete em nossa honra para comemorar seu retorno ao mundo Nirad.

Emily negou com a cabeça.

– Mas não temos tempo. Temos que encontrar o Príncipe Tobin e partir. Temos que encontrar Joel, Paelen e Crisaor.

Alexis estreitou os olhos.

– Eu conheci seu pai, Emily, e sei que ele a criou melhor do que isso. É sua primeira visita ao mundo Nirad depois da derrota das górgonas. A rainha deles ordenou um banquete e uma celebração em sua honra. Você participará do banquete e mostrará sua gratidão.

– Mas...

Pegasus relinchou baixinho ao lado dela.

– Pegasus concorda – Alexis prosseguiu. – Vamos pedir que nos ajudem em uma situação muito perigosa. O mínimo que podemos fazer é aceitar sua hospitalidade. Vamos participar do banquete, e então nos aproximaremos da Rainha Segan e do Príncipe Tobin e pediremos a ajuda deles.

Emily olhou para sua anfitriã. O rosto da Rainha Segan estava radiante.

Acariciou o pescoço de Pegasus.

– Sinto muito. Vocês dois estão certos. Estou tão preocupada com os outros e não temos muito tempo a perder.

– Tenho certeza de que os outros estão bem – Alexis disse. – Paelen é esperto e habilidoso e Joel conhece bem seu mundo. Eles encontrarão um lugar para se esconder até voltarmos. Neste momento, devemos nos concentrar no quanto contar para os Nirads.

Eles se sentaram ao redor de uma imensa mesa de banquete repleta de igual quantidade de ambrosia e comida negra Nirad. Desde a união dos dois mundos, os Nirads haviam tomado gosto pela comida olímpica e sempre tinham o suficiente dela por ali: Enquanto jantavam, Emily, Pegasus e Alexis observavam os músicos Nirads tocando grandes tambores e dançarinos se apresentando para o grupo. Emily não sabia que eles dançavam. Mas, apesar de seu tamanho maciço, os artistas se moviam com passos leves e movimentos graciosos. Emily notou que apenas Nirads de cor lilás e laranja dançavam. Os cinzentos ficavam sentados nas mesas, batendo as quatro mãos e rosnando alto.

Alexis suspirou, triste.

– Gostaria que Tom tivesse visto isso. Ele teria se divertido muito.

Emily observou a Esfinge, mas permaneceu em silêncio. Sabia que Alexis estava lamentando muito mais do que deixava transparecer. Teria a Esfinge olímpica realmente se apaixonado pelo ex-agente da UCP?

Conforme a noite avançava, Emily se sentia mais e mais ansiosa. Não deviam estar celebrando quando tanta coisa estava em risco em seu mundo. A preocupação pelos amigos só aumentava seu nível de estresse, e estava desesperada para ir embora.

Um pouco antes que as comemorações acabassem, Emily percebeu que Alexis deslizou silenciosamente para fora da mesa de banquete. Levantou-se e avistou a Esfinge falando com a Rainha Segan e com o Príncipe Tobin.

– Sinto muito não ter esperado vocês – a Esfinge disse quando Emily e Pegasus se aproximaram. – Mas ouvi que o Príncipe Tobin planejava partir para o Olimpo logo. Tive que o deter.

A rainha estendeu o braço para pegar a mão de Emily e fez um gesto para que ela se sentasse e se juntasse a eles.

– Quanto contou para eles? – perguntou.

– Tudo – Alexis disse. – Eles sabem tudo sobre os clones. Ainda que não entendam inteiramente o que são, entendem o quão importante isso é e o que significaria para seu mundo se Júpiter descobrisse. Eles nos ajudarão.

O Príncipe Tobin começou a rosnar baixinho.

– Ele diz que irá conosco para resgatar as crianças dos Nirads.

– Mas não são crianças – Emily franziu o cenho. – São Nirads cinzentos grandes e crescidos.

– Ele entende – Alexis disse. – Mas não há palavra no mundo deles para clone. O mais próximo é criança ou crianças.

– Sinto muito que isso tenha acontecido com seu povo – Emily disse sinceramente. – Prometo que faremos o possível para impedir a UCP de criar mais deles.

O Príncipe Tobin emitiu uma longa série de sons.

– O príncipe diz que irá com você e reunirá as crianças. Ele as trará para casa, onde é o lugar delas. As crianças serão acolhidas e cuidadas.

– Obrigada, Tobin – Emily disse. – Mas tenho que avisar. Não sei como os clones, quero dizer, as crianças, serão. Podem ser muito perigosos. Vieram apenas de Nirads cinzentos. A criança de Pegasus era selvagem e mortal. Eles podem não o reconhecer como seu príncipe e podem tentar ferir você.

Novamente o Príncipe Tobin emitiu uma série de sons.

– Eles o reconhecerão – Alexis disse. – Está convencido disso. Também diz que não teme por sua segurança. Ele não vai sozinho.

Um Nirad laranja se aproximou. Emily imediatamente reconheceu o goleiro do time de futebol de Joel. Tirk se curvou formalmente para a rainha antes de se colocar atrás do príncipe.

– Tirk vai conosco? – Emily disse, olhando para o imenso Nirad. De perto, era ainda maior do que Tange e duas vezes mais forte. Os músculos de seus braços pareciam pulsar com força mal contida.

O príncipe assentiu e falou suavemente.

Alexis traduziu.

– Tirk será a guarda real de Tobin. O príncipe não irá sem ele.

Um guarda real definitivamente seria útil. Se ele fosse parecido com Tange, deveria ser capaz de controlar os Nirads cinzentos sozinho.

– Isso é ótimo – Emily disse. Levantou-se e se preparou para partir. – Podemos ir agora, por favor?

Alexis negou com a cabeça.

– Isso não seria sábio. Estamos todos cansados pelos acontecimentos do dia e devemos descansar. Partiremos pela manhã.

– Mas e quanto a Joel, Paelen e Crisaor? Temos que voltar para eles.

– Sim, temos – Alexis concordou. – Pela manhã. Agora não ouvirei mais nada sobre isso – a Esfinge se levantou e acenou respeitosamente com a cabeça para a rainha e o príncipe antes de sair.

18

De volta à torre negra, Joel, Paelen e Crisaor se acomodaram para sua primeira refeição em muito tempo.

Frankie tomou um gole de sua bebida e ofereceu a lata para Joel.

– Vocês bebem refrigerante no seu planeta?

– Este é meu planeta! – Joel insistiu. – Quantas vezes preciso dizer isso? Sou humano, exatamente como você!

Frankie negou com a cabeça.

– Hã-hã, humanos não tem braços como o seu. Não podem voar com sapatos e seus porcos de estimação não têm asas.

– Ele é um javali – Joel corrigiu. – E não é meu animal de estimação. É meu amigo.

– Acha que ele pode ser meu amigo? – Frankie perguntou enquanto acariciava as asas de Crisaor.

– Pergunte a ele você mesmo – Joel disse, irritado. – Vou para o telhado esperar por Emily – saiu tempestivamente e subiu as escadas.

– Por que Joel tem raiva de mim?

Paelen olhou para o garotinho. O pequeno Frankie parecia muito perdido e sozinho.

– Ele não tem raiva de você. Só está muito preocupado com nossos outros amigos.

Frankie assentiu e continuou a afagar Crisaor.

– Onde está sua família? – Paelen pressionou. – Não tem vontade de ir para casa?

Frankie permaneceu em silêncio por um longo tempo antes de olhar para Paelen. Lágrimas enchiam seus olhos.

– Esta é minha casa. Nunca tive um pai, e minha mãe fugiu. Agora somos apenas eu e John.

Paelen olhou para a pilha de trapos. A pessoa lá embaixo não se movera desde que chegaram. Parecia que Frankie fazia mais pelo homem do que ele fazia pelo garoto.

– Há quanto tempo estão juntos?

Frankie encolheu os ombros.

– Não tenho certeza... Mais de um ano. John me encontrou na rua quando eu estava procurando minha mãe. Tentou me ajudar a encontrá-la, mas não conseguimos. Então nos mudamos para cá. Ele diz que, quando conseguirmos dinheiro suficiente com as apostas, vai comprar uma casa de verdade. Mas...

– Mas o quê? – Paelen perguntou.

– Mas John fica bebendo, então não podemos sair para apostar muito.

Paelen olhou em volta, observando a casa do jovem garoto. Sentia grande simpatia por ele. Sua vida era muito mais difícil do que a de Paelen jamais fora. Mais difícil do que a de Joel, depois que seus pais morreram.

– Talvez possamos ajudar você.

Paelen ouviu a si mesmo fazendo o comentário e estremeceu. Tinha realmente oferecido ajuda para um garoto humano? Passara tempo demais com Emily e Joel. Jamais teria oferecido ajuda antes. Sempre vivera apenas para si mesmo. Agora estava oferecendo ajuda para um estranho?

Ele se levantou e caminhou até Crisaor.

– Vou dar uma olhada em Joel. Você pode ficar de olho por aqui?

Crisaor resmungou e permaneceu com Frankie.

Paelen encontrou Joel parado na beira do telhado, olhando para o céu.

– Está tudo bem?

Joel encolheu os ombros.

– Estou preocupado com Em e com o que vai acontecer quando ela voltar. O que nós devemos fazer? Aquela instalação é a mais segura de todas. Não acho que poderemos nos esgueirar para dentro como fizemos da última vez.

– Não sei – Paelen concordou. Seus olhos acompanhavam a Strip. A avenida lá embaixo estava apinhada de gente, apesar de ser tarde da noite. – Mas até que eles voltem, sugiro que você e eu desçamos lá embaixo para ver o que está acontecendo.

– Quer sair esta noite?

Paelen assentiu.

– Por que não? Pode demorar alguns dias até que Emily volte. Não sabemos que horrores vamos encarar na UCP. Essa pode ser nossa última chance de nos divertirmos.

Joel balançou a cabeça.

– Mas ela não vai voltar logo?

– O tempo passa de maneira diferente na Corrente Solar. Um dia lá pode ser vários aqui. Podemos ficar sentados aqui por um tempo esperando Emily voltar. E eu, uma única vez, não quero perder a chance de explorar esse lugar estranho e incrível. Especialmente se ele está prestes a ser destruído. Quero ver o máximo possível antes que aconteça.

Joel olhou saudosamente para a Strip.

– Bem, eu nunca estive em Las Vegas antes.

– Exatamente! Não ficaremos fora por muito tempo, então, o que pode dar errado?

19

Era início da manhã seguinte no mundo Nirad. Depois de outra farta refeição de ambrosia, néctar e comida negra Nirad, suprimentos extras foram embalados para os outros olímpicos na Terra. Logo uma multidão se reuniu do lado de fora da caverna da Corrente Solar. Eles não tinham ideia do lugar para onde o príncipe estava indo ou do perigo que encarava. Só sabiam que estava partindo, e ofereciam suas despedidas e desejos de boa sorte.

Emily observava a massa de Nirads com espanto. Apesar de todo o tamanho e ferocidade, eram uma raça gentil e carinhosa, unidos pela Rainha Segan e pelo Príncipe Tobin. Preocupava-se com o que aconteceria com aquele povo se algo desse errado e perdessem Tobin. Talvez não fosse uma boa ideia, no final das contas. Esse povo precisava de seu príncipe.

Como se lesse sua mente, Alexis deu uma patadinha de leve em Emily.

– Vai dar tudo certo. Tirk não deixará que nada aconteça com Tobin – a Esfinge olhou para o jovem príncipe e sua irmã enquanto eles se abraçavam e se despediam. – Mesmo se mudássemos de ideia sobre a ida dele, isso não o deteria. Ele está ligado por laços de sangue para proteger seu povo; mesmo se forem apenas clones.

Depois que as duas realezas se separaram, Emily se aproximou da rainha.

– Prometo usar todos os meus poderes para proteger seu irmão. Sei o que ele significa para você e para seu povo. Não deixarei ninguém ferir Tobin ou Tirk.

Pequenas lágrimas escuras estavam se formando nos olhos da jovem rainha. Ela rosnou suavemente e abraçou Emily. Então acariciou Pegasus e o beijou de leve no focinho. Emily não precisou de um intérprete para entender as mensagens trocadas entre os dois.

20

O ar da noite estava frio quando Frankie levou Joel e Paelen para uma volta em Las Vegas. Apesar da pouca idade, Frankie estava muito familiarizado com a cidade à noite e conhecia todos os lugares interessantes para se visitar.

Enquanto caminhavam ao longo da famosa Strip, os olhos de Paelen brilhavam, e ele estava boquiaberto enquanto tentava ver e ouvir tudo ao seu redor.

– Aquele é Circus Circus – Frankie explicou ao apontar para o grande cassino vermelho do outro lado da rua. – Eles permitem crianças lá. Mas John e eu nunca entramos.

Joel acrescentou:

– Eu o vi na TV. Vamos entrar.

Paelen colocou a mão no braço de Joel.

– Aí, não.

– Por quê?

Paelen olhou para o edifício negro ao lado deles.

– É perto demais de onde estamos nos escondendo. Nunca se rouba onde se vive. Pode levar as pessoas até você. Confie em mim. Sei do que estou falando.

Joel franziu o cenho.

– O que quer dizer com roubar? Achei que estávamos bancando os turistas esta noite.

– E estamos – Paelen concordou. – Mas também precisamos de dinheiro para comida – olhou para o pequeno Frankie ao lado deles. – E prometemos devolver o que emprestamos de você. Nunca quebro uma promessa – olhou novamente para Joel. – Para conseguir dinheiro, precisamos roubar.

– Sempre podemos encontrar outro caixa eletrônico.

Paelen negou com a cabeça freneticamente.

– Fiz isso *uma vez*. Nunca mais! Essas máquinas comem pessoas. Não serei a próxima refeição delas! Não, encontraremos outro jeito.

Enquanto continuavam, Paelen sentiu seus sentidos de ladrão se aguçarem. Não os usara muito desde que conhecera Emily e Joel. Mas, agora, precisava deles mais do que nunca. Caminhando pela Strip, passaram por cassino após cassino. A avenida estava congestionada com o tráfego lento e as calçadas estavam lotadas de pessoas. Homens distribuíam vales-desconto, oferecendo entradas baratas para espetáculos, enquanto os porteiros dos cassinos tentavam atrair a atenção das pessoas, convidando-as para entrar.

Um homem ofereceu um vale para Paelen e disse:

– Sapatos legais, cara!

Paelen franziu o cenho.

– São sandálias, mas obrigado – corrigiu o homem enquanto continuavam a andar. Olhou para o vale em sua mão. O papel mostrava várias garotas em fantasias brilhantes e de cores vivas, com enfeites altos de penas nas cabeças. Paelen ergueu a sobrancelha em apreciação. – Olhe isso!

Joel estudou o folheto e sorriu intensamente.

– Bem-vindo a Las Vegas! Eu adoraria ver um show.

– Então vamos – Paelen concordou.

Joel negou com a cabeça.

– Não podemos. Um, precisamos de dinheiro para entrar e, dois, somos todos menores de idade.

Paelen riu e colocou o braço ao redor de seu amigo alto.

– Joel, você se esquece de com quem está? Se quer ver um show, vamos ver um show.

Continuaram vagando pela Strip e chegaram a um espetáculo gratuito ao ar livre.

– Vê? – Paelen os levou em direção à entrada. – Nunca quebro uma promessa.

Encontraram assentos e assistiram a um casal se apresentando com seus papagaios-artistas.

As inteligentes aves faziam truques e conversavam com a esposa glamurosa. Frankie era a pessoa mais jovem da audiência. Quando a esposa o viu, chamou-o até o palco para ajudar em um truque. Paelen sorriu enquanto seu jovem amigo participava do show das aves.

No fim do truque, a audiência aplaudiu e um radiante Frankie voltou para seu assento.

– Essa é a melhor noite que já tive! Você me viu com aquele grande pássaro vermelho? Foi incrível!

No fim do espetáculo, a mulher se ofereceu para tirar uma fotografia grátis de Frankie com as aves. Frankie insistiu que Paelen e Joel se juntassem a ele. Frankie segurou orgulhosamente a fotografia de lembrança dos três com os pássaros, enquanto caminhavam.

Continuaram pela Strip e chegaram a um hotel-cassino imenso e dominador. Não puderam deixar de parar e olhar sua grandeza com admiração. A fachada de mármore branco reluzia contra o céu escuro da noite, exalando glamour, luxúria e a promessa de emoção lá dentro. Na entrada, avistaram várias figuras familiares iluminadas sob holofotes brilhantes.

– Joel, olhe, é Alexis!

Diante deles estava a Esfinge olímpica feita em bronze. Parecia incrivelmente com Alexis, com o torso desnudo, asas e corpo de leão.

– Esse é o Caesar's Palace – Frankie explicou. – Há muitas estátuas lá dentro. Tem até uma fonte grande com cavalos voadores, exatamente como o cavalo de Emily. Querem ver?

Paelen sorriu para Joel.

– Bem, se eles têm cavalos voadores, precisamos entrar!

Quando entraram no cassino, a atenção de Paelen foi capturada por mais belas estátuas, todos rostos familiares do Olimpo. Encontraram um grifo gigante perto das escadas e, mais para dentro do cassino, Frankie os levou até a magnífica fonte onde um Pegasus de mármore levantava voo de cada lado. No alto da fonte estava Júpiter. Segurando seu raio na mão, ele parecia poderoso e majestoso enquanto olhava para a multidão abaixo. Uma estátua de Diana com um falcão em um braço e o arco no outro estava em um dos lados da fonte, assim como Netuno e seu grande tridente.

– Júpiter amaria isso – Paelen disse, admirando a grande fonte.

– Mas vamos esperar que ele nunca a veja – Joel completou.

Quando entraram no cassino principal, foram imediatamente atingidos pelas imagens e pelos sons. Frankie avisou Paelen e Joel para ficar de olho na segurança. Se fossem avistados, poderiam ser mandados embora.

Para todos os lugares que olhavam, havia pessoas sentadas em máquinas caça-níqueis, apertando botões. Seus rostos eram austeros enquanto se concentravam em seus jogos.

– É para isso ser divertido? – Paelen perguntou.

Joel assentiu.

– É o que dizem. Mas não parece muito divertido para mim.

Conforme penetravam no cassino, entraram em uma área diferente e as máquinas caça-níqueis foram substituídas por várias mesas de jogos com grupos de pessoas sentadas ao redor delas. Havia um suave murmúrio no ar, enquanto jogavam cartas. Paelen parou e observou uma mulher atrás de uma das mesas lidando com as cartas.

Frankie se inclinou para perto de Paelen.

– Estão jogando vinte e um. É o jogo que John e eu jogamos. O objetivo é conseguir cartas que somem vinte e um. Quando você faz isso, ganha.

Paelen continuou a observar a crupiê. Quando ela abaixou suas cartas, disse:

– Vinte.

As outras pessoas ao redor da mesa balançaram a cabeça. As cartas e fichas diante delas foram levadas.

– Todo mundo conta cartas?

Frankie negou com a cabeça.

– Não, e os cassinos não gostam que as pessoas façam isso. Se John e eu formos pegos, seremos banidos do cassino.

Mais adiante estava uma mesa retangular comprida com laterais altas e cantos arredondados. Havia números marcados na suave superfície coberta da mesa. E, na ponta, um homem sacudia dados nas mãos. Ele atirava os dados ao longo da mesa.

– Conheço esse jogo – Paelen disse, animado. – Jogamos algo parecido no Olimpo.

Observaram os jogadores colocarem suas fichas nos números antes que os dados fossem atirados. Quando os dados paravam, algumas pessoas ganhavam mais fichas, enquanto outras perdiam.

– O que são essas estranhas moedas que estão colocando nos números? – Paelen perguntou.

– Fichas – Joel explicou. – São como dinheiro. Os números nelas indicam o valor. Então, se tem o número vinte em uma ficha, ela vale vinte dólares.

– Quer dizer que, por todos os lados, essas pecinhas valem dinheiro? – Paelen perguntou surpreso.

– Sim – Joel respondeu.

– Mas olhe quanto aquele homem ali tem!

Joel seguiu os olhos de Paelen até um apostador de cartas. Havia incontáveis pilhas de fichas diante dele.

– É um crupiê, o funcionário que troca dinheiro por fichas – Joel explicou. – Eles sempre têm muitas fichas.

– E isso significa que têm muito dinheiro?

– Acredito que se possa dizer isso – Joel disse.

– Aquele homem também? – Paelen apontou para um jogador sentado diante da roleta. Diante dele havia várias pilhas de fichas.

– Sim – Joel disse. Por quê?

Paelen sentiu seu coração se agitar de excitação. Seus dedos coçavam do jeito que sempre acontecia quando estava na caça.

– Joel, você e Frankie esperem por mim ali – apontou para um grupo de máquinas caça-níqueis a vários metros de distância.

– Paelen, o que está planejando fazer? – Joel perguntou, nervoso.

– O que faço de melhor! – Paelen sorriu.

Paelen despertou todas as suas habilidades de ladrão. Podia ver, ouvir, cheirar e saborear qualquer coisa ao seu redor. Era como se o mundo estivesse paralisado e ele fosse o único se movendo. Seus aguçados olhos olímpicos analisaram as mesas de apostas. Procurava por fraquezas tanto nos crupiês quanto nos jogadores; alguém que não estivesse tão atento quanto deveria.

Então seus olhos encontraram o alvo. Ali! Viu um jogador bêbado que passava mais tempo batendo papo com a garçonete do que se concentrando no jogo ou em suas muitas pilhas de fichas. Respirando profundamente, Paelen entrou em ação.

Com a discrição de uma vida passada apenas graças a seus sentidos, Paelen caminhou silenciosamente na direção do jogador. Sem mudar a expressão de seu rosto, esticou os ossos do braço direito para deixá-lo mais alongado e passou suavemente pelo jogador bêbado. Seu longo braço agiu tão rapidamente, que ninguém viu seus dedos compridos se enrolarem ao redor de uma pilha de fichas e puxá-las no mesmo instante.

Paelen foi até a próxima vítima. E então até outra. E mais uma! Ninguém notou nada. Caminhou até Joel e Frankie e, sem parar, sussurrou:

– Me sigam.

Quando chegaram ao outro lado do cassino, Paelen parou e caiu na gargalhada.

– Isso foi tão fácil! Preciso fazer de novo!

Joel estava franzindo o cenho.

– Paelen, eu estava vendo você. Você não fez nada.

Paelen gargalhou ainda mais e esticou a mão direita. Abrindo os dedos, mostrou para Joel a pilha de fichas de cinquenta e de cem dólares.

– Uau! – Frankie exclamou. – Você está rico!

Os olhos de Joel se arregalaram enquanto ele contava as fichas.

– Tem bem mais de mil dólares aqui. Como fez isso? Não vi nada.

– É porque eu não sou apenas um ladrão. Sou um ladrão muito bom!

– Mas você disse para Diana que não era mais ladrão.

– Eu menti! – os olhos de Paelen estavam brilhantes enquanto sua mente varria as coisas que poderia conseguir naquele lugar estranho e assombroso. Seus olhos analisavam a multidão do cassino. Nada mudara. Ninguém percebera nada. – Espere aqui. Vou lá conseguir mais.

Joel o segurou pelo braço.

– Não. Temos mais do que precisamos agora. Não seja ganancioso. Podemos trocar isso e ir embora.

Paelen não ficou feliz, mas concordou. Os três caminharam pelo cassino, em direção ao caixa, onde as fichas eram trocadas por dinheiro.

– É onde vamos ter problemas – Joel disse.

– Por quê?

– Porque somos menores de idade. Não se pode apostar até ter 21 anos.

Paelen franziu o cenho.

– Não apostei, eu roubei essas fichas. E tenho bem mais de 21; especialmente se contarmos em anos do meu mundo.

– Quantos anos você tem? – Frankie perguntou.

Paelen encolheu os ombros.

– Na verdade, não sei. Mas sei que sou muito velho.

Joel assentiu.

– Talvez, mas você não parece. Eu tenho só dezesseis e pareço mais velho que você, mas não velho o suficiente para jogar aqui. Temos que encontrar alguém para trocar isso para nós.

– Eu posso tentar – Frankie se ofereceu. – Faço isso o tempo todo, quando John está muito bêbado. Me dê as fichas.

Joel olhou desconfiado, mas entregou as fichas para o pequeno Frankie.

– Me sigam, mas fiquem para trás – Frankie os instruiu. Então se afastou e começou a estudar os jogadores das máquinas caça-níqueis. Parou diante de um homem que colocava moedas na máquina com a mão trêmula. Tinha cerca de trinta anos e suas roupas amarrotadas indicavam que não eram trocadas há dias. A expressão em seu rosto era desesperada.

Frankie começou a atuação. Seus olhos ficaram grandes e redondos, e seu rosto, triste. Mostrou as fichas para o homem e apontou para o caixa.

– O garoto é bom – Joel murmurou enquanto seguiam Frankie e o homem até o caixa.

Minutos mais tarde, Frankie retornou com mão cheia de dinheiro. Entregou para Joel.

– Há apenas setecentos dólares aqui – Joel disse, contando as notas e franzindo o cenho. – Cadê o resto?

Frankie encolheu os ombros.

– Dei para o homem. Ele estava sem dinheiro e não podia pagar a conta do hotel.

– Mas você deu para ele mais do que temos – Paelen reclamou.

– Ele precisava – Frankie insistiu.

– Então eu posso conseguir mais para nós – Paelen ofereceu.

Joel agarrou Paelen.

– Não. Frankie está certo. Temos mais do que precisamos. Com sorte, Emily estará logo aqui e partiremos, de qualquer maneira. Não precisamos de mais.

Desapontado, Paelen se rendeu aos seus amigos.

– Bem, o que querem fazer agora?

– Eu sei! – Frankie saltitou de animação. – Vamos até a Fremont Street Experience!

– O que é isso? – Paelen perguntou.

– Você verá. Será ótimo. Eu adoro o lugar, mas John não me leva com muita frequência.

Joel negou com a cabeça.

– Acho que devíamos voltar e esperar por Emily. Ela pode chegar a qualquer momento e ainda temos que planejar nossos próximos passos.

– Relaxa! – Paelen insistiu. – Temos muito tempo até que Emily retorne. Já disse a você, essa pode ser nossa última oportunidade para conhecer este lugar. Eu, pelo menos, não quero perder nada. Podemos ir só por um instante. Por favor?

Joel olhou de Paelen para o rosto esperançoso de Frankie. Balançou a cabeça e começou a rir.

– Tudo bem, vocês venceram. Mas se descobrirmos que Emily esteve esperando por nós, vocês vão dizer a ela o motivo, não eu.

– De acordo! – Paelen disse. Voltou-se para Frankie. – Nos leve até lá.

A Fremont Street Experience não era como nada que Joel ou Paelen tivessem visto antes. Era um calçadão, coberto com um toldo comprido e alto, animado com um espetáculo de luzes brilhantes que enchiam toda a área com cores vibrantes. Música alta vinha de uma apresentação em um palco a céu aberto assim como de alto-falantes cujo ritmo se coordenava com o espetáculo de luzes acima.

Milhares de pessoas lotavam a rua, que era forrada com mais cassinos e lojas do que Paelen podia contar. Nenhum carro era permitido ao longo da Fremont, então a própria rua estava lotada de turistas. Incontáveis artistas fantasiados convidavam as pessoas para tirarem fotos com eles.

– Isso é insano! – Joel disse, com os olhos arregalados, tentando captar tudo.

Eles olhavam ao redor, em completa admiração.

– Não me importaria em ter um desses – Joel apontou para uma Ferrari vermelha em cima de uma plataforma. Estava cercada por mais carros esportivos reluzentes e pessoas que tinham suas fotos tiradas com veículos de luxo.

– Concordo – Paelen disse, olhando o carro. Então apontou para um DeLorean com as portas em formato de asas de gaivota abertas. – Ou aquele ali! Parece um carro voador.

Enquanto admiravam os carros, subitamente ouviram gritos vindos diretamente de cima deles. Um turista estava deslizando ao longo de um cabo suspenso bem acima da multidão. O cabo corria todo o comprimento da Rua Fremont.

– Eu gostaria de tentar isso – Paelen disse animado para Joel.

– Eu também – Frankie concordou. – Sempre quis fazer isso. Mas John diz que é muito caro.

– Isso não é problema para nós – Paelen se gabou.

– Então podemos tentar mais tarde? – Frankie perguntou.

Paelen sorriu.

– Por que não?

Paelen, Joel e Frankie prestavam pouca atenção para onde estavam indo, enquanto vagavam ao longo da rua brilhante, através da densa multidão. Os letreiros ao redor deles eram loucos e excitantes. Sons e luzes cobriam seus sentidos. O próprio tempo pareceu parar, enquanto visitavam um cassino após o outro, cada um mais excitante e extravagante do que o anterior.

– Realmente espero que Júpiter não destrua este lugar – Paelen disse, quando pararam para ver um artista de rua fazer truques de mágica. – Isso seria uma tragédia.

– Seria – Joel concordou.

Quando o mágico terminou seu ato e a multidão se dispersou, Paelen percebeu um grupo de homens jovens que os encarava e se aproximava. Algo em suas expressões e maneiras o perturbaram.

– Venha, Frankie – Paelen disse rapidamente, pegando Frankie pelo braço. – Vamos continuar andando.

– Não tão rápido, Fracote! – um dos homens exclamou enquanto ele e os outros os cercavam. – O chefe quer falar com vocês.

– Ei – Joel reclamou quando foi empurrado para perto de Paelen. – Para trás!

A densa multidão ao redor deles estava completamente inconsciente do que acontecia, enquanto os homens sacavam armas e as apontavam nas costas de Paelen e Joel.

– Fiquem frios e ninguém se machuca – o líder do grupo, de cabelo oleoso, disse discretamente. – Apenas sigam por ali. O chefe está esperando vocês.

– Que chefe? – Paelen exigiu saber. – Não conhecemos nenhum chefe e não vamos a lugar algum com vocês. – Preparou-se para brigar, mas então viu um dos homens pressionar o cano da arma contra as costas de Frankie.

– Paelen – Frankie sussurrou baixinho. – Eles têm armas...

– Não estamos brincando, Fracote. Agora, mexa-se!

Paelen olhou para Joel. Seu amigo também estava se preparando para lutar.

– Não! – ele indicou a arma apontada para Frankie. – Vamos com eles, ver o que querem.

Colocando o braço ao redor de Frankie, Paelen encarou o homem de cabelos oleosos.

– Solte este menino. Ele é só uma criança e não deve ter nada a ver com isso.

O líder negou com a cabeça.

– O chefe mandou levar todo mundo, e é o que vamos fazer. Agora, em frente.

Foram levados por uma rua estreita para fora da Fremont. Era muito mais escura e não tinha aglomerações de pessoas. As fachadas dos edifícios eram sujas. Pessoas desesperadas e sem-teto dormiam nas portas.

Paelen olhou ao redor, buscando um jeito de sair daquela situação. Mas, com os quatro homens armados, ainda seria muito perigoso fazer qualquer movimento. A única opção era esperar para ver o que queriam.

– Ali – o homem de cabelos oleosos ordenou.

Foram escoltados para dentro de um edifício e levados até o primeiro andar, onde entraram em um apartamento esparsamente mobiliado. Lá dentro havia mais três homens grandes, com aparência de bandidos, e um mais baixo, que parecia estar no comando. O homem tinha seus trinta e tantos anos e tatuagens em todas as partes expostas de sua pele, incluindo a cabeça careca. As expressões deles eram tudo menos amigáveis. Havia um aroma espesso e pungente de perigo no ar.

O homem de cabelo oleoso foi até o homem baixo e careca e apontou Paelen.

– É ele, não é? É esse o Fracote que você estava procurando?

– É exatamente ele – o homem disse rispidamente.

Joel encontrou sua voz.

– O que está acontecendo aqui? Quem são vocês e o que querem?

– Cale-se! – o homem de cabelo oleoso ordenou, empurrando Joel.

Paelen sentiu uma onda de raiva.

– Você está cometendo um grave erro – avisou. – Solte-nos agora ou terão problemas.

– Sim – Frankie acrescentou, empinando-se até o máximo que sua baixa estatura permitia e tentando parecer corajoso. – Esses caras são alienígenas. Abaixem as armas ou eles comerão vocês!

– Cale a boca, garoto! – o homem tatuado rugiu. Aproximou-se de Paelen. – E não faça ameaças que não pode cumprir, Fracote. Você pode ter batido em mim e nos meus garotos no mês passado, mas agora estamos prontos para você. É hora de dar o troco.

Paelen olhou ao redor do aposento. Eram oito homens ao todo. Com sua força olímpica e o braço de prata de Joel, podiam derrotá-los facilmente. Mas os bandidos tinham armas, e Joel e Frankie eram humanos. Podiam ser feridos ou mesmo mortos.

– Acho que está me confundindo com outra pessoa – Paelen disse, convicto. – Acabamos de chegar à cidade. Agora, se não se importa, vamos embora – Paelen tentou puxar Frankie para mais perto e seguir na direção da porta.

– Você não vai a lugar algum, Fracote – o homem tatuado disse. – Nunca esqueço um rosto... Especialmente um que me desrespeita e quebra meu nariz!

– Desrespeitar você? – Joel disse. – Como? Nunca nos encontramos antes. Como Paelen pode ter quebrado seu nariz?

– Cale a boca! – o homem tatuado disse, apontando um dedo no rosto de Joel. – Isso não lhe diz respeito – voltou-se para Paelen. – Agora, Fracote, o que vai dizer em defesa própria?

– Primeiro, que não sou um fracote – Paelen disse. – Segundo, que não tenho ideia do que você está falando.

O homem tatuado socou Paelen no estômago.

– Eu disse antes o que faria se o pegasse novamente. Mas você foi estúpido demais para ouvir. E continua me desrespeitando e invadindo meu território. Isso não é legal. Meus garotos me disseram que você estava na Rua Fremont novamente.

Paelen precisou de toda sua força de vontade para conter seu temperamento.

– Não tenho ideia do que está falando. Nunca nos vimos antes.

– Resposta errada! – o homem tatuado disse. – Sei que era você. O mesmo corpo magro e a mesma expressão estúpida no rosto. É você, sim, e não vou perdoá-lo.

Paelen subitamente entendeu. Ergueu as mãos.

– Espere, por favor. Eu lhe asseguro que não sou eu. A UCP criou um clone de mim. Foi ele quem atacou você!

– Clones? – o homem tatuado gritou, começando a rir. Olhou para seus homens, que também estavam rindo. Então, seu rosto ficou sério. – Quão estúpido você acha que eu sou, Fracote? Clones? Dá um tempo!

– É verdade! – Joel insistiu. – Escute. O governo tem criado clones. Se não os determos...

– Basta! – o homem tatuado gritou. Olhou para seus homens. – Já cansei desses imprestáveis. Matem todos eles!

Paelen jogou Frankie no chão enquanto ele e Joel se moviam. Joel libertou seu braço de prata da tipoia e começou a lutar. Um homem após o outro foi nocauteado por seu pesado braço de prata. Ao lado dele, Paelen lançava um ataque poderoso contra os outros. Um tiro atingiu o braço de Joel, mas a bala ricocheteou na prata e acertou um dos homens.

Paelen estava sobre o atirador no mesmo instante. Sua força olímpica superior era esmagadora. Um golpe atirou o homem para o outro lado da sala. Ele acertou a parede no outro extremo e caiu no chão, inconsciente. E ainda que Joel fosse em grande parte humano, trabalhar no arsenal de Vulcano lhe dera uma força incrível. Foi capaz de derrotar outro homem antes que ele puxasse o gatilho de sua arma. O homem caiu no chão.

– Paelen, atrás de você! – Frankie gritou.

Paelen se virou. Seus olhos se arregalaram quando ele viu o homem tatuado segurando uma arma em sua cabeça.

– Diga adeus, Fracote! – ele puxou o gatilho.

A bala jogou Paelen para trás. Ele sentiu uma dor lancinante no meio da testa. Foi quase como da vez em que o Agente O atirou nele no supermercado, mas muito, muito pior.

– Paelen! – Joel atacou o atirador. Acertou sua arma antes que pudesse atirar novamente. O homem tatuado gritou quando os ossos de seu braço foram esmagados sob o impacto do braço de prata de Joel. Caiu no chão gritando e agarrando o braço quebrado. Joel chutou a arma para longe.

– Paelen, você está bem? – Frankie gritou, enquanto se arrastava para mais perto.

Com a ajuda de Joel e de Frankie, Paelen ficou em pé, cambaleante.

– Estou cansado de ser baleado na cabeça! – voltou sua fúria para o homem tatuado e o chutou violentamente na perna. – Se mais uma pessoa atirar em mim... só uma... juro que eu mesmo viro a Corrente Solar para a Terra!

Paelen cambaleou enquanto sua cabeça latejava sem piedade.

– Preciso me sentar.

Frankie puxou uma cadeira e o ajudou a se sentar.

– Apenas relaxe – Joel disse. – Deixe-me dar uma olhada – cutucou gentilmente a ferida ensanguentada de Paelen. – Puxa vida, isso deve doer!

– Sério, Joel, você acha? – Paelen disse, sarcástico. – É claro que dói! Levei um tiro na cabeça!

Paelen viu o medo nos jovens olhos de Frankie e sua voz se suavizou.

– Estou bem, Frankie. Não precisa ficar assustado.

Os olhos do menino estavam esbugalhados e cheios de lágrimas.

– Você tem sangue vermelho, como os humanos. Mas você não é humano. Porque os humanos não sobrevivem a um tiro.

– Não, não sou humano – Paelen admitiu.

– O que você é? – o homem tatuado exigiu saber. Ainda estava no chão, amontoado, agarrando o braço quebrado. Seus olhos pousaram em Paelen. – Você devia estar morto. Eu atirei à queima-roupa bem na sua cabeça!

– Não brinca – Joel disse, zangado. Colocou sua mão de prata ao redor da garganta do homem e o ergueu no ar. Enquanto o homem tatuado se contorcia e tentava se libertar, Joel o bateu com força na parede. – Tem sorte de eu não quebrar seu pescoço pelo que fez com meu amigo. Agora, me diga, quando viu o clone de Paelen pela última vez? Onde ele estava?

O homem balançou a cabeça.

– Não existe essa coisa de clone.

– É claro que existe! – Paelen exclamou enquanto se levantava. Mas a dor e a tontura o obrigaram a se sentar novamente.

– Está tudo bem, Paelen – Frankie disse baixinho enquanto esfregava suas costas. – Não se mova ou vai começar a sangrar novamente.

Joel deu um apertão na garganta do homem.

– Acho que deveria avisar você. Vê esse braço de prata? Não o sinto. Então, não posso dizer quando estou apertando com muita força. Por isso, é melhor você começar a falar ou posso acidentalmente espremer sua vida para fora de você. Quando viu o clone?

– Mês passado! – o homem gritou. – Trabalhando na Rua Fremont. Eu e meus garotos tentamos detê-lo. Ele não disse uma palavra, mas socou todos nós.

– O que quer dizer com "trabalhando na Rua Fremont"? – Paelen perguntou enquanto segurava sua cabeça latejando. – O que ele estava fazendo?

– Trabalhando – o homem repetiu. – Sabe, roubando e furtando sem minha permissão e sem me dar uma parte. Eu controlo essa área; todo mundo trabalha para mim. Você está atuando livre por aqui há meses e não me dá nada além de dores de cabeça – olhou direto para Paelen. – Você é descuidado. Vai trazer problemas para todos nós.

– Já disse que não era eu. Era o clone! – Paelen exclamou e, em seguida, apertou a cabeça e vacilou.

– Calma, Paelen – Joel avisou. Ele soltou o homem tatuado. Enquanto o homem escorregava até o chão, Joel apontou um dedo ameaçador para ele. – Não se mova, ou juro que será a última coisa que fará!

Aproximou-se de Paelen, desamarrou sua tipoia e a rasgou em tiras. Trabalhando com Frankie, fizeram um curativo na cabeça ensanguentada de Paelen.

– A bala ainda está aqui – Joel avisou. – Nós realmente precisamos de Emily.

– O que eu preciso é ir embora deste mundo e nunca mais voltar! – Paelen murmurou.

O homem tatuado agarrava seu braço quebrado, mas se inclinou para a frente e observou Paelen atentamente.

– Você realmente não é o Fracote, né?

É claro que ele não é! – Joel replicou.

O homem tatuado se inclinou para trás.

– Como isso é possível? O Fracote parece você, mas é selvagem e maluco. Não fala e não respeita ninguém.

– É porque ele é um clone! – Joel disse. Voltou-se para Paelen. – E, pelo jeito, ainda está em Las Vegas.

21

Paelen, Joel e Frankie amarraram os homens, que estavam inconscientes. Prenderam o homem tatuado e o avisaram sobre o que aconteceria se os capangas fossem atrás deles novamente. Não precisaram de muito para convencer o líder criminoso de que estavam falando sério.

Quando voltaram para a insanidade da Rua Fremont, Joel olhou para cima e para baixo do calçadão movimentado. Seu braço de prata estava agora completamente exposto, já que usara a tipoia para enfaixar a cabeça de Paelen. Mas, com tantas visões estranhas, ninguém deu um segundo olhar para ele ou para Paelen com as roupas cobertas de sangue.

– Aquilo foi demais – Frankie dizia animadamente a Paelen. Estava saltitando e reencenando a luta. – O jeito com que vocês dois bateram naqueles caras; eles não tinham nenhuma chance contra vocês.

– Conseguiram me dar um tiro – Paelen disse. – Então eu dificilmente pensaria que nos saímos bem.

– Sim, mas vocês venceram – Frankie aplaudiu.

Joel parou para olhar ao redor. Seus olhos preocupados pousaram em Paelen.

– Temos que conseguir algum açúcar para você. Não é ambrosia, mas vai ajudá-lo a se curar até que Emily volte.

– Ele está por aqui – Paelen refletiu, distraído. – Meu clone está em algum lugar aqui perto. Posso senti-lo. Precisamos encontrá-lo.

– Está louco? – Joel disse. – Você ouviu o cara. Ele disse que o Fracote é selvagem e louco. Não pode falar e é realmente forte.

Paelen, você está ferido e fraco pela falta de ambrosia. Seria estúpido tentar encontrá-lo. Lembre-se do que aconteceu entre Pegasus e Aviso de Tornado.

– Aquilo foi diferente – Paelen disse.

– Como? Pegasus é tão inteligente quanto você. Mas, no momento em que viu Tornado, ele pirou. Os dois tentaram se matar.

– Não quero matar meu clone. Quero simplesmente vê-lo.

Joel negou com a cabeça.

– Neste momento, Paelen, o que você precisa é de açúcar. Depois disso, podemos discutir sobre seu clone.

Era tarde da noite quando os três se sentaram em uma das lanchonetes vinte e quatro horas da Rua Fremont. Acomodaram-se em uma mesa ao lado da janela e pediram panquecas e *milk-shakes* de chocolate. Quando as bebidas chegaram, Joel encheu uma delas com todo o açúcar da mesa e metade da garrafa de melaço da panqueca.

– Que horror! – Frankie disse enquanto observava Joel. Você realmente vai beber isso?

Joel negou com a cabeça.

– Eu, não – empurrou o copo para Paelen. – Ele vai. Paelen, beba tudo.

A cabeça de Paelen latejava sem misericórdia e ele mal podia enxergar direito. Da última vez que levara um tiro, o Agente O estava parado a vários metros de distância e as balas não fizeram muito estrago. O homem tatuado estava bem ao lado dele quando puxou o gatilho.

– Está bem? – Joel perguntou, olhando mais de perto. – Está muito pálido.

– Já me senti melhor – Paelen admitiu, enquanto tomava um longo gole do *milk-shake* carregado de açúcar.

– Bem, tente comer o máximo que puder. Tenho certeza de que vai ajudar. Emily deve voltar a qualquer minuto agora e vai curá-lo na mesma hora.

Quando a comida deles chegou, Paelen não tinha a mínima fome. Mas Frankie atacou sua panqueca como se não comesse uma refeição decente há dias. Sorria enquanto enfiava uma panqueca inteira na boca. Olhou para Joel.

– Existem panquecas no seu mundo?

– Este é meu mundo! – Joel murmurou, zangado.

– Se é o que diz... – Frankie respondeu sem acreditar, forçando uma segunda panqueca para dentro da boca.

Observar Frankie devorar sua refeição só fez Paelen se sentir pior. Pegou sua comida, incapaz de comer. Mas o olhar de preocupação no rosto de Joel o forçou a dar uma mordida pequena. Olhou para fora da janela, para a multidão ao longo da rua. Não era tão interessante quanto fora mais cedo.

O espetáculo de luzes estava começando no teto novamente. As luzes brilhantes feriam os olhos de Paelen e o forçavam a desviar o olhar.

– Gostaria que estivéssemos no Olimpo.

– Eu também – Joel disse. – E realmente desejaria que Steve e Diana nunca tivessem levado aqueles jornais com eles. Então nunca saberíamos dos clones.

Paelen assentiu, mas isso fez sua cabeça latejar com mais força.

– Mas então a UCP teria criado um exército de Nirads, sem ninguém para detê-los.

– Paelen, caso não tenha notado, não fizemos muita coisa para detê-los até agora – Joel disse. – Tudo o que conseguimos foi nos meter em confusão e fazer você levar um tiro na cabeça.

Ficaram em silêncio para comer sua refeição. Cada pedaço que engolia fazia Paelen se sentir pior. Empurrou o prato, incapaz de dar outra mordida, e se perguntou como as coisas puderam dar tão errado. Com tanto em jogo com a UCP, fora tolice sair.

Deviam ter ficado no edifício negro para esperar o retorno de Emily com os Nirads. Em vez disso, seu desejo de ver Las Vegas se transformara em um desastre.

Conforme os minutos passaram, uma sensação estranha tomou conta de Paelen. Ele sabia que algo estava seriamente errado. Agora tinha certeza de que estava em grandes apuros.

De repente, houve um grito alto e uma batida na janela ao lado deles. Tanto Joel quanto Frankie se viraram e encararam o rosto de um adolescente selvagem. Seus olhos estavam arregalados e enraivecidos. Seu cabelo estava sujo e emaranhado e ele estava vestido com trapos. Sua boca estava aberta e parecia estar rosnando para Paelen.

– Ei, Paelen – Frankie observou. – Ele é igualzinho a você...

– É o clone! – Joel exclamou. Mas, quando se virou para seu amigo, viu exatamente a mesma expressão no rosto de Paelen. Seus olhos combinavam com os do clone em selvageria e seu rosto estava contorcido de fúria enquanto ele se movia para confrontar seu clone.

– Paelen, não. Pare!

Paelen nunca reagira assim em sua vida. Era como um comando irresistível. Cada instinto em seu corpo gritava de raiva, exigindo que ele destruísse a "coisa" desnaturada.

Seus pensamentos confusos se juntaram em uma única e sólida compreensão. A fraqueza doentia que sentia não era causada pelo ferimento à bala, mas pela proximidade do clone. Quanto mais perto estava dele, pior se sentia e mais forte era seu desejo de matá-lo.

Paelen se levantou. Mal ouviu Joel dizendo-lhe para parar. *Tinha* de destruir o clone.

Despedaçou a porta da lanchonete e se virou para o clone. O clone gritou, rosnou e partiu para cima dele com fúria assassina nos olhos.

A reação do olímpico encontrando o clone foi explosiva. O clone ergueu Paelen no ar e o jogou contra o vidro da janela da lanchonete, bem onde estivera sentado.

Paelen aterrissou na mesa, mas estava em pé em um instante. Disparou pela janela quebrada até a rua. Pulou para a frente e atacou o clone com toda a sua força. Levantou-o no ar e o atirou na Ferrari exposta na plataforma do outro lado da rua.

A lateral do carro caro afundou com o impacto do clone e o veículo caiu da plataforma. Ao redor, as pessoas entraram em pânico e correram para sair do caminho dos dois seres superfortes.

Paelen correu e agarrou o clone. Envolvendo os braços ao redor dele, os dois começaram a lutar.

– Paelen, pare! – Joel gritou, enquanto tentava separar os dois.

– Joel, se afaste! – Paelen avisou. Mas era tarde demais.

O clone atingiu Joel com um golpe brutal que o lançou a vários metros no ar. Joel aterrissou no telhado do carrinho de um vendedor ambulante e escorregou até o chão, sem fôlego.

– Joel! – Paelen gritou, enquanto sua fúria aumentava. – Você machucou Joel!

A última coisa que Paelen viu antes de perder o controle foi Frankie correndo até Joel. Mas então ele se perdeu em uma raiva incontrolável. Nada se comparava ao fogo ardente da fúria que sentia naquele momento. Lançou todo o poder que tinha contra o clone. Arrancou um poste de iluminação do pavimento, usando-o como um bastão, esmagando o clone em uma placa alta e brilhante de um cassino. As lâmpadas explodiram e soltaram faíscas enquanto destroços se espalhavam pela rua.

Mas Paelen encontrara um adversário à altura. O clone se levantou e atacou-o novamente.

O clone agarrou o braço de Paelen e começou a girá-lo loucamente, cada vez mais rápido, até que rugiu em fúria e o soltou no ar. Paelen gritou e rodopiou bem acima da multidão. Bateu contra o teto iluminado, quase trinta metros acima da rua. As luzes explodiram e o suporte do toldo se dobrou enquanto fagulhas elétricas e fogo enchiam o ar. Milhares de caquinhos de vidro e destroços choveram sobre a multidão em pânico lá embaixo. No chão, o computador que controlava o espetáculo de luzes pegou fogo com a sobrecarga de energia. O fogo se espalhou rapidamente enquanto um inferno súbito engolia parte da Rua Fremont. Em minutos, a fachada de um cassino próximo pegou fogo e se incendiou completamente.

Indiferente ao fogo ardente, Paelen se soltou do toldo e ordenou às suas sandálias que voassem até o clone. Lançou-se para baixo e o pegou no ar. Usando toda a força que lhe restava, Paelen atirou o clone na maior e mais pesada coisa que conseguiu encontrar – a parede dianteira iluminada de um cassino.

A placa do cassino explodiu com o impacto e a parede desabou. Quando o clone caiu no chão, parte da placa iluminada ruiu e despencou em cima dele.

Ofegante, machucado e exausto, Paelen mal conseguia ficar em pé. Mas, quando cambaleou até Joel, viu o pequeno e ruivo Frankie tentando meio arrastar, meio carregar o atordoado Joel para longe do fogo que se espalhava.

Os sons de sirene encheram o ar e fizeram a cabeça de Paelen latejar ainda mais. As luzes brilhantes o cegaram quando os carros de polícia pararam diante dele.

– Polícia! Pare onde está! – um alto-falante anunciou.

O sangue das feridas de Paelen escorria até seus olhos. Ele estava tonto e enjoado. Depois de mais alguns passos cambaleantes, viu um policial se ajoelhar no chão e erguer uma arma. Não parecia uma arma normal. Era amarelo vivo.

– Pare! – o oficial avisou. – Tenho uma arma de choque e vou usá-la.

– Paelen, pare! – Joel gritou. – Por favor, pare!

Não houve um som real quando a arma foi disparada. Mas Paelen sentiu imediatamente. A corrente elétrica o atravessou. Ele perdeu o controle de seus músculos e caiu no chão, convulsionando. A dor era intensa e ele não podia se mexer. Finalmente a escuridão desceu e ele desmaiou.

22

Emily estava preocupada com o que encontrariam na outra ponta da Corrente Solar. Joel, Paelen e Crisaor teriam conseguido chegar ao edifício negro? Estariam esperando por eles?

Quando emergiram da Corrente no céu sobre o deserto, Emily ficou desapontada em ver que haviam chegado durante o dia. Não era possível voar até Las Vegas sem serem vistos.

Estava sentada em Alexis com o Príncipe Tobin na garupa. Na frente deles, Pegasus se esforçava para voar com o pesado Nirad nas costas. Apesar de seus melhores esforços, Pegasus estava perdendo altura no céu.

Emily se inclinou para frente, para falar com Alexis.

– Podemos voar mais perto de Pegasus? Tenho uma ideia. Acho que devemos pousar.

Alexis virou a cabeça para olhar para ela.

– Se pousarmos agora, duvido que Pegasus seja capaz de levantar Tirk novamente. Dá para ver que ele está lutando.

– Eu sei – Emily disse. – Olhe para baixo. Não estamos muito longe da Área 51. Não queremos ser vistos por eles à luz do dia.

– Concordo – Alexis disse. Bateu as asas com mais força e logo alcançou Pegasus e Tirk. Gritou para o garanhão e lhe disse para encontrar um lugar para pousar. Logo estavam deslizando para mais perto do chão, até que Pegasus achou um ponto em um pequeno cânion. Não era muito longe de um estranho e belo lago no meio do deserto. Desceram na grama verde exuberante, em vez do chão duro do deserto.

Emily e Tobin ajudaram Tirk a descer de Pegasus. Quando o imenso Nirad laranja se afastou do garanhão, Emily viu o suor nas costas e no pescoço de Pegasus. Nunca vira isso acontecer com ele antes.

– Você está bem, Pegs? – ela perguntou, preocupada, acariciando seu pescoço trêmulo. A cabeça de Pegasus estava baixa e suas asas, caídas.

– Ele está exausto – Alexis disse. – Tirk é um Nirad particularmente grande e pesado. Emily, dê um pouco de ambrosia para Pegasus. Ele precisa comer e descansar.

Encontraram abrigo em um pequeno grupo de árvores. Tirk não parecia muito melhor do que Pegasus. Sentou-se pesadamente e se recostou em uma árvore. Se Emily não o conhecesse, poderia jurar que o Nirad estava prestes a ficar doente.

Usando a sacola em que carregavam sua comida, Emily começou a escovar Pegasus.

– Apenas relaxe, Pegs. Não podemos partir até que escureça.

Finalmente o garanhão se acomodou sob a sombra de uma árvore. Logo adormeceu.

O grupo descansava sob as árvores enquanto o sol ardia alto sobre suas cabeças. Apesar da sombra, a temperatura continuava a subir. Emily nunca sentira um calor tão insuportável em sua vida. A cidade de Nova York ficava quente no verão, mas não era nada se comparada ao deserto de Nevada.

Até mesmo Alexis, que nunca demonstrava nenhum tipo de desconforto, parecia estar sentindo o calor. Não conseguia se ajeitar e estava constantemente batendo as asas para criar uma brisa. O Príncipe Tobin e Tirk não estavam muito melhores enquanto tentavam ficar confortáveis com aumento da temperatura.

Com nada mais a fazer além de esperar pela escuridão, Emily se sentou ao lado de Pegasus. Estava com muito calor e muito preocupada para dormir. Iam encarar a luta de suas vidas na Área 51. Conforme o calor subia, ela se perguntava como estariam Joel, Paelen e Crisaor em Las Vegas. O que quer que estivessem fazendo naquele momento devia ser melhor do que isso.

23

Paelen gemeu. Sua cabeça latejava sem misericórdia, e ele estava todo dolorido. Estava deitado em uma superfície dura e, quando tentou se mover, descobriu que suas mãos estavam acorrentadas nas laterais de seu corpo.

– Paelen – uma voz o chamou baixinho. – Acorde.

Abriu os olhos e deu de cara com o rosto preocupado de Joel. Estavam em uma sala minúscula e muito iluminada. Como ele, Joel tinha as mãos acorrentadas à cintura. Havia uma porta na sala, com uma janela de vidro grosso. As paredes de cada lado da porta também eram feitas de vidro temperado espesso. Do outro lado da sala, viu um banco vazio. Havia uma parede baixa ao lado do banco e, atrás, estava o toalete.

Paelen lutou para se sentar. Ainda sentia como se estivesse prestes a ficar doente.

– Onde estamos?

Vieram gritos do corredor, no lado de fora, e eles viram vários policiais parrudos lutando para conter um prisioneiro acorrentado. Um oficial de polícia olhou para eles enquanto levavam o prisioneiro pelo corredor para outra cela.

– Fomos presos – Joel explicou rapidamente. – Estamos na cadeia. Quando eu não quis dizer nossos nomes ou cooperar, nos colocaram aqui. Deram uma olhada na sua cabeça e colocaram curativos novos, mas não acho que perceberam que levou um tiro. Não pude impedi-los de tirar nossas impressões digitais, no entanto. E como eu já havia sido fichado pela polícia, não vai demorar até que saibam quem sou.

A maior parte do que Joel dissera não fez sentido para Paelen. Mas o medo no rosto de seu amigo era claro o suficiente. Estavam em apuros.

– Onde está Frankie?

Joel suspirou.

– A salvo, espero. Eu disse para ele voltar ao edifício negro para contar a Emily o que aconteceu. Quando a polícia usou a arma de choque em você, eu meio que o perdi e os ataquei. Com sorte, ele conseguiu escapar.

– Você atacou a polícia?

Joel assentiu.

– Você estava ferido, mas usaram a arma de choque mesmo assim. Tentei detê-los.

– Você podia ter se machucado! – Paelen disse.

Joel deu de ombros.

– Ninguém atira nos meus amigos e se livra assim. Não que eu tenha ajudado. Mesmo assim fomos presos.

Sentaram-se lado a lado e olharam ao redor da minúscula cela. Paelen olhou para os pés descalços.

– Onde estão minhas sandálias?

– Eles as tiraram. Levaram meus sapatos também – Joel mostrou os próprios pés descalços. Inclinou-se para mais perto. – Como está se sentindo?

– Terrível – Paelen cambaleou até a janela de vidro na porta e espiou pelo corredor. – O Fracote está aqui também. Está perto. Quando ele está próximo, me sinto mal – olhou novamente para Joel. – Neste momento, me sinto *muito* mal.

Joel balançou a cabeça.

– Não pode começar a brigar de novo, Paelen. Não aqui. Já temos problemas suficientes.

Paelen voltou até Joel e sentou-se, cansado, no duro banco de madeira.

– Não se preocupe. Não tenho nem força nem energia para brigar novamente. Também não consigo me lembrar de muita coisa. O que aconteceu?

– O que aconteceu? – Joel repetiu. – Está falando sério? Seu clone nos encontrou na lanchonete e você virou uma bala! Vocês dois praticamente destruíram a Rua Fremont.

Tudo voltou imediatamente até ele, em estranhos clarões de imagens.

– Agora entendo como Pegasus se sentiu quando viu Tornado. Joel, não pude me controlar. Era como se não tivesse vontade própria. Quando vi o clone, tinha que o destruir.

– Foi exatamente como Pegasus – Joel concordou. – Me pergunto se o mesmo se aplica a todos os olímpicos quando eles encontram seus clones. Diana iria querer matar seus clones?

Paelen assentiu.

– Você me conhece. Não gosto de lutar, se isso pode ser evitado. Mas não pude me conter. Diana ama uma boa briga. Ela ficaria incontrolável se viesse aqui e encontrasse seus clones.

– Não podemos deixar que isso aconteça – Joel disse.

Uma chave foi colocada na fechadura, e a porta da cela deles se abriu.

– A bela adormecida acordou! Fique sentado onde está – um oficial grande e corpulento disse ao entrar na cela. Voltou-se para Joel. – Você pode ter se recusado a falar, mas suas digitais falaram o bastante, Joel DeSilva. Está bem longe de casa, não é, garoto?

Joel não disse nada.

– Sabemos que é fugitivo de um lar adotivo na cidade de Nova York. Normalmente, nós o mandaríamos para um centro juvenil, mas, depois que você atacou um oficial de polícia, vai ficar aqui conosco.

Um segundo oficial se aproximou e estudou o braço de prata exposto de Joel com grande curiosidade

– O que é isso? Já vi membros artificiais antes... Droga, meu irmão voltou do Iraque com um. Mas nunca vi nada como isso. Onde conseguiu?

Joel permaneceu em silêncio, enquanto o policial se aproximava ainda mais.

– Não posso ver nenhuma dobradiça nos dedos ou no pulso, mas você pode movê-los. Como funciona? – estendeu a mão para tocar o braço de prata.

– Não! – Joel avisou enquanto escorregava do banco para longe do oficial.

– Então ele fala – o primeiro policial disse. – O que aconteceu na Fremont?

Joel olhou para o oficial, mas não disse mais nada.

– Muito bem – ele disse. O oficial se voltou para Paelen. – Que tipo de droga você tomou, filho? Pelo que ouvi, você e seu irmão gêmeo quase destruíram a Rua Fremont. Há histórias malucas sobre como vocês jogavam um ao outro por aí como bonecas de trapo, e destruíram um carro esportivo de um milhão de dólares.

– Aquele Fracote não é meu irmão – Paelen disse, indignado. – E eu agradeceria se devolvesse minhas sandálias.

O oficial de polícia ergueu as sobrancelhas.

– Você me agradeceria, é? E eu agradeceria se respondesse minhas perguntas. O que aconteceu na Rua Fremont? Como fizeram todo aquele estrago?

Aquilo era familiar demais para Paelen. Quando esteve na Ilha do Governador, os Agentes J e O fizeram o monte de questões que ele não queria responder. Paelen evitou o interrogatório.

– Por que não pergunta para o Fracote?

O policial gargalhou, mas não havia humor algum nele.

– Já tive minha cota com aquele maluco insignificante. Vamos mantê-lo acorrentado e deixá-lo sozinho até que o pessoal da ala psiquiátrica do hospital venha buscá-lo. Mas *estou* interessado em você. Quem é você?

Paelen se endireitou o máximo que seu corpo machucado permitia.

– Sou Paelen, o Magnífico – disse orgulhosamente. – Agora você faria bem em soltar Joel e eu antes que eu perca a paciência.

– Ah, claro – o oficial disse, sorrindo. – Bem, e que tal eu lhe dar mais tempo para esfriar a cabeça e cooperar?

Um oficial de polícia de aparência séria chegou e chamou os outros para fora. Fecharam e trancaram a porta atrás deles.

Paelen se esforçou para ouvir.

– Estamos em uma grande encrenca. Ouvi aquele homem dizer que há um mandato especial para nós. Somos considerados perigosos, e não devem se aproximar de nós.

No corredor, os oficiais olharam para eles, mas se afastaram rapidamente da cela.

Os olhos de Joel se arregalaram.

– É a UCP. Devem vir nos buscar a qualquer minuto. Paelen, você tem que sair daqui – Joel se levantou, foi até a porta e verificou se o corredor estava vazio. Olhou para sua mão de prata. Fechando-a, usou sua força para quebrar a algema que a prendia em sua cintura. Depois estendeu o braço até a mão esquerda e a libertou também. Com as mãos soltas, puxou a aba usada para passar comida pela porta, mas estava trancada.

– Não deixarei você – Paelen disse, convicto. Foi até a porta. – Com minha força e seu braço, podemos abrir esta porta. Podemos os dois ir embora.

Joel negou com a cabeça.

– Não, não podemos. Isso é uma cadeia. Nunca chegaríamos ao final do corredor, muito menos fora do edifício. Mas *você* pode.

– Já disse que não vou deixar você sozinho.

– Você tem que ir – Joel insistiu. – Precisa voltar para Emily. Contar a ela o que aconteceu.

– Mas...

– Você não pode ficar. Não se a UCP foi avisada.

Paelen e Joel olharam ao redor da minúscula cela. Havia apenas uma porta e nenhuma janela. Havia duas saídas de ventilação no teto branco, bem em cima das cabeças deles.

– Você pode passar por ali – Joel sugeriu. – É só se esticar para fora das correntes e eu o impulsiono lá para cima.

Paelen viu a determinação severa no rosto de Joel. Mas como deixaria seu amigo encarar a UCP sozinho? Ele se lembrava do que acontecera com Joel na Ilha do Governador, e como fora drogado e torturado.

– É o único jeito – Joel insistiu. – Consiga ajuda. Se a UCP vier nos pegar, vamos desaparecer e ninguém jamais saberá o que aconteceu. Você é olímpico. Não podemos deixar que o prendam novamente.

Paelen negou com a cabeça.

– Não posso deixar você. Se o levarem para a Área 51, vão cortar seu braço fora para ver como funciona. Lembre-se de como o Agente T ficou interessado nele. Ele disse o que aconteceria se eles o pegassem.

O medo aumentou no rosto de Joel ao olhar para seu braço mecânico. Era parte dele há tanto tempo que era como se tivesse nascido com ele.

– Se o cortarem fora, você vai ter que vir e me pegar para que Vulcano o coloque de novo. Agora, vá!

Joel estava certo, mas isso não tornava mais fácil para Paelen abandoná-lo.

– Fique de olho na janela. Me diga se alguém se aproximar.

Joel ficou parado ao lado da espessa janela, enquanto Paelen se concentrava. Ainda estava muito dolorido da luta com o clone, e sua cabeça continuava a latejar por causa da bala.

Primeiro, Paelen espichou as mãos até que elas saíram das algemas presas na cintura. Então, todo o seu corpo começou a estalar, se ajustar e esticar até que escorregou para fora de suas roupas e se libertou da corrente ao redor da cintura.

– Estou pronto – disse com voz esganiçada. – Me ajude a subir.

Joel entrelaçou os dedos para fazer um apoio e empurrou o comprido Paelen para cima.

Agarrando suas roupas com uma mão, Paelen estendeu a outra para abrir a cobertura da ventilação. Atirou as roupas pelo buraco e esticou o corpo até ficar fino o suficiente para escorregar pelo tubo estreito. Fez uma careta de dor quando sentiu a bala se ajeitar em sua cabeça alongada.

Paelen ficou grato ao descobrir que o duto de ventilação era mais largo do que esperava. Sua mente ficava relembrando da primeira vez que viajara pelos dutos da Ilha do Governador. Mas então tinha as sandálias para ajudar. Dessa vez, estava sozinho.

Paelen se virou e olhou para baixo, para a pequena cela. Viu Joel olhando para ele esperançosamente. Seu grande amigo de repente parecia muito pequeno e vulnerável.

– Ficarei bem – Joel disse. – Apenas vá e encontre Emily e Pegasus. Conte para ela o que aconteceu.

– Farei isso – Paelen prometeu, enquanto colocava a tampa do duto de ventilação no lugar. A última visão que teve de seu melhor amigo foi Joel se sentando no banco, sozinho.

Paelen não tinha certeza de quanto tempo passou no sistema de ventilação da cadeia de Las Vegas. Mas enquanto se arrastava pelo caminho que o levava para longe das celas, sentia a passagem do tempo tão agudamente quanto sentia a bala alojada em sua cabeça.

Olhando através das saídas do sistema de dutos, logo descobriu que estava sobre um escritório vazio. Uma escrivaninha estava bem embaixo dele. Espiando para os lados, Paelen pôde ver o batente de uma janela. Se não estivesse muito longe do chão, ele poderia saltar por ali.

Paelen empurrou a cobertura da ventilação e espiou. Usou seus sentidos de ladrão para ouvir e pressentir o perigo. Não havia ninguém no corredor do lado de fora da porta fechada do escritório. Por enquanto, estava em segurança.

Fez uma careta enquanto espichava o corpo para passar pela estreita abertura. Empurrando suas roupas na frente, se jogou na sala e pousou com uma pancada dura e dolorida no tampo da escrivaninha.

Grato por retornar à sua forma normal, Paelen vestiu-se rapidamente e foi até a janela. Era dia, e ele percebeu que estiveram na cadeia por mais tempo do que imaginara. Desejava que Emily e Pegasus estivessem de volta ao edifício negro, esperando por eles.

Olhando para baixo, viu que eram pelo menos quatro, talvez cinco andares até o chão. Normalmente isso não o teria incomodado. Mas estava fraco pela falta de comida, e ferido. Suspirando profundamente, Paelen sabia que não tinha escolha. Forçou a janela trancada. Verificando se não havia ninguém embaixo, subiu no parapeito e saltou.

Paelen pulara de alturas maiores do que aquela muitas vezes antes. Mas em todas elas estava saudável. Quando atingiu o pavimento, seu tornozelo direito torceu-se com um estalo alto. Foi preciso toda sua força de vontade para não gritar.

Enquanto a dor pulsava e subia por sua perna, Paelen olhou para o alto edifício marrom da cadeia. Não podia ver ninguém nas janelas, e esperava que tivesse saído sem ser notado. Paelen mancou para longe da cadeia e de Joel.

24

Enquanto Pegasus, Alexis e os Nirads descansavam sob as árvores, aguardando a segurança da escuridão, Emily não conseguia relaxar. Ficou em pé e começou a caminhar. Olhando para trás, viu o Príncipe Tobin sentado ao lado de Tirk. Os braços de ambos estavam cruzados sobre o peito, e seus olhos estavam fechados, enquanto esmoreciam no opressivo calor do deserto. A pele laranja com aspecto de mármore de Tirk brilhava de suor e ele ofegava levemente por causa das temperaturas causticantes que jamais enfrentara antes.

Emily se preocupava, pensando se teria sido uma má ideia trazê-los. Eles pertenciam ao mundo Nirad, onde estavam em segurança. Não no meio do deserto aberto, onde perigos os cercavam. Pensando nisso, estava reconsiderando seu plano de levá-los ao edifício negro. Dois Nirads em Las Vegas? Agora aquilo parecia realmente estúpido.

Mas deixá-los para trás seria igualmente perigoso e estúpido. Emily se amaldiçoou por não ter previsto isso. Seus pensamentos giravam freneticamente, fora de controle, enquanto a ansiedade tomava conta dela. Ainda não tinha ideia de como entrar na Área 51, muito menos de como sair de lá. Como os clones Nirads reagiriam ao príncipe? Ele conseguiria chegar até eles telepaticamente? Ou estava levando Tobin e Tirk até um desastre?

Quanto mais pensava nisso, mais confusa ficava. Parecia não haver solução para o problema. Nenhum plano de ação claro. Emily ansiava por falar com Joel e Paelen. Talvez, uma vez que estivessem todos reunidos novamente, conseguiriam desenhar uma estratégia decente para resolver o problema dos clones antes que Júpiter descobrisse.

Emily voltou até Pegasus e se sentou ao lado do garanhão, resignada com o fato de que não podiam fazer nada no momento. Até que todos estivessem juntos, tudo o que podia fazer era esperar e se preocupar.

25

Paelen era um olímpico perdido e sozinho em Las Vegas. Havia uma grande bandagem branca enrolada em sua cabeça, e suas roupas estavam esfarrapadas e cobertas de sangue. Sabia que, do jeito que estava, não receberia ajuda dos estranhos pelos quais passava.

– Sandálias, onde estão vocês quando mais preciso? – murmurou baixinho, enquanto caminhava por uma rua tranquila. O auge do calor do dia o pressionava. O sol estava a pino e implacável no céu sem nuvens. Paelen se sentia fraco por causa dos ferimentos e da falta de comida. Se não comesse alguma ambrosia logo, temia que sofresse um colapso.

À sua esquerda, reconheceu os restos da Rua Fremont. A área ainda ardia e fora bloqueada pela polícia. Caminhões dos bombeiros permaneciam nas redondezas e homens usando equipamentos de proteção brancos vasculhavam os escombros.

Não havia como o estrago não chamar a atenção da UCP. Lutar contra o clone fora um erro terrível e colocara seu melhor amigo em perigo.

Paelen permaneceu nas ruas mais tranquilas enquanto tentava encontrar o caminho de volta para o alto edifício negro. Mas Las Vegas durante o dia não se parecia em nada com a cidade noturna. Sem mencionar que haviam ido até a Rua Fremont de táxi. Não era possível dizer quanto tempo levaria para voltar, especialmente com o tornozelo quebrado.

Paelen precisava de ajuda. Aproximou-se de um sem-teto deitado na frente de um edifício.

– E eu achei que estava indo mal – o sem-teto sorriu, sem os dentes.

– Por favor, preciso de ajuda. Estou totalmente perdido. Sabe onde fica Circus Circus?

Os instintos de Paelen não o deixaram mencionar o edifício negro. Em vez disso, lembrou-se do nome que Joel usou na noite anterior.

O sem-teto balançou com a cabeça.

– Garoto, você está realmente perdido. Está andando na direção errada. Você quer chegar na Strip – o homem se sentou, apontou a rua abaixo e deu a Paelen uma série de instruções. – Mas, a pé, vai levar o dia inteiro.

– Não tenho escolha – Paelen disse sombriamente. Agradecendo o homem, saiu mancando lentamente.

Como o sem-teto avisara, Paelen demorou a maior parte do dia, mas finalmente voltou ao alto edifício negro, queimado pelo sol e exausto pelo calor. Meio mancando e meio cambaleando até o elevador, foi até o último andar. Crisaor estava esperando por ele quando as portas se abriram.

– Emily... – Paelen exclamou, e então despencou no chão.

26

Pegasus protestou alto quando Emily propôs sua última ideia. O sol estava se pondo, e o calor do dia finalmente desaparecia – mas não muito. Embaixo do pequeno grupo de árvores, todos estavam em pé.

– Pegs, pensei nisso o dia todo. É o único jeito – Emily insistiu.

O garanhão bufou e bateu na grama com o casco dourado.

– Também não quero deixá-los, mas Tirk é muito pesado para você carregar. Depois que encontrarmos os outros, voltamos imediatamente. Tobin e Tirk não ficarão sozinhos por muito tempo.

O Príncipe Tobin estava parado ao lado de Emily e assentia com a cabeça rosada. Emitiu uma série de rosnados e sons estranhos.

Emily olhou para Alexis, pedindo que traduzisse.

– O príncipe concorda com você – ela disse. A Esfinge se aproximou de Pegasus. – Emily está certa. Tirk é pesado demais para você carregar por uma longa distância. Estamos mais perto da Área 51 do que de Las Vegas. Seria sábio deixá-los aqui por algum tempo, pegar os outros e então reunir nossas forças antes de partir contra a UCP.

Pegasus ainda estava discutindo quando o príncipe começou a afagar o garanhão. Rosnou algumas palavras em voz baixa. Pegasus se curvou. Novamente, Emily olhou para Alexis, em busca de tradução, mas a Esfinge negou com a cabeça.

– Isso é entre eles dois – ela sussurrou.

Finalmente, Pegasus bufou e levantou a cabeça, mas suas orelhas estavam viradas para trás. Emily o conhecia o suficiente para saber que ele seguiria o plano, mas não estava satisfeito com isso.

– Está resolvido – Alexis disse. Voltou-se para o príncipe. – Vossa Alteza, devemos demorar pouco tempo. Por favor, permaneça aqui e espere por nós. Se algum humano aparecer, por favor, tente se manter escondido.

Tobin concordou com a cabeça. Ele e Tirk voltaram para as árvores, para sentar e esperar.

27

Paelen despertou com os sons dos guinchos de Crisaor e dos berros aterrorizados de um homem. Quando abriu os olhos, descobriu que estava deitado em uma pilha fedida de trapos. Sua cabeça gritava, a pele no seu rosto e braços estava em fogo e seu tornozelo latejava como se seu pé estivesse prestes a cair.

Crisaor encurralara o homem em uma parede.

Os pensamentos de Paelen estavam lentos, até que ele finalmente se lembrou do que acontecera para chegar até aquele lugar. Levantando a cabeça fracamente, seus olhos procuraram Emily e Pegasus. Quando não os viu, perguntou, sem forças:

– Emily voltou?

Antes que Crisaor pudesse responder, o homem apavorado exclamou:

– Me ajude! Chame a polícia, chame o FBI! Chame o zoológico! Esse porco maluco não vai deixar eu me mexer.

Crisaor guinchou de raiva e pisou no pé do homem, fazendo-o gritar de dor. Os olhos de Paelen foram até a pilha de trapos onde o amigo de Frankie, John, estivera dormindo. O vulto se fora.

– Você é John? – perguntou, enquanto tentava ficar em pé.

– Quem é você? – o homem sujo exigiu saber. – Como sabe meu nome? E por que trouxe esse porco para minha casa? O que fez com Frankie?

– Frankie não está aqui?

– Não, ele não está aqui! – John gritou, zangado. – Acordei e, em vez dele, encontrei essa criatura. Quem diabos são vocês?

Crisaor pulou no pé do homem novamente.

A dor lancinante na cabeça de Paelen era insuportável enquanto ele tentava permanecer em pé. Mas, quando tentou apoiar o peso do corpo no tornozelo quebrado, gritou de dor e caiu. Deitado na pilha de trapos fedorentos, tudo o que queria agora era dormir. O sono o chamava, acenava para ele, prometendo afastá-lo da dor.

Crisaor deixou o homem e trotou até Paelen. Guinchou baixinho e então farejou o ferimento na cabeça de Paelen.

– Deu tudo errado – Paelen murmurou baixinho. – Joel está na cadeia e a UCP está indo buscá-lo.

Crisaor continuou a farejar o corpo ferido de Paelen. Bufou e guinchou em profunda preocupação.

– Não podemos voltar para o Olimpo – Paelen ofegou. – Sei que estou muito machucado. Mas temos que esperar Emily e Pegasus. A polícia está com Joel. Ele conta comigo para tirá-lo de lá. Não posso decepcioná-lo.

Mas Crisaor guinchou novamente. O tom elevado de sua voz perfurou a cabeça de Paelen como uma broca. Paelen tentou implorar para que parasse, mas sua voz se fora. Logo o mundo começou a girar e a escuridão se aproximou.

Paelen acolheu a escuridão que chegava, o fim da dor. Mas, assim que começou a se render, sentiu-se tomado por uma sensação familiar de náusea. O mesmo enjoo que sentia na presença de seu clone. O clone estava por perto, Paelen tinha certeza disso. Devia ter escapado da polícia e o seguido até ali.

Lutando para recobrar a consciência, Paelen ouviu gritos vindos da escada e então algo disparou em sua direção. Crisaor foi o primeiro a reagir. O javali alado guinchou e correu em direção ao clone. Abriu as asas e tentou derrubá-lo. Mas o clone era rápido e ágil. Saltou alto no ar e passou por cima da cabeça de Crisaor. Aterrissou a uma pequena distância de Paelen.

Com o ímpeto de lutar subindo até a boca de seu estômago, Paelen se levantou, apoiado em um pé. Mas estava fraco demais para se defender do clone. A coisa o agarrou e, gritando de raiva, o ergueu no ar.

Rosnando de ódio descontrolado, o clone atirou Paelen na janela pintada. O vidro temperado se espatifou com o impacto e mandou Paelen para o espaço aberto, sessenta e nove andares acima do solo. Sem as sandálias aladas para salvá-lo, Paelen começou a cair.

28

Pegasus, Emily e Alexis voaram alto sobre Las Vegas. Quando começaram a descer, viram as luzes piscantes dos caminhões de bombeiro alinhadas em uma rua bem distante da Strip. O cheiro acre de fogo recém-extinto subiu ao encontro deles.

– Me pergunto o que aconteceu ali – Emily gritou.

Pegasus relinchou e Emily desejou poder entender a linguagem do garanhão. O que Pegasus disse parecia importante. Na distância, ela viu o edifício negro se erguendo escuro e silencioso.

Quando pousaram no telhado, o coração de Emily se apertou ao descobrir que Joel, Paelen e Crisaor não estavam ali. Desceu das costas de Pegasus.

– Espere! – Alexis avisou. – Algo está muito errado. Posso sentir.

Emily parou e esperou a Esfinge levantar a cabeça e farejar o ar. O pelo de suas costas estava arrepiado e suas asas se agitavam. Sua cauda chicoteava o ar.

– Volte para Pegasus – ela ordenou. – Agora!

Assim que Emily se acomodou nas costas do garanhão, a Esfinge sibilou e colocou as garras de fora.

A porta para o telhado se abriu. Um menininho de nove ou dez anos veio correndo. Suas roupas estavam esfarrapadas e seus olhos, cheios de terror. Ele correu na direção de Pegasus, acenando com a mão no ar.

– Emily, é uma armadilha! Voe antes que peguem você!

Alexis se ergueu nas patas traseiras e rugiu.

– Há homens aqui. Pegasus, leve a Chama embora!

Os olhos da Esfinge ficaram negros, sua mandíbula se deslocou e os dentes ficaram a mostra. Enquanto disparava em direção à porta da escada, olhou para Pegasus e gritou:

– Vá agora!

Pegasus reagiu imediatamente. O garanhão avançou e agarrou a camiseta do menininho com seus dentes afiados. Levantando-o do chão sem parar nem um segundo, galopou até a beira do telhado e saltou. Batendo as asas poderosas, levou-os para o alto.

No telhado, Alexis rugia enquanto homens saíam aos montes pela porta. Os gritos encheram o ar enquanto eram recebidos pela Esfinge olímpica enraivecida.

– Alexis! – Emily gritou. – Deixe-os, vamos lá!

Pegasus estava voando muito alto e muito rápido para que Emily visse o que acontecia no telhado. O som de tiros encheu o ar. Mas os homens estavam atirando neles ou em Alexis?

O garotinho gritava apavorado enquanto ia pendurado só pela camisa na boca de Pegasus, suspenso sobre Las Vegas.

Alguns minutos mais tarde, Pegasus pousou no telhado de um cassino mais para baixo na Strip. Emily escorregou de suas costas e correu até a beirada do telhado, vasculhando os céus em busca de Alexis.

– Vamos lá – exclamou. – Alexis, cadê você?

– Emily? – o garotinho disse ao se aproximar cuidadosamente dela.

Os olhos dele estavam imensos ao olhar para ela e Pegasus.

– Eles pegaram a mulher-leão.

– Quem? – Emily quis saber, voltando-se para ele. – Quem fez isso?

– Os soldados – ele começou a soluçar. – Eles atiraram no meu amigo John.

Havia muita dor no rosto do garotinho. Emily colocou o braço ao redor dele.

– Por favor, diga, que soldados? – perguntou calmamente. – Quem é você e como sabe meu nome?

– Sou Frankie – o garotinho fungou. Limpou o nariz escorrendo na manga suja da camiseta. – Joel e Paelen são meus amigos. Assim como Crisle, o porco.

O coração de Emily batia com força em seu peito e era difícil entender tudo aquilo. Ajoelhou-se diante do menino e segurou suas mãos.

– Onde estão Joel e Paelen? Pode me dizer?

Lágrimas encheram os olhos de Frankie e escorreram pela sujeira de seu rosto.

– Paelen está morto – chorou. – Levou um tiro na cabeça e, então, o Paelen selvagem o jogou pela janela e ele despencou. Joel está na cadeia. Crisler saiu voando e não sei onde está.

– O quê? – Emily exclamou. – Paelen está morto?

Frankie fungou e assentiu.

– Meu Paelen? – Emily gritou, em pânico. – Não, não é possível. Ele tinha as sandálias aladas. Elas devem ter impedido a queda. Ele deve ter voado para algum lugar.

– Ele não estava com as sandálias. John disse que Paelen estava meio morto quando o Paelen selvagem o espancou para valer. Então o jogou pela janela.

Emily sentou-se, chocada. Não era possível. Paelen não podia estar morto. Não depois de tudo pelo que haviam passado, tudo o que sofreram juntos. Puxou seu lenço verde para capturar as lágrimas incontroláveis.

Emily nem percebeu a chegada de Alexis. Foi só quando Frankie gritou de terror e implorou para a Esfinge não o comer que ela percebeu que Alexis retornara.

– Emily, o que há de errado? – Alexis exigiu saber, aproximando-se. – Está ferida?

Pegasus relinchou baixinho para explicar.

– O garoto está errado – Alexis colocou a pata nas costas de Emily. – Paelen é muito engenhoso para permitir que isso aconteça.

Mas Emily não podia falar e mal podia respirar com os soluços lhe tirando o fôlego.

– Você, garoto – Alexis ordenou. – Me diga o que aconteceu com Paelen e Joel.

Frankie contou tudo o que acontecera nos últimos dois dias.

– Espere – Emily fungou. – Você não viu Paelen morrer?

Frankie negou com a cabeça.

– Meu amigo John me contou o que aconteceu. Jurou que nunca mais beberia, porque estava vendo coisas malucas demais. Quando eu perguntei a ele o que era, ele me contou o que aconteceu. John ainda achava que era a bebida. Mas eu vi a janela quebrada. Quando eu contei a ele que Paelen podia voar com seus sapatos, ele me disse que ele estava descalço e com o tornozelo quebrado. Crisler o seguiu pela janela, mas John não o viu pegá-lo.

– Então é provável que Crisaor tenha alcançado Paelen a tempo – Alexis disse calmamente. Voltou-se para Emily. – Não há evidência de que Paelen esteja morto... só a palavra do amigo do garoto. Você deve manter a esperança viva.

Emily se agarrou às palavras de Alexis. Crisaor não deixaria Paelen cair. Simplesmente não deixaria.

– Você disse que um Paelen selvagem atacou nosso Paelen?

O garoto assentiu.

– Na lanchonete. Joel disse que era o clone. Mas, quando o Paelen real encontrou o selvagem, os dois enlouqueceram e queriam matar um ao outro.

Alexis olhou para Pegasus.

– Exatamente como você e Aviso de Tornado.

Pegasus bufou ao ouvir aquele nome e bateu com a pata no telhado.

Alexis se voltou para Frankie novamente.

– Quem eram aqueles homens no telhado?

– Soldados – Frankie disse. – As pessoas devem ter visto Paelen ser jogado pela janela e chamaram a polícia. John tentou me proteger, mas atiraram nele – Frankie começou a chorar de novo. Levantou os olhos cheios de lágrimas para Emily. – Ele me ajudou a escapar. Fiquei escondido esperando vocês.

Alexis estreitou os olhos e se concentrou no garoto.

– Você ficou nos esperando? Sabendo que estava em perigo ao fazer isso? Por que faria tal coisa?

Frankie olhou temeroso para Alexis e se aproximou de Emily.

– Porque Joel, Paelen e Crisler são meus amigos. Eles me disseram para esperar que vocês voltassem. Não podia deixar os soldados pegarem vocês.

Alexis inclinou a cabeça, em sinal de aprovação.

– Isso foi muito corajoso da sua parte.

– Não acho – Frankie disse. – Eu gritei quando me perseguiram.

– Eu teria feito o mesmo – Alexis disse gentilmente. Piscou para Pegasus.

Frankie levantou os olhos esperançosos para Emily.

– Acha realmente que Crisler salvou Paelen?

Emily assentiu.

– Tenho certeza que sim. Eles são muito amigos.

Ela podia ver o alívio percorrendo o jovem garoto, enquanto ele secava as bochechas imundas. Ela só rezava para que fosse verdade.

– Que bom. Gosto dele de verdade – Frankie disse.

– Eu também – Emily concordou, secando seus próprios olhos.

Atrás dela, Pegasus relinchou.

– Precisamos sair daqui – Alexis disse. – Não podemos deixar o Príncipe Tobin e Tirk sozinhos por muito tempo.

Emily negou com a cabeça.

– Primeiro precisamos buscar Joel – voltou-se para Frankie. – Você disse que ele está na cadeia?

O garotinho assentiu.

– Perto da Rua Fremont. Foi onde os dois Paelens lutaram. Causaram um incêndio bem grande.

Emily se lembrou dos caminhões de bombeiro e do cheiro de fumaça quando chegaram.

– Pode me mostrar onde fica?

Pegasus se adiantou e relinchou novamente.

– Essa será a coisa mais difícil que Pegasus já pediu para você fazer – Alexis traduziu –, mas ele diz que devemos deixar Joel onde está. O Príncipe Tobin e Tirk são nossa prioridade.

Emily olhou para o garanhão, surpresa.

– Sem chance! Temos que resgatar Joel antes que descubram quem ele é e chamem a UCP.

Alexis suspirou profundamente.

– É bem provável que a UCP já saiba, e foi por isso que Paelen o deixou sozinho. Foi enviado para nos avisar, mas foi ferido em vez disso.

Emily estava balançando a cabeça. Não podia acreditar que estivessem sugerindo que deixasse Joel à mercê da UCP.

– Pense – Alexis pressionou. – As chances de Joel ainda estar na cadeia são remotas. Não podemos desperdiçar tempo precioso com uma incerteza. O Príncipe Tobin e Tirk não pertencem a esse mundo. Devemos voltar até eles e tirar os outros da Área 51 o mais rápido possível.

– Mas, se Joel ainda estiver na cadeia, eu tenho que o tirar de lá – Emily entrou em pânico. – Você não entende. Eu...

– Você o ama – Alexis completou gentilmente. – Sim, eu sei. Todos sabemos. Mas não devemos deixar que nossas emoções nos controlem.

– Mas...

Alexis negou com a cabeça.

– Sinto muito, Emily. Mas não temos escolha. Se realmente quer ajudá-lo, precisa deixá-lo onde está. Se ele ainda está na cadeia, está muito mais seguro do que na Área 51. Mas, se a UCP já foi alertada, não terão dúvidas em levá-lo para a Área 51 de qualquer maneira.

Emily olhou primeiro para Pegasus e então para Las Vegas. Joel estaria ali perto de onde estavam? Ou fora levado para a Área 51? Cada instinto em seu corpo gritava que fosse até a cadeia ver com seus próprios olhos. Partia seu coração saber que havia uma necessidade maior. O Príncipe Tobin e Tirk estavam sozinhos e corriam mais perigo.

Caminhou até Pegasus e pressionou a testa na dele.

– Sei que temos que ir, Pegs. Mas e se Joel ainda estiver na cadeia? Como posso abandoná-lo?

Pegasus relinchou baixinho. Havia pouco que podia dizer ou fazer para diminuir a dor de Emily. Finalmente ela se afastou. Subiu nas costas do garanhão sem dizer uma palavra.

– E quanto a mim? – Frankie disse. – Vou com vocês. Quero ajudar com os nerds.

Alexis se aproximou dele.

– Sinto muito, criança, mas você está mais seguro aqui.

Frankie negou com a cabeça.

– Hã-hã, não estou. Esses homens estão procurando por mim. E se me encontrarem? Vão me levar para a Área 51, com todos os outros alienígenas. Atiraram em John e destruíram minha casa. Não tenho para onde ir.

Alexis olhou de soslaio para Emily antes de se voltar para Frankie.

– Tudo bem, criança. Eu lhe darei um enigma. Se responder corretamente, pode ir conosco e eu mesma o levarei. Mas, se der a resposta errada, deve ficar aqui.

Os olhos de Frankie passaram de Emily para Pegasus e, finalmente, chegaram em Alexis.

– Ok.

Alexis se sentou diante do garotinho.

– Adivinhe isso...

À noite eu venho sem ser chamada
E durante o dia fico perdida sem ser roubada.
Sou como um diamante,
Mas não sou uma joia
O que sou?

Emily observou o pequeno Frankie morder o lábio inferior enquanto lutava com o enigma. Percebeu que a feroz e mortal Esfinge do Olimpo dera ao garoto um bem fácil. Até ela sabia a resposta.

Finalmente Frankie olhou para o céu noturno e apontou.

– Eu sei! – exclamou. – São as estrelas.

Alexis sorriu e afagou a cabeça dele com sua grande pata.

– Há só mais uma pessoa na história que já me derrotou em um enigma. Você está em muito boa companhia. Sua resposta está correta. Pode se juntar a nós.

Alexis ficou parada e ofereceu as costas ao garoto.

– Espero não ser muito pesado – Frankie disse seriamente ao subir.

A Esfinge olhou para ele.

– Já carreguei mais pesados – seus olhos foram até Emily. – Está pronta?

Emily respirou profundamente. Olhou por sobre Las Vegas, na direção da Rua Fremont.

– Perdoe-me, Joel – disse baixinho, enquanto olhava novamente para Alexis. – Vamos.

29

Emily sentia o coração apertado no peito, enquanto Pegasus a levava para longe de Las Vegas, cada vez mais para dentro do deserto escuro. Joel nunca a teria abandonado. Será que a perdoaria?

Ao se aproximarem da área em que haviam deixado os Nirads, Emily viu um brilho erguendo-se do chão. O medo acertou seu estômago. Os Nirads não usavam fogo. Conforme chegavam mais perto, maior e mais brilhante ficava. Pegasus inclinou as asas e deslizou mais para baixo no céu.

No chão sob eles, viram os destroços em chamas de dois helicópteros militares destruídos, espalhados ao redor do grupo de árvores onde haviam deixado os dois Nirads. Uma das árvores estava pegando fogo, e a grama ardia e queimava. Pegasus circulou a área algumas vezes, buscando atividade vinda de baixo. Não viram nada. Pousaram a poucos metros das árvores.

– Tobin! – Emily gritou, ao escorregar das costas do garanhão e começar a vasculhar a área. – Tirk! Estão aqui?

Alexis se juntou a ela, mas, após alguns minutos chamando e procurando, não tiveram resposta. Emily se aproximou da árvore em que vira os Nirads pela última vez e encontrou uma mancha escura no chão. Seu coração saltou.

Emily se inclinou e convocou a chama até sua mão. Abaixando-a até o chão, descobriu que o líquido era vermelho-vivo. Era sangue. Sangue humano. Não muito longe da mancha, viu um grande pedaço de tecido com camuflagem do deserto.

– Pegasus, Alexis, aqui! – Emily apontou para o solo e levantou o tecido. – Aquilo é sangue humano e isso é parte de um uniforme. Aqueles são helicópteros militares.

Alexis examinou a área.

– Deve ter acontecido uma batalha feroz aqui, se os Nirads conseguiram derrubar aquelas duas máquinas. Espero que nenhum deles esteja ferido.

Emily se endireitou e olhou para os helicópteros incendiados.

– Os soldados devem ter atacado logo depois que partimos. Mas como os encontraram aqui?

Frankie ainda estava sentado nas costas de Alexis.

– Eles têm radares – respondeu baixinho. – Li tudo sobre isso no meu computador. Toda essa área tem imensos radares. Tudo faz parte da base de Nellis, da Força Aérea. Eles rastreiam qualquer um que venha até aqui... por terra ou ar. Aposto que estão nos rastreando também.

Quando as palavras de Frankie fizeram sentido, Emily percebeu a verdade.

– Nós os levamos para uma armadilha! – olhou para Pegasus. – Simplesmente entregamos o Príncipe Tobin e Tirk para a UCP.

Pegasus empinou-se de raiva e gritou na noite, enquanto Alexis praguejava e andava de um lado para o outro. Quando todas as implicações atingiram Emily, ela sentiu o poder da Chama crescendo descontrolado dentro de si. Afastando-se dos demais, levantou as mãos e libertou o poder reprimido.

Chamas frenéticas dispararam de suas mãos e se ergueram centenas de metros no ar. Emily jogou a cabeça para trás e gritou em fúria.

– A UCP vai se ver comigo!

Emily disparou até Pegasus.

– É isso! É *guerra*! Pegasus, desde a primeira vez que você veio ao meu mundo, a UCP tem nos caçado e feito todo o possível para nos destruir. Nos capturaram, nos torturaram e sequestraram meu pai. Criaram clones que podem fazer este mundo ser destruído e mataram o Agente T quando ele só estava tentando avisá-los. *Não dá mais*. Se querem briga, vão ter!

– Fique calma – Alexis ordenou. – Precisa pensar antes de agir.

– Não – Emily gritou, voltando-se para a Esfinge. – Estivemos pensando todo o tempo e olhe onde isso nos levou! Simplesmente capturaram o príncipe Nirad. Eu prometi à Rainha Segan que o manteria a salvo. Mas não fiz isso! Por que tenho todos esses poderes, se não consigo nos proteger do mal que é a UCP?

– Emily, pare! – Alexis gritou. – Lembre-se de seus outros poderes. Você não tem controle sobre eles quando está zangada.

Emily foi pisando duro até Pegasus.

– Desta vez eles foram longe demais. Você pode ficar aqui, se quiser, mas vou até lá, exigir que soltem Tobin e todos os outros Nirads. E, se não fizerem isso, estão prestes a ver o que a Chama do Olimpo pode fazer!

A jornada até as instalações secretas da UCP na Área 51 foi curta. Mas, mesmo antes de atravessarem a cadeia de montanhas que circundava a grande base, helicópteros militares levantaram voo e vieram ao encontro deles.

– Emily, você precisa esperar! – Alexis gritou. – Essa é uma aproximação perigosa.

Mas Emily se agarrou à crina de Pegasus e disse ao garanhão que fosse mais rápido.

– Leve Frankie para longe daqui – ela gritou para Alexis. – Esta briga é entre mim e a UCP!

– Não, criança tola, não é – Alexis exclamou. – É entre os olímpicos e a UCP. Eu estava errada em não voltar para Júpiter. Devemos retornar ao Olimpo. Os outros devem saber o que está acontecendo aqui. Júpiter ficará furioso se souber que permiti que fizesse isso sozinha.

Emily gritou uma resposta, mas o som de sua voz foi engolido pelos pesados rotores dos helicópteros militares que se aproximavam. Conforme se acercavam, Emily sentia o poder da Chama ansioso para ser libertado.

– Seja cuidadoso, Pegasus! – Emily exclamou.

Emily apertou os joelhos para se segurar e ergueu as mãos. A Chama estava pronta, mas ela a manteve presa até descobrir o que os militares pretendiam. Em segundos, teve sua resposta. Sem dar nenhum aviso ou oportunidade de rendição, o helicóptero mais próximo atirou neles.

Não houve tempo para pensar, apenas para reagir. Emily soltou a Chama. Disparou escura e branca, contra o céu escuro, saindo de suas mãos em direção aos helicópteros. As balas que eles atiraram derreteram até se tornarem metal líquido e brilharam como vaga-lumes enquanto caíam inofensivas no chão.

Emily nunca quis ferir ninguém. Mas, quando os helicópteros continuaram a atirar, não teve outra escolha senão voltar seus poderes contra eles. Um a um, os helicópteros explodiram no ar, e uma chuva de fogo caiu no chão escuro do deserto.

Logo estavam sozinhos no céu. Momentos depois, Pegasus estava atravessando as montanhas que cercavam a Área 51. Mais adiante, Emily viu as luzes das duas pistas de decolagem ganharem vida enquanto jatos de batalha taxiavam para fora de seus hangares.

– Tarde demais! – Emily berrou em fúria. Levantou as mãos novamente e deixou a Chama sair. Em vez de acertar os jatos, seu alvo eram as duas compridas pistas asfaltadas. Quando o calor da Chama as acertou, o asfalto derreteu instantaneamente e explodiu em chamas. Os jatos no solo se espalharam e foram forçados a permanecer no chão do deserto.

– Emily, tome cuidado! – Alexis avisou.

Emily olhou por sobre o ombro e viu Frankie pendurado nas costas da Esfinge. Suas mãos agarravam o ponto em que as asas de Alexis saíam das costas. Sua cabeça estava abaixada e ele não estava assistindo à batalha.

Lá embaixo, todas as luzes da Área 51 ganharam vida. O lugar era imenso! O Agente T dissera que apenas parte era da UCP. Mas o que era o resto? Havia vários edifícios quadrados e grandes, com telhados planos de aço corrugado. Ela podia ver um estacionamento cheio de carros. Havia os dois grandes hangares de onde os jatos haviam saído e três aviões estacionados ao lado. Mais adiante, espiou vários outros helicópteros militares ainda em solo. Esperava que permanecessem lá.

Conforme Pegasus voou mais perto, ela viu o leito seco e branco do Lago Groom. O Agente T não estava brincando. Antigamente fora um lago imenso. De repente seus olhos captaram movimento. Soldados emergiam dos edifícios quadrados. Ao seguir mais para baixo, Emily os viu mais de perto e perdeu o fôlego. Nirads! Estavam vestindo o uniforme de camuflagem de deserto dos militares e carregando rifles. Era verdade. A UCP havia criado um exército Nirad.

– Pegasus, olhe – ela gritou. – Soldados Nirads!

Alexis voou para mais perto.

– Por que não está atirando? Olhe, todos têm armas!

A solução mais fácil teria sido exterminar a Área 51 da face da Terra. Mas, apesar de sua fúria, Emily não podia fazer isso. O Príncipe Tobin e Tirk podiam estar lá embaixo, em algum lugar.

– Não posso! Não até tirarmos os outros. Fique atrás de nós! – Emily se voltou para Pegasus. – Leve-nos para baixo, Pegs, bem no meio deles. Se atirarem em nós, atiro de volta.

Os soldados se amontoaram no solo e apontaram as armas para eles. Mas não abriram fogo.

– Não atirem! – Emily gritou. – Por favor, não atirem!

Pegasus parou de bater as imensas asas brancas e deslizou silenciosamente sobre as cabeças deles. Pousou no chão e trotou até parar perto de um grande grupo de soldados.

– Coloquem as mãos para cima! – um soldado humano exigiu.

– Escutem-me – Emily gritou. – A Terra corre um perigo terrível. Preciso falar com seu comandante imediatamente!

Ao descer de Pegasus, ela ouviu o clique imperativo dos soldados preparando suas armas. Emily levantou as mãos.

– Por favor, não atirem. Precisamos conversar com seu comandante!

O soldado ergueu a arma.

– Deite-se no chão. Agora!

– Você não entende! – Emily deu um passo adiante. – Júpiter vai destruir este mundo. Vocês podem impedir isso!

– Pare! – o soldado gritou. – Não dê mais nenhum passo!

– Por favor, me escute – Emily implorou, mantendo as mãos erguidas. – Não queremos lutar. Estamos aqui para avisá-los.

Atrás dela, Pegasus batia o casco no chão e bufava. Suas asas se agitavam. Alexis soltou um rosnado suave. Dobrou as asas para cobrir o pequeno Frankie e avisou-o para manter a cabeça baixa.

– Humanos tolos – Alexis disse, voltando-se para os soldados. – Escutem a criança. Ela fala a verdade! Júpiter do Olimpo destruirá este mundo se não pararem de criar esses clones.

Quando a Esfinge deu um passo em direção a Emily, um dos soldados humanos entrou em pânico. Levantou a arma e disparou. Sua reação levou os outros a fazer o mesmo. Os soldados Nirads rugiram e dispararam para a frente. Derrubaram seus rifles e abriram seus quatro braços. Seus olhos negros estavam arregalados e suas bocas abertas, mostrando fileiras de dentes afiados e pontiagudos.

Pegasus empurrou Emily com força para trás e a derrubou no chão. Levantou-se sobre as patas traseiras, abriu as asas e relinchou, zangado. Acertou um dos Nirads no peito com um casco dourado.

O soldado Nirad uivou de dor e caiu imediatamente no chão, envenenado pelo casco de ouro de Pegasus. De repente, mais soldados Nirads correram até eles. Os assustados soldados humanos perderam o controle e dispararam suas armas.

Emily reagiu instantaneamente. Ficou em pé e convocou a Chama. Enquanto fluía para suas mãos, ela se virou para os soldados. Mas, antes que pudesse liberá-la completamente, sentiu seu corpo explodir em dor, quando várias balas atingiram o alvo. Jogada de costas, bateu a cabeça no chão com impacto explosivo.

Seus pensamentos voavam na velocidade da luz. Os soldados estavam atirando. Pegasus e Alexis estavam em perigo. Tinha de salvá-los! Sentou-se e levantou as mãos para libertar a Chama, mas foi atingida por mais balas e derrubada de costas bem quando seus poderes saíram. Houve um clarão ofuscante e um tremendo ruído de trovão.

E então eles se foram.

Alexis e Pegasus haviam desaparecido!

Levou um momento para que Emily percebesse o que havia acontecido. Suas mãos deviam ter apontado na direção de Alexis e Pegasus quando soltou seus poderes.

– Pegasus! – ela gritou. – Pegasus, não!

Mais balas a acertaram e Emily berrou ao perceber o que fizera. De repente, todo seu corpo se incendiou. Ela brilhava resplandecente e derretia as balas dentro de si, curando os danos causados pelos soldados.

O coração de Emily queimava em agonia, mas não pelas chamas.

Pegasus *se fora*!

Tomada por um pesar insuportável, Emily acolheu a escuridão que sempre acompanhava a autocura. Não se importava mais com o que aconteceria com ela. Havia destruído a melhor coisa de sua vida. Agora, tudo o que queria, tudo o que merecia, era a morte. Rezava para que viesse com a escuridão. A UCP podia fazer o que quisesse com ela, agora.

Sem Pegasus, não havia nada.

30

– Vamos, filho, beba tudo.

Paelen acordou com uma dor terrível, amparado por braços fortes e com um cálice sendo pressionado em seus lábios. Provou a abençoada doçura do néctar e começou a tomar a bebida de cura. Abriu os olhos para ver Steve Jacobs afastando o cálice. Estava deitado em sua cama no palácio de Júpiter. Pela janela aberta, podia sentir a brisa doce e morna do Olimpo.

Tentou focar nas figuras paradas ao redor de sua cama. Diana e Apolo estavam parados a sua esquerda. Plutão estava no pé da cama, seu rosto era a imagem da irritação. E então seus olhos se moveram para a direita e pousaram em Júpiter. O coração de Paelen disparou de medo. Os olhos do líder do Olimpo eram como trovões e sua boca estava apertada em uma linha muito fina.

Crisaor estava agachado no chão, ao lado de Júpiter, parecendo abatido e derrotado. O javali estava apavorado e não devolveu seu olhar.

Júpiter se aproximou. Sua expressão era sombria e ameaçadora.

– Crisaor pegou você quando caiu da janela. Trouxe-o de volta ao Olimpo. Mas, quando eu terminar com você, desejará que ele não tivesse feito isso.

Paelen abaixou os olhos.

– Perdoe-me, Júpiter. Mereço qualquer coisa que fizer comigo. Mas, antes, preciso voltar à Terra. Joel está na cadeia e temo que Emily, Pegasus e Alexis estejam prestes a enfrentar a UCP por conta própria.

Todos no quarto prenderam a respiração. Enquanto Paelen devorava ambrosia e bebia vários cálices de néctar, começou a falar. Contou tudo o que acontecera, começando com a chegada à Terra até o momento em que seu clone o atirara para fora da janela do alto edifício negro.

– Então não sabe onde Emily está? – Júpiter quis saber, incrédulo. – A Chama do Olimpo está na Terra, enfrentando a UCP sozinha?

Paelen sentiu a intensidade furiosa do olhar de Júpiter.

– Ela não está sozinha – gaguejou. – Pegasus, Alexis e, acho, o Príncipe Tobin estão com ela.

– O quê? – Júpiter exclamou. – Está me dizendo que o príncipe do mundo Nirad deixou a segurança de seu povo para se juntar a essa missão insana?

Quando Paelen assentiu, Júpiter ficou furioso. Andou até a janela e soltou um raio e um relâmpago que sacudiram o âmago do Olimpo.

– Livrai-me! – berrou, enquanto lançava mais raios e trovões.

Com a fúria aplacada, Júpiter voltou para a cama.

– Quantas dessas criaturas, desses... – olhou para o pai de Emily em busca da palavra.

– Clones.

– Sim, clones – Júpiter repetiu. – Quanto são?

Paelen encolheu os ombros.

– Não tenho certeza. Mas há um clone de Diana solto com um clone Nirad. Mataram várias pessoas. Também há o meu clone, e Aviso de Tornado era clone de Pegasus. Acreditamos que existam mais, mas só Alexis esteve na Área 51 e viu com seus próprios olhos. Não a vejo desde que a UCP nos atacou, do lado de fora de suas instalações.

O líder do Olimpo voltou seus olhos furiosos para sua filha.

– Diana, você sabia disso e não me contou?

Diana abaixou a cabeça.

– Perdoe-me, Pai. Mas só suspeitávamos. Não tínhamos provas dos clones. Que aquele Aviso de Tornado parecesse idêntico a Pegasus não era suficiente. Emily e Pegasus estavam determinados a voltar para a Terra e ver com os próprios olhos. Mandamos Alexis com eles, para proteção.

– Por que não vieram até mim? – Júpiter exigiu saber. Voltou-se para Plutão. – E você, meu próprio irmão! Não pensou em me contar?

Plutão negou com a cabeça.

– Não até que tivéssemos certeza. Você tem um gênio ruim, irmão. Emily tinha medo que destruísse o mundo dela, se soubesse que estavam criando Novos Olímpicos.

Os olhos de Júpiter escureceram com fúria mal contida.

– Ela estava certa de temer por seu mundo – disparou. Avançou furioso na direção de seu irmão. – Convoque Netuno! Preparem-se para a guerra. Assim que tirarmos Emily de lá, vamos virar a Corrente Solar para a Terra.

31

Por um feliz instante, Emily se esqueceu do que acontecera. Despertou do sono de cura e olhou ao redor, mas não conseguiu ver o garanhão.

– Pegs?

Então, tudo voltou. Não havia mais Pegs. Pegasus, o magnífico garanhão do Olimpo, desaparecera para sempre. E era tudo culpa dela.

De repente, Emily não conseguia respirar. Sentou-se, engolindo ar enquanto tentava desesperadamente negar a verdade.

– Pegs? – ofegou.

Olhou ao redor e todas as lembranças daquela noite horrível retornaram. Pegasus estava morto e ela fora capturada pela UCP. Lágrimas encheram seus olhos. Emily estava tão acostumada a ter o lenço verde consigo e, automaticamente, coletar as lágrimas, que ficou estupefata quando descobriu que ele não estava lá. Em vez disso, usou os lençóis brancos frescos. E, se suas lágrimas explodissem por causa do poder que continham, esperava explodir com elas.

Emily deitou-se em posição fetal. Soluçou abertamente pela perda de seu amado Pegasus. Alexis e o pequeno Frankie também haviam ido. Mas era a morte do garanhão que a mutilava mais.

– Perdoe-me – chorou. – Pegs, por favor, me perdoe...

Alexis lhe avisara sobre seus poderes. Mas, em sua fúria contra a UCP, não prestara atenção. Por que não prestara atenção? Por que fizera aquilo? Era tudo culpa dela! Pegasus e Alexis estariam vivos agora, se ela tivesse simplesmente prestado atenção na Esfinge. Por que não fizera isso?

Parecia que fazia uma vida inteira desde que as górgonas tentaram pegá-la para usar seus poderes contra Júpiter. Mas ela não usara. Pegasus estava lá e lhe dera forças para fazer a coisa certa. Agora, aqueles mesmos poderes o destruíram.

Emily não ouviu quando a porta se abriu. Foi só quando uma voz chamou seu nome que percebeu que alguém entrara.

Um homem estava parado ao lado de sua cama. Dois grandes soldados Nirads cinzentos estavam parados ao lado dele.

– Emily Jacobs – o homem repetiu. – Sou o Agente PS. Estou aqui para conversar com você.

Ele parecia estar na casa dos trinta anos, tinha o cabelo avermelhado e curto e olhos da cor do pântano. Tinha a barba bem aparada, mas seus olhos pareciam cansados e tensos, como se não tivesse dormido.

– Vá embora – Emily choramingou.

– Não – o homem disse friamente. – Você tem muito o que responder, mocinha. Tem alguma ideia do que tem feito?

O pesar de Emily se transformou em raiva.

– Sim, sei o que tenho feito. Matei Pegasus!

– Você tem feito muito mais do que isso – ele disse. – Posso contar a você?

Emily sentiu a Chama dentro de si retumbando com raiva. Esse agente da UCP estava fazendo o máximo possível para provocá-la.

– Eu iria embora, se fosse você – ela avisou. – Não sabe do que sou capaz quando fico chateada. Pegasus se foi e estou *muito* chateada!

O agente não pareceu nem um pouco preocupado.

– Sei muito bem o que pode fazer, Emily. Minha função tem sido aprender tudo sobre você e seus poderes incríveis. Preciso conversar com você sobre eles, entendê-los. Você nasceu em Nova York, de dois pais muito humanos. Viveu uma vida comum até o ano passado. O que mudou? Como tem esses poderes? De onde eles vêm?

– Está enganado se acha que vou contar qualquer coisa para você – Emily replicou.

– Por que precisa tornar isso tão difícil? – o Agente PS perguntou. – Estamos do mesmo lado. Quem sabe, talvez um dia você use esses poderes para trabalhar conosco e não contra nós.

– Trabalhar com a UCP? – Emily disse, incrédula. Virou-se e se sentou, encarando o homem. – Está louco? Tem alguma ideia do que fizeram ao criar clones? Viemos para cá para avisá-los! Júpiter vai destruir este mundo se não pararem.

O homem suspirou.

– Sei tudo sobre os mitos, Emily. Nunca foi sugerido que Zeus, ou Júpiter, se preferir, tivesse o poder de destruir o mundo.

– Você está enganado – Emily respondeu. – Ele tem. E nem mesmo precisa vir até aqui para fazer isso. Tudo o que tem que fazer é virar a Corrente Solar para a Terra e tudo será destruído em um instante.

O comentário fez Agente PS parar para pensar. Mas apenas por um momento.

– Ele não faria isso com você aqui – sorriu astutamente. Temos visto seus poderes, Emily. Sabemos o quão valiosa você é para ele.

– Não sou nada sem Pegasus – ela disse baixinho. – Não me importa o que Júpiter fará agora. Se ele destruir a Terra, espero que me destrua também.

– E quanto aos outros Pegasi que temos aqui? Será que não pode encontrar outro Pegasus entre eles? Sei que passou muito tempo com Aviso de Tornado. Ele está aqui, esperando por você, juntamente com os outros.

Emily fungou.

– Pegasi? Sobre o que está falando?

– Pegasus pode ter sido o original, mas temos todos os clones dele aqui. Coletivamente, os chamamos de Pegasi.

Ouvir o nome no plural fez Emily explodir.

– Há somente um Pegasus, e ele está morto! Tudo o que vocês têm são cavalos voadores. Não existe essa coisa de Pegasi. Não ouse chamá-los assim! Como chama os clones de Diana? Diani?

O agente assentiu.

– Exatamente.

– Vocês são doentes! – ela exclamou, enquanto seu temperamento se inflamava ainda mais. A cama começou a rugir e a balançar. Atrás do agente, os dois Nirads cinzentos se aproximaram.

– Mande-os se afastar – Emily ameaçou. Ergueu a mão, que explodiu em chamas, estalando e crepitando o ar ao seu redor. – Nem um batalhão pode matar um Nirad, mas eu posso!

Emily ficou surpresa em ver os dois Nirads se afastarem por contra própria. Seus olhos estavam claramente focados nela e pareciam ter inteligência.

– Vocês podem me entender?

– É claro que podem entender você – o agente disse. – O que pensou que eram? Monstros estúpidos?

– Mas são clones dos Nirads cinzentos – Emily insistiu. – Não são os espertos. Não entendo. Aviso de Tornado era selvagem. Assim como o clone de Paelen. Por que esses não são?

O agente sorriu presunçosamente ao dar um tapinha no braço de um dos clones.

– O DNA Nirad funciona muito melhor quando misturado com o olímpico. Esses dois foram nosso primeiro êxito, mas há muitos mais. Contudo, levamos muito mais tempo para aperfeiçoar os olímpicos.

– Eles não são olímpicos! – Emily exclamou.

– É claro que são – o agente disse. – Se importaria de conhecer alguns deles?

– Não, não quero conhecê-los. Vá embora e me deixe sozinha para morrer.

O agente riu.

– Bem, nós dois sabemos que isso não vai acontecer, não é? Você não pode morrer.

– Sim, eu posso – Emily replicou. – Quando Júpiter virar a Corrente Solar para a Terra, todos queimaremos.

– Tudo bem – ele concordou, quase zombeteiro. – Não quer ver Joel antes de morrer?

– Joel?

– Sim, ele está aqui também. Está se recuperando. A cirurgia dele correu bem.

O Agente PS estaria mentindo? Mas, se haviam feito alguma coisa com Joel, ela tinha de saber.

– Que cirurgia?

– Terá que vir comigo, se quiser descobrir – o agente disse. Naquele momento, outro homem entrou no aposento.

– Agente PS, o garoto está despertando.

– *Timing* perfeito – o Agente PS disse. Voltou-se para Emily. – Se quiser ver Joel antes que comecemos nosso interrogatório, é melhor dizer agora.

Uma necessidade desesperada de ver Joel cresceu dentro dela. Precisava dele mais do que nunca. E, se a UCP estava com ele, ele precisava dela também. Deveria aceitar o blefe deles?

– Joel não está aqui. Está em Las Vegas – ela testou.

– Não está mais.

– Vocês não vão tocar nele – ela ameaçou.

– E quem vai nos impedir?

Emily sentou-se e escorregou as pernas para a lateral da cama. Usava uma roupa de hospital, mas o aparelho de prata da sua perna sumira.

– Eu vou – ela desafiou. – Onde está meu aparelho?

– No laboratório, sendo analisado – o Agente PS disse. – Pode usar isso no lugar – pegou um par de muletas e ofereceu-os a Emily. – Ou – apontou para os soldados Nirads – um desses caras grandões pode carregar você. A escolha é sua.

Seria um truque? Olhou ao redor do pequeno quarto branco. Era parecido com seu quarto na Ilha do Governador, mas não havia tranca e a porta era mantida aberta. Emily pegou as muletas e os seguiu até a porta. Fez uma pausa:

– Sem fechaduras?

O agente parou.

– Alguma fechadura já segurou você? Todos sabemos que pode sair no momento que quiser e que não podemos impedi-la. Mas minha esperança é que, quando ver o que alcançamos aqui, você não queira ir.

– Não aposte nisso – Emily disse furiosa. – Só me leve até Joel.

O agente riu e Emily o seguiu para fora do quarto. O corredor era claro e espaçoso, repleto de pessoas em jalecos de laboratório. Havia outros soldados Nirads uniformizados andando ao lado de humanos. Quando passava por eles, os Nirads paravam para olhá-la.

Ela se virou e olhou para seus acompanhantes Nirads. Ambos a encaravam intensamente. Havia algo nos olhos deles.

– Por aqui – o Agente PS disse ao virar em um segundo corredor. Aproximou-se de um conjunto de portas duplas. – Temos dois pacientes aqui. Acho que conhece ambos.

Os dois Nirads seguraram a porta aberta para Emily e o Agente PS. Ao passar pelo Nirad à sua esquerda, sentiu a imensa pata do clone afagar gentilmente seu ombro. Quando olhou para ele, ficou convencida de que ele estava tentando lhe dizer algo.

Mas então Emily teve a maior surpresa de sua vida. Havia duas áreas delimitadas por cortinas no quarto. Uma estava com a cortina cerrada, mas a outra área estava aberta e tinha uma cama com um ocupante preso a uma máquina de respiração artificial e vários tubos.

– Agente T! – Emily exclamou, enquanto saltitava até o lado da cama.

O ex-agente da UCP estava acordado e olhando para ela. O tubo de respiração em sua boca significava que não conseguia falar. Mas, quando ela se inclinou sobre ele, lágrimas se formaram nos cantos dos olhos azuis e correram silenciosamente por seu rosto.

– Você está vivo!

– Se pode chamar isso de vida – o Agente PS disse casualmente. – Foi alvejado quando ele e aquela mulher-gato alada nos atacaram. Uma das balas danificou sua espinha. Ele não pode se mover, comer ou mesmo respirar por conta própria. Mas, com o tempo, será capaz de falar. Temos várias perguntas para esse traidor.

– Ele não é um traidor – Emily disse, zangada. – Ele trabalhou conosco para tentar avisar vocês sobre Júpiter, para salvar este mundo. É um herói.

– Não para nós.

Emily acariciou a bochecha do Agente T. Secou as lágrimas dele. Uma parte dela esperava que seus poderes pudessem curá-lo. Mas ele era humano, e nunca comera ambrosia. Não ia funcionar.

– Sinto muito – Emily disse, afastando o cabelo dele do rosto. – Falhei com todos nós.

O Agente T piscou os olhos lentamente. Parecia tão fraco e vulnerável deitado naquela cama, ligado a todas aquelas máquinas. Emily se inclinou para a frente e o beijou gentilmente na testa.

– Em? – uma voz fraca chamou.

– Joel?

Emily lutou contra a comprida cortina que separava cada área de tratamento. Quando empurrou a cortina, se deparou com uma visão horrível.

As muletas caíram de seus braços e ela saltitou até a cama.

– O que fizeram com você? – ela tremia ao olhar para Joel. O braço de prata dele desaparecera e a lateral de seu corpo e seu ombro estavam cobertos com pesadas bandagens. Estava mortalmente pálido.

A montanha-russa de emoções deu outro mergulho e a fúria veio à tona. Voltou-se para o Agente PS e apontou um dedo acusador para ele.

– Você fez isso!

De repente, o agente da UCP foi atirado violentamente para o outro lado da sala. Bateu contra a parede dos fundos e caiu no chão, inconsciente. Os enfermeiros olharam para Emily, temerosos, mas correram até o agente. Levantaram-no e o carregaram para fora da sala.

Mas Emily só podia se concentrar em Joel. Acariciou a testa pálida dele e sentiu seus poderes agindo. O tempo que passara no Olimpo e toda a ambrosia e néctar que consumira fizeram de Joel mais olímpico do que humano e os poderes dela podiam curar seus ferimentos.

Observou, aliviada, enquanto a cor retornava ao rosto de Joel e ele despertava completamente.

– Aqueles bastardos tiraram meu braço! – sentou-se, zangado. – Vulcano vai ficar furioso! – então olhou para a expressão de dor no rosto de Emily. – O que aconteceu? Como pegaram você? Onde estão Pegasus e Alexis? Estão aqui também? – então seus olhos pousaram na outra cama. – Agente T!

Joel saiu de sua cama e se aproximou do Agente T.

– Em, você não pode curá-lo?

Vendo Joel sem seu braço e o Agente T jazendo destruído na cama, Emily sentiu-se quebrar.

– Não. Tudo o que consigo fazer é matar.

Olhou para Joel. Ele ia odiá-la pelo que ela fizera, mas tinha de contar a ele.

– Matei Pegasus. Alexis e Frankie também.

– O quê? – Joel exclamou.

– Meus poderes escaparam de mim. Agora eles estão mortos... e é minha culpa – ela sussurrou e as lágrimas encheram seus olhos.

Joel puxou Emily em um abraço apertado, segurando-a com seu único braço.

– Onde está seu lenço? – ele perguntou baixinho quando as lágrimas escorriam por suas bochechas e caíam na roupa de hospital dela.

– Tiraram de mim – ela choramingou. – Mas não me importo mais. Espero que minhas lágrimas me explodam!

Joel a segurou com mais força.

– Se nos explodirem, não há mais ninguém com quem eu preferiria ser feito em pedaços.

Emily voltou os olhos cheios de lágrimas para ele e viu que Joel sorria gentilmente.

– Isso não é engraçado, Joel.

Joel beijou o topo da cabeça dela.

– Sei que não é – e então, a voz dele ficou séria. – Mas, me escute, Emily Jacobs. Você não matou Pegasus. Foi um acidente. Tenho certeza de que Pegasus não gostaria que se culpasse.

– Mas *fui* eu – ela disse miseravelmente.

Joel levantou o rosto dela em sua direção.

– Não. Foram eles. A UCP. Se não tivessem criado os clones, jamais teríamos deixado o Olimpo.

Emily estava inconsolável, e sua mente revivia o momento da morte de Pegasus. Nunca se perdoaria por perder o controle. Enquanto permaneciam abraçados, os dois soldados Nirads caminharam para frente.

– Para trás – Joel avisou. – Posso ter só um braço, mas posso fazê-los lamentar, se tentarem alguma coisa!

O Nirad mais próximo ergueu um de seus grandes dedos cinzentos até os finos lábios e fez um sinal de silêncio. Olhou para trás, para a porta, e grunhiu algumas vezes. Seu companheiro assentiu e foi até a porta, espiar.

O primeiro Nirad estendeu a mão e afagou gentilmente a cabeça de Emily. Seus olhos estavam cheios de compaixão.

– Você pode nos entender – Joel olhou, surpreso. – Não pode?

O Nirad assentiu.

Emily desvencilhou-se do abraço de Joel.

– Sabe onde o Príncipe Tobin e Tirk estão?

Novamente o Nirad assentiu. Lutou para formar as palavras em sua boca. Depois de um momento, apontou para a cabeça e, em uma voz gutural, disse:

– Ouvir... nosso... príncipe.

Emily e Joel estavam estupefatos. Era a primeira vez que um Nirad falava uma linguagem que pudessem entender.

– Como isso é possível? – Joel perguntou.

Emily secou cuidadosamente os olhos na roupa do hospital. Olhou para Joel.

– Ele não é um Nirad puro. Foi misturado com DNA olímpico.

– Os outros aqui podem falar? – Joel perguntou.

O Nirad assentiu.

– A UCP sabe disso?

O Nirad negou com a cabeça rapidamente e colocou o dedo nos lábios novamente.

– Shhhhhhhh.

– Isso é incrível – Joel prosseguiu. – Vocês têm nomes?

O Nirad apontou para seu peito:

– A-Dois – então indicou o Nirad na porta. – A-Três.

– E podem ouvir o Príncipe Tobin em suas cabeças? – Emily perguntou.

Quando o Nirad assentiu, ela olhou para Joel com os olhos cheios de lágrimas.

– O plano funcionou. O Príncipe Tobin pode alcançar os clones. Gostaria que Pegasus tivesse sabido. Ele teria ficado tão feliz – ela se voltou para o guarda Nirad. – Entende por que ele veio até aqui?

O Nirad assentiu e novamente formou duas palavras.

– Ir... casa.

– Sim – Joel disse. – Se nos ajudar, pode ir para casa.

O grande Nirad cinzento assentiu e afagou Emily novamente.

– Nós... todos... proteger... Chama.

Joel olhou surpreso para o Nirad.

– Em, ele sabe que você é a Chama do Olimpo!

– O Príncipe Tobin deve ter contado para eles – Emily disse baixinho.

O rosto de Joel se iluminou.

– Isso é fantástico! Se os Nirads nos ajudarem, podemos sair daqui e impedir que Júpiter destrua a Terra.

Emily devia ter se sentido aliviada. Mas tudo o que conseguia sentir era dor. Aproximou-se do Agente T novamente a acariciou seus rosto.

– Sinto muito. Gostaria de poder curá-lo.

Joel se juntou a ela.

– Se o tirarmos daqui e lhe dermos um pouco de ambrosia, aposto que você o ajudará – olhou para o Agente T. – Prometo que não deixaremos você. Levaremos você para o Olimpo conosco.

O Agente T piscou os olhos lentamente de novo.

Joel se voltou para A-Dois.

– Pode nos levar até o príncipe?

O Nirad fez que não com a cabeça.

– Agora... não... – grunhiu. – Noite... dormir.

– Quando todo mundo estiver dormindo? – Emily perguntou baixinho.

Mais uma vez o Nirad assentiu.

Na porta, A-Três grunhiu alto. Aproximou-se de A-Dois e apontou para Joel e então para a cama. A mensagem era clara: *Eles estão vindo; volte para a cama.*

Joel hesitou antes de voltar para sua cama e voltou toda sua atenção para Emily. Levou a mão gentilmente até o queixo dela e levantou sua cabeça para que olhasse para ele.

– Vai dar tudo certo, Em – disse, suavemente. – Prometo. Enquanto estivermos juntos, tudo ficará bem. Sei que você não vê esperanças, neste momento, mas precisa encontrar um jeito de seguir em frente. Pegasus não ia querer que se punisse. Bem lá no fundo, você sabe disso. Ele amava você e odiaria vê-la sofrendo.

– Como posso seguir em frente? – Emily disse, sentindo-se miserável.

– Você vai em frente lembrando-se do que sentia por Pegasus. De como vocês dois lutaram juntos para proteger este mundo. E de como ele gostaria que continuasse lutando.

– Mas não consigo.

Joel abaixou a cabeça e a beijou com ternura nos lábios.

– Sim, você consegue – abraçou-a apertado. – Você é minha Em; consegue fazer qualquer coisa.

32

Emily estava parada ao lado da cama de Joel quando soldados e vários agentes da UCP correram até o quarto. Joel estava deitado e fingia dormir.

Os dois Nirads estavam parados na porta, parecendo leais militares impedindo os prisioneiros de fugir.

Um agente da UCP mais jovem se aproximou dela com as mãos no ar.

– Calma, Emily. Ninguém vai machucar você. Sou o Agente R. O Agente PS está se recuperando. Estará aqui, daqui a pouco.

Emily olhou para o agente da UCP e sentiu a raiva retornando. Joel estava certo. Pegasus estava morto por causa deles.

Por que tiraram o braço de Joel? Podiam tê-lo matado.

– Não foi minha decisão – o agente disse, afastando a culpa de si. – Mas tenho certeza de que você deve entender. Há coisas que podemos aprender com aquele braço. Seria uma revolução na área de próteses. Traria alívio para milhares de pessoas.

– Soldados, você quer dizer – Emily o desafiou. – Nada do que a UCP faz é para o bem do povo. Tudo o que importa para vocês é criar um exército. Olhe o que fizeram com esses pobres Nirads. Vocês os escravizaram!

– Esses Nirads não são escravos – o jovem agente disse, indignado. – São militares. Exatamente como eu e todos os soldados humanos daqui.

– Eles podem ir embora, se quiserem? – Emily exigiu saber.

O jovem agente da UCP olhou para Emily com desdém.

– Não seja ridícula. Se o público chegasse a ver esses soldados, haveria pânico nas ruas.

– Então por que os criaram?

– Há um quadro mais amplo aqui, que você é incapaz de compreender, um objetivo maior. Com um exército imbatível, podemos trazer ordem ao mundo. Acabaremos com o sofrimento humano e levaremos paz para cada país deste planeta. Você não quer isso?

Emily ficou parada em silêncio, aturdida, enquanto processava as palavras do agente. Era horrível demais para considerar.

– Não – disse baixinho. – Vocês estão planejando usar um exército de Nirads para conquistar o mundo! E se alguém tentar impedir vocês?

– Sempre há baixas em qualquer mudança de regime – ele disse. – Mas logo todos verão que nosso jeito é o único jeito.

– Vocês são todos loucos! – Emily exclamou. – Não podem usar esses Nirads para fazer guerra contra qualquer um que fique contra vocês.

– Não é guerra, Emily, é mudança. E os Nirads não são os únicos. Temos nossos olímpicos, e agora temos você – ele fez uma pausa e se aproximou dela. – Pegamos um pouco do seu sangue. Logo você terá várias irmãs capazes de fazer todas as coisas que você faz. Não estará mais sozinha. E, juntos, poderemos mudar este mundo.

Emily negou com a cabeça.

– Não deixarei que me clonem.

O jovem agente balançou a cabeça.

– Tecnicamente, você não tem escolha. Estamos mantendo Joel e temos seu amigo Earl também. E tenho certeza de que não quer que nada aconteça com Aviso de Tornado e com os outros clones de Pegasus que temos aqui. Especialmente agora que você destruiu o original.

As palavras do agente cortaram Emily no âmago.

– É errado – ela sussurrou. – O que estão fazendo é errado. Não podem forçar as pessoas a pensar como vocês.

– Podemos e faremos – ele disse. – Uma ordem mundial não é uma coisa ruim, Emily. Não haverá mais fronteiras, nem guerras. Não é assim no Olimpo? Um idioma, um povo e um país? Será igual aqui. A UCP vai criar o Olimpo na Terra.

– Mas Júpiter não mata as pessoas que se opõem a ele.

– Claro que mata. Os mitos estão cheios de contos de morte e destruição causadas por Júpiter.

Emily sentiu seu temperamento se incendiar.

– São apenas mitos! Histórias! Nem todas são verdade! Júpiter é um homem que se importa. Faria qualquer coisa por seu povo. E os mitos dizem que a Esfinge era uma assassina de sangue-frio. Mas Alexis não era nem um pouco assim. Era uma pessoa carinhosa que amava o Agente T!

O sinal do monitor cardíaco da cama do Agente T aumentou quando ele ouviu as palavras de Emily. Ela foi até ele.

– É verdade – disse baixinho. – Alexis amava você.

– Uau, se essa não é uma cena adorável! – o Agente PS disse, retornando ao quarto. Aproximou-se de Emily, esfregando a parte de trás da cabeça. – Que belo golpe você me deu – voltou-se para o outro agente. – Agente R, contou a ela sobre nossos planos e a participação dela neles?

O agente mais jovem assentiu.

– Mas ela não está convencida.

O Agente PS sorriu, mas isso gelou Emily até os ossos.

– Bem, então vamos ter que a convencer.

– E aqui – o Agente PS disse orgulhosamente, parado diante de uma grande janela – é onde criamos nossos novos guerreiros mundiais. Foi aqui que, pela primeira vez, juntamos DNA dos Nirads com DNA olímpico. O que, como você sabe, foi um sucesso retumbante.

Emily estava fazendo um *tour* completo pelas instalações da UCP. Estava em uma cadeira de rodas, empurrada por A-Dois.

Emily contara, em silêncio, quase uma centena de diferentes soldados Nirads. Conforme passava por eles, todos olhavam para ela com a expressão secreta no rosto. Sabiam quem ela era e estavam esperando o momento certo para se voltarem contra a UCP.

Mas a expressão dos rostos humanos que encontrara era diferente. Os soldados e cientistas pareciam delirantes, com os olhos vidrados, como se estivessem todos drogados.

Emily olhou para o laboratório através da janela. Os cientistas estavam todos vestidos em roupas espaciais brancas, com tubos de respiração presos nas costas. Emily não conseguia dizer quais eram homens e quais eram mulheres enquanto trabalhavam em grandes microscópios, em coleções de tubos de ensaio e nos imensos *freezers* que enchiam as paredes. Havia incontáveis outras máquinas grandes lá dentro e Emily não tinha ideia do que faziam. Mas, o que quer que fosse, não era bom.

Emily estava horrorizada com a visão. Fora lá onde tudo começou. Em algum lugar lá embaixo, estavam brincando com o DNA *dela*, tentando criar clones de Emily.

Um pouco depois do laboratório principal, entraram em outro laboratório. Esse continha tubos altos e verticais. Estavam cheios com um líquido espesso, verde-claro. Emily ficou surpresa em ver que cada tubo estava preso ou a um clone Nirad ou a um olímpico, em processo de desenvolvimento.

– É aqui que amadurecemos nossos clones – o Agente PS explicou orgulhosamente. – Eles crescem excepcionalmente rápido. Só leva alguns meses até atingirem a maturidade. Para um soldado normal, leva muito mais tempo.

Emily não disse nada enquanto era empurrada pela longa fileira de tubos de crescimento ocupados. Quando pararam, olhou para o Agente PS.

– Isso é tão errado, não consegue ver? Por favor, me escute. Precisa parar com isso antes que seja tarde demais. Se Júpiter chegar a ver isso...

– Não se preocupe com Júpiter – o Agente R disse. – Estamos preparados e esperando por ele. Pode imaginar o que podemos criar com o DNA dele? Um exército de clones de Júpiter seria imbatível.

Emily sentiu a Chama dentro de si retumbando e implorando para ser libertada para derreter a fábrica de clones. Mas não era hora. Tinha de esperar até que soubesse tudo sobre aquele lugar. Mais do que tudo, precisava encontrar o Príncipe Tobin e Tirk. Uma vez que estivessem a salvo, Emily prometeu a si mesma que libertaria a Chama e transformaria o laboratório em cinzas.

Em seguida, Emily foi levada até outro nível da instalação. O andar inteiro era formado por grandes ginásios, áreas de treinamento e dormitórios. Era onde o real pesadelo começava. Era onde mantinham os Novos Olímpicos.

Diana após Diana treinava nos equipamentos. Levantando pesos que nenhum humano jamais seria capaz de esperar mover e correndo mais rápido que o vento. Juntamente com as Dianas, os olhos de Emily pousaram em vários Paelens. Alguns estavam praticando como manipular e esticar seus corpos, do jeito que o verdadeiro Paelen fazia, enquanto outros treinavam com equipamentos e lutavam uns contra os outros em batalhas simuladas.

Acima deles voavam incontáveis Cupidos perto do teto alto do ginásio. Alguns carregavam armas e faziam acrobacias no ar enquanto atiravam nos alvos.

– Como? – perguntou, horrorizada. – O Cupido nunca foi prisioneiro de vocês.

– Infelizmente, não. Mas foi ferido – o Agente T disse. – Encontramos uma grande poça de seu sangue na neve, do lado de fora de Tuxedo, Nova York. Estava congelada o bastante para ainda ser viável. Como pode ver, a clonagem funcionou perfeitamente.

– São todos soldados? – Emily perguntou.

– Nem todos – o Agente T respondeu. – Como pode ver, alguns são atletas perfeitos. Estamos testando alguns clones para os próximos Jogos Olímpicos. Pela primeira vez, as Olimpíadas terão olímpicos verdadeiros competindo. Será o palco perfeito para apresentar os clones ao mundo. E quando o mundo encarar o que nossos atletas podem fazer, vão perceber que não há como se opor a nós.

Enquanto conversavam, não perceberam a mudança na grande área de treinamento. Um a um, os clones pararam de treinar, abaixaram os pesos e as armas e começaram a se aproximar de Emily.

– O que está acontecendo? – o Agente PS quis saber, olhando ao redor. – Todos vocês, de volta ao trabalho!

– De volta ao trabalho! – o Agente R repetiu, batendo palmas.

Os Novos Olímpicos ignoraram a ordem e continuaram a se aproximar. Os Cupidos desceram do teto e pousaram perto da cadeira de rodas de Emily.

Emily os observou de perto e viu que eram idênticos ao Cupido real. Suas asas tinham as mesmas cores de faisão e seus rostos e corpos eram espantosamente bonitos do mesmo jeito. Mas a expressão nos olhos deles eram diferentes. Não havia nada da arrogância ou da inteligência do Cupido. Esses Cupidos eram como crianças muito jovens e inocentes. Inclinavam a cabeça para o lado e sorriam radiantes para ela.

Emily se inclinou em sua cadeira e ficou em pé sobre a perna boa. Saltou até o primeiro Cupido.

– O que está acontecendo aqui? – o Agente PS disse, alarmado. – O que está fazendo?

Emily olhou para trás e o encarou com expressão fria.

– Estou indo me encontrar com meu povo!

Cada clone estendeu a mão para tocá-la, para afagar sua cabeça e segurá-la. Logo Emily foi engolida por um grupo imenso de Novos Olímpicos. Estava cercada por todos os Cupidos e Paelens.

Conforme Emily olhava de rosto em rosto, ficava chocada pelo silêncio dominante. Alguns grunhiam e faziam estranhos sons suaves, mas nenhuma palavra saía de suas bocas.

Ela se lembrou do que Alexis contara no estábulo sobre como todos os olímpicos eram atraídos até ela. Podiam sentir seu poder e sabiam que era a fonte da força deles. Olhando ao redor, ela percebeu que a mesma coisa acontecia com esses Novos Olímpicos. Eles instintivamente sabiam quem ela era.

Uma Diana alta se adiantou e ofereceu sua lança para Emily. Assim como os clones do Cupido, essa Diana era como uma bela e esperançosa criança.

– Obrigada – Emily disse.

O clone sorriu largamente.

– Você consegue falar? – Emily perguntou. Quando a clone negou com a cabeça, Emily continuou. – Mas pode me entender?

A clone de Diana assentiu. O mesmo fizeram todos os outros no ginásio. Emily olhou para trás e viu vários cientistas e agentes da UCP observando-a atentamente. Finalmente o Agente PS abriu caminho entre o grupo.

– Tudo bem, a animação acabou. Todos de volta ao treinamento. Emily ficará aqui conosco. Vocês podem vê-la mais tarde.

Os Novos Olímpicos fizeram o que lhes foi dito. Os Cupidos se inclinaram, abriram as asas e retornaram ao ar.

– Por que eles não são selvagens? – Emily perguntou enquanto era ajudada a voltar à cadeira de rodas. – Aviso de Tornado e o clone de Paelen eram selvagens.

– Eles foram experimentos iniciais. Isso foi antes de aperfeiçoarmos a mistura de DNA olímpico, Nirad e alienígena.

– Alienígena? – Emily exclamou.

O agente da UCP assentiu.

– Temos corpos de alienígenas aqui há anos. Mas nunca fomos capazes de cloná-los com sucesso. Até agora. O DNA deles combina perfeitamente com o olímpico e o dos Nirads.

Emily não achava que fosse possível se surpreender com mais alguma coisa. Mas, a cada nova revelação, ela se descobria atônita até o fundo da alma.

Mas o Agente PS guardara o melhor para o final. Emily foi levada até um dos níveis mais inferiores da profunda instalação. Quando as portas do elevador se abriram, ela imediatamente sentiu cheiro de palha e ouviu o som dos cavalos relinchando.

– Parece que sabem que você está aqui – o Agent PS disse, curioso.

No fim do corredor, as portas foram abertas e Emily quase desmaiou. Havia mais de cinquenta grandes baias. Cada baia continha um clone de Pegasus.

– Você vê, Emily – o Agente PS disse, estendendo as mãos diante dela. – Não precisa mais lamentar a perda do seu Pegasus porque, se você se juntar a nós, todos eles serão seus.

Todos os garanhões brancos alados vieram para a frente de suas baias, chutando as portas e gritando por ela. Embora fossem idênticos, havia um garanhão em particular que Emily reconheceu imediatamente. Novamente ela saiu de sua cadeira de rodas.

– Cuidado, Emily – o Agente PS avisou. – Esses experimentos são nosso grande fracasso. Não conseguimos criar Pegasi calmos.

Emily se encolheu ao ouvir o nome.

– Eles não são Pegasi! – replicou. – Houve apenas um Pegasus. Esses são apenas cavalos alados.

O Agente PS endireitou as costas. A expressão sombria em seu rosto disse mais que suas palavras.

– Se insiste. Eles são todos monstros perigosos. A única razão pela qual os mantivemos vivos foi por você.

Emily ignorou o aviso e saltou até uma baia.

– Oi, Tornado – ela disse baixinho, acariciando o focinho macio.

Aviso de Tornado relinchou de excitação e olhou para ela com seus grandes olhos castanhos. Emily olhou no fundo de seus olhos, mas não pôde encontrar indícios de Pegasus. Era verdade, Tornado era apenas um belo garanhão alado que se parecia com Pegasus, mas que não era como ele.

– Pegs está morto – ela sussurrou baixinho enquanto apoiava a cabeça em sua face morna. – Mas não deixarei que machuquem você – olhou para as outras baias. – Nenhum de vocês. Estou aqui, estão em segurança agora.

Conforme Emily saltava de baia em baia, cada garanhão alado branco vinha saudá-la sem agressão. Eles sabiam quem ela era, e queriam estar com ela.

Finalmente ela retornou para Tornado, bem quando um dos cientistas entrou correndo no recinto. Aproximou-se do Agente PS e do Agente T e entregou para eles várias folhas de papel. Logo todos os olhares se voltaram para Emily.

A expressão no rosto do Agente PS ficou ainda mais sombria.

– Sabe o que é isso? São os resultados dos seus exames de sangue. E sabe o quê? Eles dizem que você não existe! Você não tem células sanguíneas, não tem DNA e não tem matéria! Dizem que você é feita de nada!

O Agente PS amassou as folhas e as jogou de lado. Foi até ela.

– Ok, o jogo acabou. Quem diabos é você? E o que fez com a verdadeira Emily Jacobs?

33

Milhares de olímpicos de todas as formas e tamanhos se reuniram para assistir à partida de seu líder. Não havia alegria em seus rostos, e as cabeças deles estavam baixas. Fazia uma eternidade desde que a Grande Trindade virara a Corrente Solar para um mundo vivo. Mas, dessa vez, era especialmente doloroso. Estavam prestes a destruir a terra natal da Chama do Olimpo.

Vesta estava parada na frente da multidão, chorando baixinho. Vênus e Cupido estavam ao lado dela. As asas do Cupido estavam caídas, assim como sua cabeça, baixa de pesar. Vários Nirads na multidão erguiam as cabeças e uivavam pesarosos.

Paelen correu com o pai de Emily até a carruagem de Júpiter.

– Por favor, Júpiter – Steve implorou. – Você não pode fazer isso!

A expressão do líder do Olimpo era tão sombria e tempestuosa quanto o raio que carregava.

– Posso e devo. Os humanos devem ser punidos pelo que fizeram conosco.

A grande carruagem dourada de Júpiter era puxada por seis garanhões alados ardentes. Eles batiam as patas no chão, fazendo chamas se levantarem e mastigavam seus freios, ansiosos para partir.

Ao lado da carruagem de Júpiter estava a carruagem negra de Plutão, feita inteiramente dos ossos dos mais corajosos garanhões caídos em batalha. Cérbero, o cão de três cabeças de Hades, estava ao lado do líder do mundo noturno. A carruagem era puxada por um conjunto de seis garanhões negros, esqueléticos. Os garanhões não viam a luz de um dia olímpico há tanto tempo, que

Plutão teve de amarrar vendas escuras nos buracos vazios de seus olhos para acalmá-los.

Do outro lado de Júpiter, estava Netuno, segurando seu tridente de guerra. Seus olhos estavam da cor do mar na tempestade. Sob ele, sua carruagem era feita de coral, grandes conchas coloridas e belas pérolas. Boiava no alto de uma grande nuvem de água, enquanto seis grandes garanhões do mar, com cauda de peixe, esperavam e relinchavam, preparando-se para partir.

Atrás da Grande Trindade, quatro outras carruagens se alinhavam com os melhores combatentes olímpicos esperando para seguir seu líder em batalha. Vulcano cavalgava com Hércules e carregava seus mais poderosos escudos e armas.

Diana se aproximou de Steve, que continuava a argumentar com Júpiter. Estava usando armadura completa de batalha, carregando lança e escudo. Seu longo cabelo escuro estava firmemente preso nas costas e sua expressão era severa.

– Steve, pare – ela disse. – O Pai está correto. Tentamos dar uma chance a Emily para salvar seu mundo, mas ela falhou. Agora a Terra precisa encarar as consequências de seus atos. Enviei Apolo para Nova York, para buscar sua irmã. Maureen estará a salvo da destruição e terá um novo lar aqui no Olimpo. Mas não há nada que possa ser feito pelos outros. Por favor, cavalgue comigo em minha carruagem.

Ele olhou para ela, incrédulo.

– Espera que eu vá com você e assista à destruição do meu mundo?

Júpiter negou com a cabeça.

– Não, Steve. Você é o pai da Chama. Emily precisará de você agora mais do que nunca. Você deve vir conosco e estar lá por ela.

Aquele comentário deteve os protestos de Steve. Por fim, ele seguiu até a carruagem de Diana e subiu relutantemente com ela.

– E você, ladrãozinho – Júpiter disse sombriamente a Paelen. – Você e meu sobrinho Crisaor vão nos levar até onde estão prendendo Joel. Então, pegaremos Emily, Pegasus e Alexis e acabaremos com isso de uma vez por todas.

Paelen e Crisaor também tentaram argumentar com Júpiter, mas receberam uma rígida advertência. O líder furioso ameaçou alimentar Cérbero com ambos.

Paelen abaixou a cabeça e andou até o javali alado. Subiu em suas costas.

– Você acha que ele algum dia vai nos perdoar?

Crisaor guinchou baixinho.

Paelen concordou.

– Também acho que não.

Uma vez que todos estavam reunidos, Júpiter ergueu o punho no ar e trovões e relâmpagos encheram os céus.

– Para a Terra! – ordenou.

Emergiram da Corrente Solar no meio da noite escura. Embaixo deles, as luzes coloridas de Las Vegas brilhavam, resplandecentes. Com Crisaor e Paelen guiando-os, começaram a descer.

Enquanto desciam, Paelen olhou para trás. A Grande Trindade ia na frente. À esquerda, estava a carruagem de ossos de Plutão, com os esqueletos dos garanhões a conduzindo. Seus gritos assombrados enchiam o ar e faziam gelar o coração de Paelen. À direita estava a carruagem de Netuno, com os garanhões do mar cavalgando na crista de uma imensa onda de água que Netuno criara ao redor de seu veículo. No centro, estava a carruagem dourada de Júpiter, com seus garanhões flamejantes enchendo o céu da noite com sua luz ardente. Juntos, eram uma visão aterrorizante.

Júpiter ergueu seus raios e os atirou no ar, anunciando a chegada dos olímpicos no céu de Las Vegas. Continuaram a descer até que estavam a poucos metros sobre o nível do trânsito. Buzinas soaram com a visão das carruagens voadoras descendo na Strip, e as pessoas nas ruas começaram a correr em busca de abrigo.

Júpiter jogou a cabeça para trás e urrou em fúria, soltando mais relâmpagos na cidade desavisada. Acertaram altos cassinos e explodiram com o impacto, enquanto choviam fogo e faíscas pelas ruas.

Netuno levantou seu tridente e ordenou que a água escondida embaixo da cidade se erguesse e viesse à superfície. Correntes de água doce dispararam para o alto.

Plutão soltou Cérbero. O cão de três cabeças saiu da carruagem e correu descontrolado entre o congestionamento. Suas três cabeças pegaram o para-choques de um ônibus turístico vazio e ergueram o veículo no ar. Cérbero, então, começou a sacudi-lo como um cachorro sacudiria um brinquedo.

Las Vegas ficou em alvoroço com a chegada dos olímpicos. Mas as carruagens não pararam. Continuaram a seguir Paelen pelas ruas da cidade, até chegarem à delegacia de polícia e cadeia em que Paelen estivera preso.

Quando Crisaor pousou no alto dos degraus do lado de fora da cadeira, Júpiter fez seus garanhões saltarem. Eles se ergueram vários metros acima do chão. O líder do Olimpo ergueu um relâmpago e o atirou na delegacia de polícia.

– Tragam Joel! – ordenou com a voz estrondosa que encheu os cânions da cidade. – Agora!

As portas da delegacias se abriram enquanto policiais armados saíam aos montes. Paelen já vira isso antes e se encolheu sob a proteção das asas de Crisaor. Atrás dele, Júpiter continuava a exigir a libertação de Joel. Mas a polícia não estava ouvindo. Abriram fogo contra as carruagens. Sem ser afetado pelos tiros, Júpiter devolveu o fogo com seus relâmpagos. De repente o chão embaixo da polícia explodiu, quando Netuno ordenou que a água saísse.

– Meus irmãos, parem! – Plutão exclamou.

Quando Júpiter e Netuno fizeram uma pausa, Plutão inclinou-se elegantemente para eles.

– Por favor, permitam-me...

O líder do mundo noturno desceu de sua carruagem esquelética. Estava vestido com sua longa e fluida túnica negra. Não carregava armas. Não precisava de nenhuma. Plutão *era* a morte.

Com Diana e Hércules seguindo atrás dele, Plutão caminhou lenta e calmamente até os degraus da delegacia.

– Rendam-se agora ou serão entregues a mim – afirmou.

O policial mais próximo levantou a arma e atirou em Plutão. As balas entraram em sua túnica, mas não tiveram efeito.

– Tolo! – Plutão disse suavemente, agitando a mão no ar. No instante seguinte, o policial caiu morto no chão.

– Quem é o próximo? – Plutão exigiu saber, enquanto seus olhos passeavam sobre os policiais. – Quem vai encarar a Morte? – seu olhos pousaram em uma jovem policial. – Talvez você, jovem mulher? Está pronta para encerrar sua vida mais cedo?

A jovem policial gritou de terror e jogou fora a arma. Caiu de joelhos e implorou por sua vida.

– Concedido – Plutão disse, passando por ela e deixando-a intocada.

Os outros policiais rapidamente jogaram suas armas e se atiraram no chão.

Diana se adiantou. Segurou a policial e a colocou em pé.

– Diga-me... onde está o garoto, Joel? Ele tem um braço de prata e é prisioneiro aqui.

– Juro que não sei de quem está falando – a policial lamentou. – Por favor, só comecei a trabalhar aqui hoje!

Os olhos de Diana analisaram os outros policiais.

– Quem aqui conhece Joel? – ela exigiu saber. – Respondam-me agora ou conhecerão nossa fúria!

– Ele não está aqui! – um policial grande exclamou. – Eles o levaram.

Hércules caminhou até o homem e o ergueu do chão.

– Quem o levou? – exigiu saber. – Onde ele está?

– A UCP! – o policial gritou. – Vieram buscá-lo há dois dias. Ele não está aqui. A UCP está com ele!

Hércules começou a sacudir o homem.

– Tem certeza? Para onde o levaram?

– Já basta, Hércules – Diana disse. – Coloque-o no chão.

O herói do Olimpo abaixou o policial. Assomou sobre o homem, quase uma cabeça mais alto, e seus olhos ardiam com a mesma cor dos de Júpiter.

– Para onde o levaram? – repetiu.

– E-eu não sei. Talvez para a Área 51.

Paelen gemeu com a menção da base da UCP no deserto. Olhou para Júpiter.

– Sabemos onde é. Crisaor e eu levaremos você até lá.

– Faça isso! – Júpiter ordenou.

Quando Diana, Hércules e Plutão voltaram para suas carruagens, o edifício ao lado deles explodiu em fogo e destroços voadores. Acima deles veio o pesado som de hélices de helicópteros.

Paelen gemeu uma segunda vez.

– São os militares! – gritou para Júpiter. – Aquelas são as máquinas que usaram para nos atacar!

Um segundo foguete foi disparado nos olímpicos. Júpiter levantou o braço e o foguete desviou das carruagens, atingindo a delegacia de polícia. O foguete explodiu com o impacto. Todas as janelas estouraram quando o edifício gemeu sob pressão.

Júpiter olhou para os helicópteros pairando e disparou poderosos relâmpagos contra eles. Eles explodiram em chamas e caíram na rua, em montes de metal ardente.

– Olímpicos – Júpiter chamou, furioso. – Vamos mostrar para essas pessoas quem somos!

O líder dos olímpicos ordenou que seus garanhões flamejantes os levassem bem alto. Enquanto subiam sobre os edifícios em chamas, viram que o céu estava cheio de centenas de aeronaves militares vindo bem em direção a eles. Jatos passaram zumbindo e lançaram uma barragem de foguetes neles.

Com pouco esforço, Júpiter os desviou e eles voaram descontroladamente até mais edifícios.

– Pai – Diana rugiu, animada. – Se querem lutar, vamos dar a eles uma luta!

Ao comando de Júpiter, os olímpicos se lançaram contra os militares. Júpiter ordenou que Paelen e Crisaor se afastassem da batalha até que a luta estivesse terminada, já que não tinham armas ou meios para se proteger. Sem esperar que dissessem uma segunda vez, voaram para longe do combate e se dirigiram para o alto edifício negro. Abaixando-se e desviando entre os edifícios e helicópteros que os perseguiam, finalmente conseguiram voltar em relativa segurança ao telhado do edifício negro. Parados lado a lado, observaram a luta travada em Las Vegas.

Não muito distante do telhado em que estavam, três helicópteros militares perseguiam a carruagem de Netuno em sua onda viva de água. Atiravam com as armas e disparavam foguetes contra ele. Mas Netuno revidou. Ergueu seu tridente no ar. A água se ergueu do solo e mandou os foguetes para longe. Eles voaram direto para a mais alta torre dourada da cidade. Com o impacto de múltiplos foguetes, a alta torre estremeceu. Finalmente, como um grande monstro derrotado em batalha, ela tombou e caiu violentamente no chão.

– Crisaor, olhe – Paelen disse em choque silencioso, enquanto apontava mais para cima da Strip. Helicópteros e jatos atiravam na carruagem de Júpiter e naquela que levava Diana e o pai de Emily. Mas as armas não acertaram seus alvos. Foram desviadas pelos poderes olímpicos e caíram na grande pirâmide negra. A luz na parte superior veio abaixo, as janelas explodiram e o edifício ardeu em chamas.

– Os militares estão destruindo a própria cidade na esperança de nos deter. Não conseguem ver os danos que estão causando ao seu próprio povo? As vidas que estão destruindo? Não podem derrotar Júpiter... Por que estão tentando?

Paelen não conseguia entender nada daquilo. Nem todo mundo naquela cidade era mau e, mesmo assim, estavam sendo destruídos. Talvez no passado não tivesse se importado. Mas depois de conhecer e amar Emily e Joel, ele aprendera o quanto os humanos podiam ser bons. Observar essa destruição só o deixava mais triste.

Crisaor guinchou, concordando horrorizado, enquanto permaneciam juntos, vendo a destruição de Las Vegas.

34

Emily sentou-se sozinha em seu quarto. Estava confusa com o que os médicos e cientistas disseram. Depois dos estranhos resultados em seu sangue, Emily permitiu que a examinassem completamente. Não só não era mais humana, como não estava "viva", na verdade. Era verdade que tinha sangue. Era vermelho e molhado. Mas não havia células nele. E, embora tivesse organismos internos e um coração batendo, eles não eram necessários para sua sobrevivência.

– O que eu sou? – ela disse em voz alta. – Pegasus, o que aconteceu comigo no Templo da Chama?

Emily ouviu os sons de uma briga do lado de fora de sua porta. Saltou até lá bem quando a porta foi aberta por um Nirad. No corredor, A-Dois e A-Três levantavam vários soldados humanos inconscientes do chão. Eles os carregaram até o quarto dela e os depositaram sobre a cama.

– O que aconteceu? – perguntou para os Nirads que amarravam os soldados.

– Príncipe... assustado... problema... ir!

– O Príncipe Tobin está em apuros?

A-Dois assentiu.

– Venha! – sem perguntar, ele a pegou em dois de seus braços e a carregou pelo corredor.

Emily deixou de lado as preocupações consigo mesma. No momento, seu único pensamento era para o Príncipe Tobin. Quando entraram na escadaria e começaram a descer, ela tentou perguntar aos Nirads o que estava acontecendo, mas suas respostas de palavras únicas a deixaram confusa.

Depois de vários andares, os três Nirads pararam. A-Dois derrubou Emily. Ele e os outros caíram no chão, agarrando suas cabeças.

– Machucar... príncipe... – A-Dois gritou. – Dor!

O medo a percorreu.

– Estão machucando Tobin?

A-Dois assentiu e uivou em agonia.

– Por favor, sei que estão sofrendo. Mas você precisa me levar até ele. Eu posso ajudar!

Lágrimas negras de sofrimento escorriam pelo rosto dos Nirads quando A-Dois pegou Emily novamente. Outros Nirads caídos estavam uivando na escadaria.

– Venham conosco – Emily ordenou. – Vamos libertar Tobin!

A-Dois rugiu para os outros. Eles ficaram em pé, cambaleantes, e começaram a segui-los.

O grupo crescente continuou a descer mais do que Emily pensou ser possível. Ela percebeu que o Agente PS havia sido muito seletivo em seu *tour* pelas instalações da UCP. Ele afirmara que só haviam descido alguns andares. Tinha mentido.

Bem lá embaixo, Emily ouviu rosnados e rugidos enchendo o corredor. Reconheceu a voz de Tirk. Mas, pior do que isso, ouviu o Príncipe Tobin gritando em agonia.

Quanto mais perto chegavam dos gritos, mais difícil ficava para seus acompanhantes Nirads se moverem.

A-Dois caiu no chão.

– Dor!

Emily rastejou de seus braços.

– Vou parar a dor. Espere aqui.

Sem o aparelho da perna, andar era difícil e correr, impossível. Mas então sua mente se voltou para as palavras horríveis dos cientistas. Não era humana. Nem mesmo estava viva. Emily puxou a perna de sua calça acima do joelho e olhou para sua perna danificada. Fora ferida em seu primeiro encontro com os Nirads. Mas, enquanto estudava as profundas cicatrizes e os músculos arruinados, Emily se perguntou se as cicatrizes não estavam ali só porque ela achava que deveriam estar.

Emily se concentrou com mais força do que jamais fizera em sua vida.

– Sua perna está inteira – ordenou. – Não há danos. Está perfeita!

Os gritos de seus amigos ameaçavam distraí-la. Mas Emily fechou os olhos esforçando-se para ignorar, e se concentrou.

– Sua perna está inteira! – ordenou. – Não há danos.

Abriu os olhos e olhou lentamente para baixo. Sua perna estava curada. Não havia cicatrizes ou danos. Ela ergueu o pé e flexionou os músculos. Funcionavam perfeitamente. Parte dela comemorava o sucesso. Mas, bem no fundo, no canto mais sombrio de sua mente, ela chorava em desespero. Era verdade. Emily Jacobs se fora. E, se não era nem humana nem olímpica, o que era?

Com as duas pernas funcionando, Emily saiu correndo. Empurrou um conjunto duplo de portas e entrou em uma sala dos horrores.

As paredes estavam cheias de grandes gaiolas de ferro com o que pareciam experiências fracassadas de clones. Ela viu uma Diana com quatro braços Nirads e sem pernas. Havia Nirads com grotescas asas de Cupido. Algumas das criaturas tinham duas cabeças e estavam deitadas em suas gaiolas, em estado miserável. Outras estavam além da descrição racional. Do lugar em que estava na porta, Emily podia sentir a dor deles vindo até ela, em ondas.

Aquelas eram falhas que o Agente PS não queria que ela visse. O preço que pagaram por criar uma super-raça de Novos Olímpicos e combatentes Nirads.

No meio da sala, o Príncipe Tobin estava preso a uma mesa. Faixas de ouro o prendiam e estavam queimando sua carne rosada desnuda. Era ouro da Terra, então não podia matá-lo. Mas o escaldara até que sua pele ardera, abrira e sangrara. Ela viu cientistas extraindo sangue negro fresco e amostras de pele do jovem príncipe em sofrimento.

Tirk batia os punhos contra as barras de ouro de sua gaiola. A cada contato, uivava de dor. Mas sua lealdade para com o príncipe o mantinha nisso.

Emily estava tão aturdida que não sabia para onde olhar em seguida.

– O que está fazendo aqui? – O Agente R quis saber, furiosamente. – Você não tem permissão para vir aqui embaixo.

Estava parado atrás da mesa e segurava uma máscara cirúrgica no rosto. Ao redor dele, outros cientistas, com toucas, máscaras e jalecos brancos, se aglomeravam ao redor do príncipe. Suas luvas estavam molhadas com sangue Nirad.

Ver seu amigo ser torturado era mais do que podia suportar. Emily levantou as mãos e disparou seus poderes. Os cientistas foram jogados para longe do príncipe e aterrissaram no solo a vários metros de distância.

Emily correu até a mesa de dissecação. Os olhos do príncipe estavam fechados e ele se contorcia e uivava de dor. As apertadas tiras de ouro estavam cortando profundamente sua carne queimada e aberta. Emily viu que os bisturis e ferramentas que os cientistas estavam usando nele também eram feitos de ouro.

Ela usou a chama como um laser para cortar as faixas que o mantinham preso. Mas então viu que toda a mesa era feita de ouro. Cada parte das costas do príncipe estava queimada.

Emily segurou uma das mãos do príncipe e começou a puxar. Tobin não era um Nirad grande, mas era pesado. Pesado demais para que ela o erguesse. Enquanto ele continuava a uivar de dor, Emily se concentrou em seus poderes.

– Erga-se! – ordenou.

Concentrando-se no que precisava fazer, Emily sentiu seus poderes respondendo. O Príncipe Tobin começou a se erguer sobre a mesa. Ela o levou para o lado e o colocou gentilmente no chão.

O Príncipe Tobin estava desperto e olhando para ela em estado miserável. Emily colocou a cabeça dele em seu colo e começou a afagar seu rosto.

– Sinto muito, Tobin – disse. – Eu não sabia que eles sabiam sobre o ouro. Acabou, agora; você está seguro.

Conforme o afagava, os ferimentos de Tobin começaram a fechar. Era lento e não estava completo, mas era o suficiente para salvar a vida do Nirad.

Agora que a dor do príncipe diminuíra consideravelmente, os Nirads estavam livres de sua agonia também. A-Dois, A-Três e todos os soldados Nirads que estavam do lado de fora do laboratório vieram correndo. Ajoelharam-se no chão, ao redor de seu príncipe. Tobin ergueu os quatro braços e saudou seu novo povo.

Tirk continuava a bater nas barras e a uivar. Emily queimou o cadeado de ouro da porta. Tirk saiu. Latiu furiosamente e empurrou os outros para chegar até o príncipe. Finalmente ergueu o Príncipe Tobin nos braços e abraçou o jovem Nirad. Emily viu que suas mãos estavam em carne-viva por bater na gaiola. Mas ele não notava. Tudo o que lhe importava era seu príncipe.

– Emily, pare, você não sabe o que está fazendo! – o Agente R estava se aproximando.

– Para trás – Emily avisou. – Está acabado. Tudo isso está terminado. Nada mais de torturas ou clones.

Os olhos de Tirk brilharam com fúria incontida ao verem o Agente R. Entregou o príncipe para outro Nirad e correu até o agente da UCP. Emily se virou enquanto Tirk punia o Agente R por sua participação na tortura de seu príncipe.

Emily olhou ao redor da grande sala para todos aqueles clones e se preocupou. O que seria deles agora? Ela se aproximou de uma das gaiolas com uma Diana mutante. A criatura tinha só um braço e três pernas Nirads, deu um passo para frente e estendeu a mão para ela. Seus negros olhos Nirads pareciam não entender outra coisa que não fosse a necessidade desesperada de tocar em Emily.

Emily estendeu os braços e segurou o rosto da criatura entre as mãos.

– Prometo que estará livre em breve – disse. Enquanto seus olhos se deslocavam pelas gaiolas, seu coração (quer ela tivesse um verdadeiro ou não) foi até eles. – Vocês todos serão livres!

Seu temperamento se alterou enquanto retornava até onde estavam o Príncipe Tobin e os Nirads. Voltou-se para os soldados Nirads.

– Capturem os cientistas e tragam-nos aqui – olhou para o Agente R, que lutava para ficar em pé depois de ter sido atingido por Tirk.

– Acabou, Agente R. Isso tudo termina agora!

35

As sirenes soaram e os soldados se armaram, enquanto Emily disparou pelos corredores da instalação da UCP na Área 51. Atrás dela ia um exército de soldados Nirads. O Príncipe Tobin, carregado nos braços de Tirk, convocava seu povo.

Logo, o número de Nirads que se juntara a ela superava os humanos da instalação. Emily olhou para o Príncipe Tobin. A cada momento, a força dele estava retornando.

– Você poderia, por favor, pedir para seus homens encontrarem Joel e o Agente T e os protegerem? E precisamos localizar um homem chamado Earl. Ele é um amigo e está aqui em algum lugar.

– Eu... ir – A-Três disse. – Encontrar... Earl – chamou vários Nirads adiante. Correram até as escadarias. Tiros ecoavam ao longo das escadarias, mas Emily sabia que isso não machucaria os Nirads.

Enquanto seguiam pela imensa instalação, Emily pediu aos soldados Nirads que reunissem todos os humanos e os colocassem no nível do solo. Emily manteve A-Dois por perto, para ajudá-la a encontrar o caminho até o laboratório principal. No meio do percurso, ouviu uma voz familiar e muito bem-vinda.

– Em!

Ela se virou e viu Joel correndo em sua direção, escoltado por dois grandes Nirads cinzentos.

– Você não achou que eu ia deixar você percorrer toda a Área 51 sozinha! – Joel sorriu.

Emily se sentiu mais forte com Joel ao seu lado.

– É claro que não.

Juntos, prosseguiram pelo caos até o superlaboratório onde os clones eram criados. Nirads estavam capturando cientistas e agentes, desarmando-os e levando-os até o nível do solo.

Joel olhou pela janela do superlaboratório e assobiou. Com os alarmes ainda soando, os cientistas do turno da noite estavam ocupados tentando arrumar os materiais da clonagem. Olharam para cima, aterrorizados, quando os viram parados na grande janela.

– Você pode bombardear esse laboratório sem queimar toda a instalação?

– Posso tentar – Emily disse.

Os Nirads arrebentaram as portas de segurança do laboratório e entraram aos montes. Os cientistas foram cercados e apresentados a ela.

– Levem-nos à superfície, com os outros – Emily ordenou.

Joel e Emily agora andavam pelo laboratório vazio e começaram a destruir os equipamentos. A cada momento que passava, a confiança de Emily na Chama crescia. Quando deixaram o laboratório, Emily podia olhar para uma máquina e transformá-la em cinzas em questão de segundos.

Foram até os laboratórios secundários. Emily mostrou para Joel e para o Príncipe Tobin os altos tubos que mantinham os clones em vários estágios de desenvolvimento, desde embrionário até totalmente crescidos.

– O que faremos com esses? – Joel disse.

– Não sei – Emily admitiu. – Não podemos destruí-los; estão vivos.

– Mas também não podemos deixá-los. A UCP simplesmente fará mais.

Emily negou com a cabeça.

– Assim que todo mundo sair daqui, vou destruir este lugar.

– E esses caras?

– Só temos que achar um jeito de salvá-los. Vamos tirar todo mundo daqui primeiro e depois nos preocupamos com eles.

Em outro laboratório, encontraram o braço de prata de Joel. Estava em uma mesa e fora completamente desmantelado e agora era inútil. As sandálias aladas de Paelen foram encontradas no mesmo laboratório e ficaram gratos em descobrir que estavam intactas. Emily rezava para que Paelen ainda estivesse vivo e pronto para usá-las novamente. Também encontraram o elmo de Plutão.

– Rapaz, estou feliz em ver isso! – Joel disse. – Plutão teria um treco se soubesse que o perdemos.

Emily abaixou a cabeça.

– Não, não perdemos isso. Simplesmente perdemos Pegasus e Alexis. Tenho certeza de que Plutão não vai se incomodar com seu elmo depois disso.

O Príncipe Tobin rosnou baixinho. Fechou os olhos e inclinou a cabeça para trás. Quando abriu os olhos novamente, voltou-se para Emily e fez vários sons.

– Não entendo – Emily disse desesperadamente.

A-Dois lutou para dizer:

– Lugar... todo... vazio. Nosso. Não... mais... pessoas. Todos... prisioneiros. Todos... acima.

Joel se aproximou do príncipe.

– Então nossos soldados reuniram todas as pessoas daqui e as levaram lá para cima? Não sobrou ninguém?

O Príncipe Tobin negou com a cabeça e fez mais sons diversos.

– Pegasuses – A-Dois disse. – Eles... ficam. Crianças... embaixo.

Eles entenderam que todos os agentes da UCP, cientistas e soldados humanos haviam sido capturados e levados à superfície. A instalação era deles agora.

– Tudo bem, temos que tirar os Novos Olímpicos daqui e os pobres clones lá de baixo. E tenho que libertar todos os clones de Pegasus também.

– Você os viu? – Joel perguntou.

Emily assentiu.

– Tornado está aqui também. Mas todos os garanhões alados são iguais. São tão selvagens e perigosos quanto Tornado. Ainda sou a única pessoa que pode se aproximar deles. Vou levá-los para fora.

– E depois? – Joel perguntou. – Em, o que devemos fazer com todos esses clones? Sim, podemos destruir este lugar, mas então para onde os levaremos? E como? Sem Pegasus, não sei nem o que se supõe que devíamos fazer para voltar ao Olimpo ou para levar o Príncipe Tobin e seu povo de volta ao mundo Nirad.

Emily não pensara tão adiante. Sua única preocupação fora impedir que a UCP criasse mais clones. Mas e agora? Joel estava certo. Estavam presos na Terra, sem nenhum jeito de retornar.

– Não sei – ela disse baixinho. – Mas meu pai deve saber que algo está errado a essa altura. Ele e Diana virão atrás de nós. E Paelen, espero. Ele estava ferido, mas não tenho certeza se Crisaor o levou de volta ao Olimpo. Ele sabe onde estamos. Só temos que ir até a superfície e esperar por eles.

Joel não pareceu convencido.

– Ou esperar que os militares lancem um ataque completo contra nós, por termos destruído sua base aqui.

– Temos que correr o risco – Emily disse. – Não temos outra escolha.

Quando a longa noite se transformou em amanhecer, Emily, Joel e os Nirads entraram nos alojamentos protegidos dos Novos Olímpicos. Eles acolheram Emily em seu meio e não demonstraram agressão em relação a Joel ou aos Nirads.

Quando Emily explicou a situação, os clones ficaram animados com a perspectiva de irem lá fora. Nunca tinham estado na superfície antes.

O sol estava nascendo no horizonte quando todos os Novos Olímpicos emergiram ao nível da superfície. Olhavam para o nascer do sol em completa admiração. Os Cupidos saltavam excitados no ar e voavam em um amplo espaço aberto.

Emily levou um momento observando-os com inveja. Esses clones ignorantes e doces não tinham ideia do perigo e do futuro incerto que agora encaravam.

Eram centenas, talvez milhares reunidos no leito seco do Lago Groom. Os soldados Nirads pesadamente armados mantinham os militares da Área 51 separados dos clones.

– É minha amiga Emily que vejo?

Emily se voltou na direção da voz e viu Earl se aproximando. Ele correu e a abraçou com força.

– Você é um colírio para os olhos! Deus, pensei que você nunca chegaria aqui. Esse pessoal da UCP não é boa gente!

Emily se pendurou em Earl, feliz que estivesse vivo. Havia um Nirad parado ao lado dele. Earl se virou para apresentá-lo.

– Esse é meu amigo B-15. Ele me tirou de minha cela.

Enquanto Emily cumprimentava o Nirad, vieram sons e gritos da multidão. Ela se virou e viu que estavam apontando para o céu. Os clones do Cupido gritaram de medo e aterrissaram rapidamente.

Emily e Joel olharam para cima e seus olhos se arregalaram.

– Júpiter!

36

Emily viu a carruagem de Júpiter arder em chamas pelo céu do amanhecer, com Plutão e Netuno ao lado dele, em suas próprias carruagens.

Um frio percorreu sua espinha. Era necessária a Grande Trindade para mover a Corrente Solar. E ali estavam todos eles.

– Aquele é o grandão em pessoa? – Earl perguntou, temeroso, observando as carruagens se aproximarem.

Emily assentiu.

– É melhor você se afastar – então, voltou-se para Joel. – Você também. Eu disse que lutaria com Júpiter se fosse obrigada, e estava falando sério. Ele não vai destruir este mundo e todos esses clones inocentes sem uma briga.

– Sem chance – Joel respondeu. – Comecei isso com você. E vou terminar com você.

O coração de Emily se enterneceu com o constante apoio e lealdade de Joel. Estendeu o braço e pegou a mão dele. Juntos, foram até o leito seco do Lago Groom e esperaram Júpiter.

Conforme os olímpicos se aproximaram, Emily notou mais alguém no céu.

– Joel, olhe! É Paelen!

Guiando os olímpicos estava Crisaor, carregando Paelen. Foram os primeiros a tocar o solo, a poucos metros deles. Paelen saltou das costas do javali e correu até seus amigos. Todos se abraçaram como se não se vissem há anos. Tanta coisa acontecera desde a última vez em que estiveram juntos!

– Las Vegas está destruída! – Paelen exclamou. – Os militares tentaram nos matar, mas revidamos. Agora está tudo em ruínas.

– Las Vegas está destruída? – Joel repetiu.

Paelen assentiu e se voltou para Emily.

– Ele vai fazer aquilo. Júpiter vai destruir este mundo. Já começou com Vegas.

Isso só fortaleceu a decisão de Emily.

– Não, ele não vai.

– Você não pode impedi-lo – Paelen exclamou. – Ele é Júpiter.

– E eu sou a Chama do Olimpo! – Emily replicou. – Se ele quer destruir este mundo, terá que passar por mim primeiro.

O grito dos garanhões-esqueletos de Plutão, quando as carruagens aterrissaram diante deles no leito seco do lago, interrompeu qualquer outra conversa. Emily viu o rosto de Júpiter. Estava furioso. Nunca vira o líder do Olimpo tão zangado.

– Emily! – Júpiter trovejou. – O que você fez? – o líder do Olimpo desceu de sua carruagem e disparou na direção dela. – Você tem muito o que explicar!

Mas, antes que ela pudesse pensar em como responder, uma voz reconfortante gritou seu nome.

Emily se virou e viu seu pai descendo da carruagem de Diana. Ele passou correndo por Júpiter e a ergueu nos braços.

– Você está bem?

Emily assentiu e lutou para controlar as emoções. Voltou-se para Júpiter.

– Pegasus está morto. Assim como Alexis. Meus poderes escaparam de mim e os mataram.

Um silêncio surpreso caiu sobre os olímpicos. O único movimento veio de Netuno, cujo rosto era o retrato da dor.

– Meu filho está morto?

– Netuno... – Emily começou a dizer. – Eu não pretendia... Estávamos lutando contra a UCP... Eu atirei e perdi o controle.

– Eles atiraram em você? – seu pai perguntou.

Emily assentiu novamente.

– Estou bem – disse, tristemente. – Mas Pegasus, não.

Crisaor começou a guinchar e gemer de dor, partindo o coração inexistente de Emily.

– Por favor, Júpiter, eu lhe imploro – ela exclamou, encarando o líder. – Já tivemos mortes demais. Não destrua meu mundo.

O fogo se fora dos olhos dele. Mas sua expressão ainda era cheia de raiva.

– A UCP não me deixou outra opção. O crime deles não pode ser perdoado.

– Então puna-*os*! – o pai de Emily gritou. – Mas não o mundo inteiro!

– Não – Júpiter insistiu. – Haverá outros, como a UCP, prontos para se erguer e fazer isso novamente. Não podemos deixar que isso aconteça. A Terra precisa ser destruída.

Emily se afastou de seu pai e se aproximou de Júpiter.

– Entendo que esteja zangado – ela disse, repentinamente muito calma. – Também estou. Perdi Pegasus. Vi em primeira mão os horrores que essas pessoas fizeram por aqui. Mas não posso deixá-lo destruir meu mundo.

Júpiter fez uma pausa e uma carranca obscureceu sua testa.

– *Você* está me desafiando?

Emily respirou profundamente. Era isso. Sentiu a Chama retumbando dentro de si, mas se sentiu igualmente enjoada ao perceber o que estava prestes a fazer.

– Sim, Júpiter, estou – disse, por fim.

O silêncio tomou conta de todos enquanto Emily e Júpiter se encaravam.

– Em, pare – seu pai gritou.

Emily olhou para ele, mas negou com a cabeça. Voltou-se novamente para Júpiter.

– Você sabe como me sinto a respeito do Olimpo e como tenho lutado para protegê-lo. Amo você, Júpiter. Mas não permitirei que destrua meu mundo.

Os olhos de Plutão e Netuno flamejavam de Emily para o irmão deles e então para Emily novamente.

– Emily, pare – Netuno avisou. – Você não quer fazer isso.

– Não, não quero – ela disse, voltando-se para ele. – Mas, para proteger este mundo, eu preciso – olhou novamente para Júpiter. – Você me ensinou muito. Como me importar com os demais, além da minha família, da minha raça e até mesmo da minha espécie. Você me mostrou o preço que deve ser pago e os sacrifícios que devem ser feitos pela liderança. Me ensinou a ser uma pessoa melhor. Como pode me ensinar tudo isso e esperar que eu permita que destrua este mundo?

– Isso é diferente – Júpiter disse.

– Não, não é – Emily insistiu. – A maioria das pessoas deste planeta é inocente. Não têm ideia do que a UCP fez. Por que deveriam sofrer por isso?

– Você se importa tanto com essas pessoas que está preparada para lutar contra mim? – Júpiter perguntou, incrédulo.

Emily encarou Júpiter nos olhos. Ergueu as duas mãos, que ardiam em chamas brilhantes. Os poderes borbulhavam em seu âmago, enquanto ela se preparava para disparar contra o líder do Olimpo.

– Para salvar a Terra? Sim!

37

Emily fechou os olhos e ordenou que seus poderes saíssem. Um instante antes disso acontecer, um relincho quebrou a quietude do ar ao redor dela. Era um som que jamais imaginara ouvir novamente. Um som que amava. A Chama em suas mãos desapareceu. Ela se virou e viu Pegasus rasgando o céu. Alexis estava atrás dele, lutando para acompanhá-lo.

– Pegasus! – ela gritou.

Emily correu pelo leito seco do lago. Pegasus pousou e galopou ao encontro dela. Sua crina ondulava, suas narinas estavam abertas e seus cascos dourados levantavam uma tempestade de areia no ar. Pegasus estava coberto de suor e arquejava pesadamente, enquanto relinchava para ela.

Eles se encontraram em uma explosiva união.

Emily jogou os braços ao redor do pescoço dele. Apertou-o com toda a força que era capaz, só para ter certeza de que ele estava ali.

– Você está vivo! Você está vivo!

Pegasus relinchava animadamente e voltava a cabeça para trás, para abraçá-la o melhor que podia. Suas asas se agitavam e sua cauda cintilava.

Alexis pousou ao lado de Pegasus. Seu rosto estava vermelho-vivo pelo esforço, seu cabelo estava emaranhado e ela arquejava de cansaço. Frankie estava em suas costas, com um sorriso imenso no rosto.

– Estamos de volta! – ele comemorou. Desceu de Alexis e correu até Joel e Paelen. Jogou os braços ao redor deles e os abraçou com força. – Foi tão legal! Fomos para outro planeta! Havia um monte de estátuas grandes e estávamos em uma selva! Havia helicópteros daqui, também. Os pilotos estão esperando que voltemos para buscá-los.

Emily estava emocionada demais para falar. Soltou Pegasus e caiu no chão diante de Alexis. Abraçou a Esfinge com força.

– Sinto tanto – começou a chorar.

– Está tudo bem, Emily – Alexis a afagou suavemente, batendo em suas costas com a grande pata de leão. – Estamos bem.

Netuno e Crisaor correram para saudar Pegasus.

– Quando Emily me contou que você estava morto, não pude suportar – os olhos de Netuno se encheram de lágrimas ao abraçar seu filho.

Pegasus segurou seu pai e saudou seu irmão, mas então se aproximou de Emily. Relinchou para ela.

Ela deixou a Esfinge e beijou o focinho suave do garanhão, sua face e finalmente seus olhos.

– Ah, Pegs, eu realmente achei que tivesse matado você.

– Seria difícil – Alexis disse. – Ainda que tenha nos mandado para o outro extremo da Corrente Solar.

– Ela fez o quê? – Júpiter perguntou, aproximando-se.

– A Chama nos mandou para o extremo da Corrente Solar. A jornada durou menos de um piscar de olhos. Mas foram necessárias eras para voarmos de volta para cá – ela fez uma pausa, olhou de Emily para Júpiter e então de volta para Emily. – Parece que chegamos bem na hora.

A Esfinge se levantou rigidamente e caminhou até Emily.

– Sabe que tudo o que você fez desaparecer estava naquele belo mundo? Não há pessoas, mas muitos tipos de plantas e vida selvagem. Há templos antigos e sinais de que uma grande sociedade deve ter existido ali. Mas eles se foram.

Emily ainda estava abraçando Pegasus, para provar que ele realmente estava vivo.

– Não entendo. Como pude mandá-los para lá? Por que eu faria isso?

Alexis sorriu gentilmente.

– Criança, não se lembra? Os soldados estavam atirando em nós. Você havia sido atingida. Fez a única coisa que podia para nos proteger. Nos mandou para longe do perigo – a Esfinge fez uma pausa e sorriu. – Mas, para ser honesta, eu teria preferido ter sido mandada de volta ao Olimpo e não para o outro lado do cosmos.

– Não entendo – Emily hesitou. – Como fiz isso?

– Essa é uma pergunta muito boa – Júpiter disse, aproximando-se dela. – Uma que acredito que devemos investigar... – ele parou e seus olhos se focaram em Emily. – Juntos.

Emily olhou para o rosto do líder do Olimpo. Sua mão estava enrolada em torno de Pegasus e ela se apertava de encontro a ele.

– E quanto à Terra?

Júpiter abaixou a cabeça.

– Talvez eu tenha sido um pouco precipitado em ordenar a destruição. Nunca percebi o quanto este mundo ainda significa para você. Eu estava errado, e não me envergonho de admitir.

– Então não vai destruí-lo?

Júpiter fez que não com a cabeça.

– Não desta vez. Mas, Emily – ele advertiu –, essas pessoas devem ser punidas pelo que fizeram.

Emily assentiu.

– Concordo. E, se me permite, quero transformar a Área 51 em pó!

Júpiter abriu um portal para a Corrente Solar no nível do solo. Convocou os olímpicos para virem à Terra escoltar os Novos Olímpicos de volta para casa.

Com seus dois irmãos, Júpiter observou as longas filas de clones se dirigindo para a Corrente Solar. Diana estava parada entre seus vários clones. As novas Dianas olhavam para a original com reverência e pediam para tocá-la. Embora estivesse bastante perturbada com elas, Diana não sentiu desejo de lutar.

O Príncipe Tobin ainda estava coberto de cortes e queimaduras, mas sua força retornara. Tirk estava atrás dele, mantendo vigilância protetora enquanto outros soldados Nirads guardavam os funcionários da Área 51.

Quando os últimos clones entraram na Corrente Solar, Emily se voltou para Netuno.

– Há um monte de garanhões alados ainda lá dentro. São clones de Pegasus, mas são selvagens e perigosos. Não podemos deixá-los para trás. Eles não têm culpa por existirem. Você me ajuda a levá-los até a Corrente Solar?

Netuno pareceu desconfortável com a menção dos clones de seu filho, mas concordou. Com os Nirads na superfície tomando conta dos prisioneiros, Emily falou com Pegasus, pedindo para ele permanecer ali.

– Não quero que desça lá, Pegs – ela beijou o focinho dele. – Há muitos clones e não quero que machuquem você quando forem soltos. Perdi você uma vez, não suportaria isso de novo.

Pegasus bufou, mas finalmente concordou. Emily se aproximou de Alexis.

– Acho que você devia vir também. Há alguém que quero que veja.

Enquanto seguiam para a instalação, Júpiter, Plutão e um grande número de olímpicos se juntaram a eles.

– Todos devemos ver – Júpiter explicou. – Devemos entender o que aconteceu aqui.

Emily teve medo que Júpiter mudasse de ideia, se visse realmente o que a UCP fizera. Mas, como se lesse sua mente, ele colocou o braço ao redor dela e assegurou:

– Seu mundo está seguro, Emily – ele disse. – Mas ainda devo ver.

A instalação estava assustadoramente quieta enquanto Emily, seu pai e os olímpicos seguiam até os níveis mais inferiores, onde os experimentos de clones fracassados eram mantidos. Quando Júpiter viu o que fora feito com os clones de sua filha, sua fúria ressurgiu.

– Isso não deve ser tolerado! – foi até a gaiola mais próxima e arrancou a porta. A clone aleijada de Diana gritava, lutando para ficar em pé.

Júpiter se ajoelhou para ficar na altura dela e afagou a cabeça deformada do clone.

– Você virá para casa comigo, minha filha – disse, gentilmente. – Está em segurança.

Ordenou que os olímpicos pegassem cada um dos clones atormentados e quebrados. Todos receberiam um lar no Olimpo e seriam cuidados até o fim de suas vidas.

De lá, Emily os guiou até o laboratório que continha os tubos altos.

– Esses são clones inacabados – ela disse baixinho. – Não sei como salvar todos eles. Os mais jovens precisam dessas máquinas para sobreviver.

– Não podemos salvar todos – Júpiter disse tristemente. – Mas faremos o melhor possível para soltar o que estão prontos para o mundo. Deixe isso conosco.

Com o coração pesado, Emily relutantemente deixou a sala para esperar que Júpiter e Plutão fizessem o que tinham de fazer. Ela sabia que era uma tarefa difícil e lamentava pelos clones que não sobreviveriam. Quando foi feito, ela levou os olímpicos até o andar dos clones de Pegasus. Quando abriu a porta, os clones começaram a chutar suas baias e a tentar fugir.

Emily levou o grupo até uma baia em particular.

– Este é Aviso de Tornado.

Júpiter se adiantou. Emily temia que Tornado pudesse morder ou tentar atacá-lo, mas o garanhão ficou calmo na presença dele.

– Então, meu jovem amigo, foi você quem causou todo esse estrago.

Tornado relinchou baixinho e pediu mais atenção.

Júpiter e seus irmãos foram de baia em baia, conversando e tocando em todos os clones. O toque deles domava os garanhões selvagens.

Netuno levantou as mãos no ar.

– Abram!

As portas das baias se abriram, soltando os garanhões alados. Emily ficou surpresa em ver que não havia lutas entre os clones. Todos tentavam se aproximar dela e dos olímpicos.

O ponto final do *tour* pela instalação da UCP foi o centro médico. Dois guardas Nirads vigiavam o paciente.

– Tom! – Alexis saltou até a cama dele, inclinou-se sobre o ex-agente da UCP e beijou seu rosto.

O Agente T estava fazendo ruídos estranhos e animados, e seus olhos agradecidos se encheram de lágrimas com a visão de Alexis.

A Esfinge olhou ansiosamente para Emily.

– Cure-o!

Emily sentiu um aperto na garganta.

– Já tentei. Não funcionou.

– Não pode funcionar – Júpiter explicou. – Ele é um humano que nunca consumiu ambrosia. Os poderes da Chama não podem tocá-lo.

– Dê ambrosia a ele – Alexis exigiu. – Então Emily pode curá-lo.

Júpiter olhou para os estranhos dispositivos presos ao Agente T.

– Essas máquinas o mantêm vivo?

Emily assentiu.

– A espinha dele foi destruída. Está paralisado e não consegue respirar ou comer por conta própria.

Júpiter abaixou a cabeça e colocou a mão no ombro da Esfinge.

– Sinto muito, Alexis. O dano é grande demais. A ambrosia não o curaria o bastante. Ela o manteria vivo, mas nesse estado. Isso seria cruel demais.

– Por favor, Júpiter – Alexis implorou. – Nunca lhe pedi nada em toda minha vida. Mas peço isso. Por favor, deixe-me ter meu Tom. Eu o amo.

– Mas ele não sobreviverá à jornada até o Olimpo longe dessas máquinas. Sua vida nessa forma está acabada.

– Então mude a forma dele – Alexis implorou desesperadamente. – Você tem o poder para isso. Transforme-o em algo que não exija um corpo em movimento para sobreviver. Uma rocha, uma joia, uma árvore? Qualquer coisa, mas mantenha-o vivo.

Júpiter aproximou-se da lateral da cama. Olhou pensativo para o Agente T.

– Sinto não ter o poder para restaurar seu corpo. Mas posso mudá-lo. Farei isso apenas se desejar. A escolha deve ser sua.

Alexis ainda estava parada ao lado da cama.

– Por favor, Tom, deixe-o fazer isso. Você pode voltar para o Olimpo comigo. Podemos ficar juntos. Diga para ele que deseja isso.

Emily observou o Agente T piscar os olhos. Júpiter estendeu o braço e colocou a mão na testa dele. O líder do Olimpo fechou os olhos. Finalmente assentiu.

– Alexis, todo mundo, para trás.

Emily ficou parada ao lado de seu pai, enquanto Júpiter libertava o Agente T dos equipamentos que o mantinham vivo. Quando seu tubo de respiração foi removido, os olhos do agente cintilaram e ele começou a sufocar.

– Júpiter, por favor! – Alexis implorou.

O líder do Olimpo colocou as duas mãos sobre o peito do Agente T. Fechou os olhos novamente e levantou a cabeça. O ar ao redor de Júpiter estalou, brilhou e pareceu se encher de estrelas. Houve um clarão ofuscante e um forte estalo. Em um segundo estava acabado e, quando a luz desapareceu, a cama estava vazia.

Os olhos assustados de Alexis pousaram desesperadamente em Júpiter.

– O que aconteceu? Onde está meu Tom?

Júpiter olhou para a Esfinge e sorriu gentilmente.

– Sugiro que retorne ao Olimpo e veja por si mesma. Ele está em sua casa, esperando por você.

– Como vou reconhecê-lo?

Júpiter sorriu gentilmente.

– Você o reconhecerá.

Alexis não parou para se despedir. Passou correndo por Emily e virou um borrão voando pelo corredor vazio.

Emily olhou para Júpiter.

– O que fez com ele?

– Perguntei ao homem o que ele queria. Ele me disse que queria viver com Alexis. Então perguntei o que escolheria ser, se não pudesse se mover.

– O que ele disse?

Júpiter sorriu.

– Um salgueiro. Ele me contou que as lembranças mais felizes de sua infância são da casinha que tinha no salgueiro gigante no seu quintal. O salgueiro é suave e complacente, e se move gentilmente com a brisa.

– O Agente T é um salgueiro?

Júpiter assentiu.

– Um salgueiro muito feliz. Tenho certeza de que, quando voltarmos ao Olimpo, encontraremos Alexis sentada bem contente embaixo de sua árvore-Tom.

Com o último ser vivo fora da instalação e na superfície, Júpiter olhou para Emily.

– Isso é seu, agora. Vá em frente.

Emily ficou parada diante dos edifícios quadrados. Sua mente reproduzia todos os horrores que haviam ocorrido naquele lugar. De repente, o Agente PS escapou dos guardas e correu até ela.

– Por favor, Emily, não faça isso. Não destrua todo aquele conhecimento.

Emily olhou para ele e sentiu sua raiva crescer.

– Conhecimento? É assim que chama isso?

– Sim, conhecimento – o agente disse. – Sempre dever haver algumas baixas no desenvolvimento humano. Mas conseguimos algo incrível aqui. Podemos mudar o mundo.

– Ah, sim – Júpiter disse, lançando um olhar para o agente da UCP. – Tudo é admissível, se é para o desenvolvimento humano. É isso o que está me dizendo?

O agente repentinamente percebeu com quem estava falando. Mas, em vez de oferecer respeito, endireitou-se e deixou sua arrogância se mostrar.

– Sim, Júpiter, *desenvolvimento humano*! A única razão pela qual está aqui é porque tem medo de que um dia sejamos tão poderosos quanto você... e você odeia isso.

Júpiter balançou a cabeça, triste.

– Não, estamos aqui porque vocês roubaram algo precioso para nós e agora pegamos de volta – suspirou. – Não vinha ao seu mundo há muito tempo. Me entristece ver que seu conhecimento excedeu em muito a sabedoria para usá-lo com sensatez. Vocês são tão duros e implacáveis quanto um carvalho de Prometeu.

De repente, seus olhos faiscaram.

– Carvalho de Prometeu. É claro, que apropriado – voltou-se para Emily. – Chama, solte seus poderes.

Todos, exceto Pegasus, se afastaram quando Emily ergueu as mãos no ar. Ela fechou os olhos e convocou não só o poder da Chama, mas todos os seus outros poderes também. Visualizou cada sala e cada corredor de cada nível da infeliz instalação. Pensou nos desafortunados que haviam sofrido e morrido ali em nome da ciência. Lamentou pelos clones deixados nos tubos, que não puderam salvar.

Quando ficou pronta, Emily soltou todos os seus poderes. Chamas em formato de *lasers* dispararam de suas mãos e queimaram seu caminho por dentro dos edifícios. Mas não pararam. Das profundezas do chão, vieram estrondos e barulhentas explosões. Emily sentiu o poder das lágrimas que coletara em sua roupa de hospital e lençóis explodir e se juntar ao incêndio.

O solo começou a chacoalhar como em um poderoso terremoto. Os sons da instalação gemendo e se desintegrando encheram o ar e aumentaram de intensidade, até se tornarem quase insuportáveis. Em um empurrão final, Emily visualizou tudo *destruído*!

No instante seguinte, os sons pararam. A poeira assentou e, onde antes estivera a instalação da UCP, não havia nada além de uma cratera inacreditavelmente grande.

– Bom trabalho! – Júpiter comemorou, enquanto ele e seus irmãos aplaudiam.

Pegasus relinchou ao lado de Emily e pressionou sua face na dela.

– Está acabado, Pegs – Emily suspirou cansada e pressionou a cabeça na dele.

– Ainda não – Júpiter disse. – Pegasus, se olhar ao redor, você verá os restos de um lago morto. Acho que é hora da água e da vida voltarem a ele. Você me faria o favor?

Emily olhou para Pegasus e franziu o cenho.

– O que ele quer dizer?

Pegasus relinchou, animado. Ergueu-se ligeiramente e bateu as asas. O garanhão galopou para longe do grupo até que ficou a uma distância segura.

– Observe – Paelen disse, indo até Emily. – Não vejo Pegasus fazer isso há muito tempo.

– Fazer o quê? – Joel perguntou.

– Usar seus poderes – Paelen explicou.

– Pegasus tem poderes? – Emily perguntou.

– Apenas observe – Paelen disse.

Bem longe de onde estavam, Pegasus abriu as asas completamente. Brilhava com tanta força que Emily mal conseguia ver o perfil do garanhão na luz ardente. Pegasus se ergueu o mais alto que podia nas patas traseiras e desceu acertando a terra com um golpe poderoso.

Mais uma vez o chão retumbou e tremeu. Pegasus se afastou ainda mais e repetiu a ação. Fez isso várias outras vezes ao redor do leito do lago antes de voltar até Emily. Ficaram juntos, observando enquanto a superfície seca e rachada do lago morto repentinamente explodia e a água fresca começava a jorrar.

A água encheu todo o Lago Groom e se infiltrou na cratera que Emily criara com a destruição da instalação da UCP.

Sobre o rugido da água corrente, Júpiter pegou o Agente PS pelo colarinho e o arrastou até a margem.

– Que lago seria completo sem árvores para dar sombra?

Ele soltou o agente da UCP e apontou as mãos para ele.

– Carvalho de Prometeu!

O Agente PS começou a correr de Júpiter, mas em poucos passos abrandou. Virou-se para trás e olhou para Emily. Seus olhos estavam cheios de ódio desafiador, enquanto seu corpo se transformava e se espichava. Começou a gritar. De repente seu terno negro se rasgou e galhos saíram de seu corpo.

Emily observou, surpresa, o Agente PS se transformar em um carvalho gigante.

– Uau! – Paelen disse. – Júpiter está zangado de verdade.

– O que quer dizer? – Joel perguntou. – Ser transformado em uma árvore é deixá-lo escapar fácil. Ele fez o mesmo com o Agente T. Ele é agora um salgueiro.

Paelen negou com a cabeça.

– Não é a mesma coisa. O Agente T nunca experimentará a dor, mas ainda pode sentir alegria. Pode pensar, falar e viver uma vida longa e feliz com Alexis. Mas não o Agente PS. Ser transformado em um carvalho de Prometeu é viver na tortura. Ele ainda permanecerá totalmente consciente e ciente de sua vida prévia. Sentirá tudo. Um galho partido o fará sangrar. Sua casca é como ossos quebrados e, quando o vento soprar por suas folhas, você o ouvirá gritando. Não há punição pior do que essa.

Emily olhou para a árvore que fora o Agente PS. Mesmo assim, não sentia pena dele.

Momentos depois, Júpiter se aproximou dos cientistas, militares e agentes da UCP reunidos.

– Vocês todos ofenderam o Olimpo com suas ações aqui. Mas não matarei vocês. Em vez disso, lhes darei mil anos para pensar sobre o que fizeram.

Mais uma vez, o líder do Olimpo ergueu as mãos no ar e gritou.

– Carvalho de Prometeu!

O Agente R e o resto do pessoal da Área 51 se dispersaram e tentaram fugir da punição que caía sobre eles. Mas tudo o que conseguiram foi se espalhar o suficiente para criar a mais bela floresta frondosa nas margens do Novo Lago Groom.

38

Emily e Pegasus ficaram parados na sombra fresca da árvore antigamente conhecida como Agente PS. Aqueles de quem ela mais gostava estavam ali, incluindo o Príncipe Tobin e Tirk. Estavam reunidos para ver os últimos soldados Nirads entrarem na Corrente Solar e se dirigirem primeiro para o Olimpo e, então, para o mundo Nirad. Antes de entrarem na Corrente Solar, A--Dois e A-Três pararam e acenaram animadamente para eles.

– Ver... vocês... logo!

Quando se foram, Júpiter selou a entrada para a Corrente Solar como se nunca tivesse estado ali.

Frankie estava parado ao lado de Joel com um grande sorriso ainda estampado no rosto.

– Isso foi totalmente incrível. Eu sabia que vocês eram alienígenas!

– Não somos alienígenas! – Joel exclamou. Mas então olhou para o rosto esperançoso do garoto. – Ok, talvez sejamos.

– E agora? – Earl disse. – Tom se foi, agora vocês estão indo. O que eu devo fazer?

Emily franziu o cenho. Pensou que já estava entendido.

– O que quer dizer? Você vai conosco.

– De verdade? – Earl gritou, animado. – Finalmente poderei ver o Olimpo com meus próprios olhos.

O pai de Emily, Diana e Júpiter se adiantaram.

– É claro que pode voltar conosco para o Olimpo. Não é seguro deixá-lo aqui, no deserto. Mas pode ir apenas para uma visita – Júpiter disse. – Depois de tudo o que a UCP fez aqui, preciso pedir que volte à Terra e fique de olho para nós. Vamos assegurar seu retorno em segurança, e você terá uma fortuna maior do que jamais poderá gastar. Prometo, ninguém jamais descobrirá você. Mas precisamos de você aqui, trabalhando para nós.

– Pode apostar! – Earl disse animadamente. – Sempre quis ver o Olimpo, mas este ainda é meu lar, jamais poderia partir por muito tempo. Ficarei feliz em ficar de olho para todos vocês – seus olhos pousaram no pequeno Frankie e estendeu a mão. – O que acha disso, pequenino? Gostaria de ser um espião olímpico comigo?

Frankie sorriu.

– Legal! – e pegou a mão estendida de Earl. Então se virou e olhou para Júpiter. – Ainda posso visitar Paelen, Joel e Crisler?

Júpiter assentiu.

– É claro.

O líder do Olimpo enxugou a testa.

– Tinha esquecido como este mundo pode ser quente. Acho que é hora de voltarmos.

Diana havia tirado a maior parte de sua armadura e estava com uma túnica leve.

– De fato, Pai. Eu gostaria de um belo e longo mergulho quando voltarmos ao Olimpo.

– Estou com você – o pai de Emily concordou.

Ao longe, Plutão e Netuno estavam subindo em suas carruagens. Acenaram para Júpiter e decolaram. Momentos depois, entraram na Corrente Solar e partiram.

Júpiter ofereceu um lugar em sua carruagem para o Príncipe Tobin e Tirk. Quando os dois Nirads se aproximaram, ele olhou para o pequeno Frankie.

– Gostaria de vir comigo?

Os olhos do menino estavam imensos.

– Legal!

O pequeno Frankie seguiu Júpiter e os Nirads.

– Há lugar na nossa carruagem para você – o pai de Emily disse para Earl.

– Você não precisa falar duas vezes – Earl respondeu.

Diana e Steve foram até Emily, Joel e Paelen.

– Bem, você conseguiu – o pai de Emily disse. – Estou muito orgulhoso de você.

Emily o abraçou.

– Só estou feliz que tenha acabado.

Agarrou-se a ele e colocou a cabeça contra seu peito, ouvindo as batidas fortes de seu coração. Ele estava vivo. Ele era humano e era maravilhoso. Mas, depois de tudo o que descobrira sobre si mesma, Emily lamentava saber que não era. A Emily que fora filha dele não estava mais lá. De algum modo, ela era apenas um eco de seu antigo ser. Ainda se sentia a mesma, mas, bem no fundo, sabia que não era. Levaria tempo para saber exatamente o que era e aprender a aceitar isso. Mas, enquanto tivesse seu pai, Joel, Pegasus e Paelen para ajudá-la, sabia que ficaria bem. O que quer que fosse, Emily ainda era *Emily*.

– Estou orgulhoso de todos vocês – Steve olhou para Joel e Paelen quando soltou Emily. – Vamos, pessoal. Vamos para casa.

Emily ficou parada ao lado de seus melhores amigos, enquanto seu pai e Diana iam para a carruagem. Sentiu Joel deslizar a mão na dela. Ele sorriu para ela e seus olhos castanhos cintilaram.

– Não sei você, mas eu gostaria de um mergulho neste momento.

Emily sorriu para Joel e então para Paelen. Ele estava usando suas sandálias aladas novamente.

– Eu também – ela concordou. – O último a chegar ao Olimpo é um ovo podre!

Enquanto Joel corria até Crisaor, Emily subiu em Pegasus. Paelen se lançou no ar primeiro, com Joel e Crisaor logo atrás.

Emily não tinha pressa. Inclinou-se para a frente e abraçou o pescoço do garanhão. Ficava apavorada em pensar que quase o perdera.

– Amo você, Pegs – ela disse baixinho, enquanto o abraçava e olhava para o belo e novo lago, cercado por altas árvores frondosas. Não havia sinal da instalação que uma vez estivera ali. Nada de pistas, nada de edifícios. A Área 51 realmente se fora.

Pegasus olhou para ela e relinchou baixinho, sentindo sua mudança.

– É uma longa história – ela disse. – Só me prometa que nunca vai me deixar, não importa o que aconteça.

Pegasus assentiu e bufou. Começou a trotar e então a galopar, até se lançar no céu. Ao longe, podiam ver esquadrões de jatos de guerra vindo em direção a eles. A UCP vinha revidar.

– Está acabado – ela disse a eles. Agarrou-se em Pegasus enquanto o garanhão alado ganhava mais velocidade e entrava na Corrente Solar.

Agradecimentos

Sei que sempre digo isso, mas mesmo assim é verdade. Livros são um esforço colaborativo – criados por um punhado de pessoas, visíveis e invisíveis. Há meus incríveis agentes, V e Laura, e minhas fabulosas editoras, Anne e Naomi. Mas também há um monte de pessoas envolvidas com o nascimento deste livro, a quem ofereço meus sinceros agradecimentos – mesmo que não possa citar todos aqui.

No caso de *Pegasus e os Novos Olímpicos*, também gostaria de oferecer meu agradecimento pessoal a meus queridos amigos, Debbie e Mark Obarka, por me apresentarem à Fremont Street Experience, em Las Vegas. Muitos agradecimentos também a Janine McCullough, da Fazenda Águia Dourada, em Ramona, Califórnia, que me mostrou como um rancho de cavalos ético deve ser administrado. E, é claro, há o pessoal gentil do Pequeno Alienígena, do lado de fora da verdadeira Área 51, no deserto de Nevada, que me ajudaram tanto, mesmo que nunca saibam o quanto. Obrigada e nano-nano!

Além da minha família, que é o apoio que preciso para manter Pegasus voando, também gostaria de agradecer a Monica Percy e Laura O'Brien por escrever enigmas tão bacanas para este livro. Vocês são as melhores!

E, finalmente, gostaria de agradecer a *você*, meu leitor tão querido, por levar Pegasus em seu coração e por me mostrar que o ama tanto quanto eu. Estou colocando todas as minhas esperanças em você para criar um futuro melhor para cavalos e outros animais do que minha geração tem feito.

Por favor, mostre a eles que você se importa.

QUER SABER MAIS SOBRE A LEYA?

Fique por dentro de nossos títulos, autores e lançamentos.

Curta a página da LeYa no Facebook, faça seu cadastro na aba *mailing* e tenha acesso a conteúdo exclusivo de nossos livros, capítulos antecipados, promoções e sorteios.

A LeYa também está presente em:

www.leya.com.br

facebook.com/leyabrasil

@leyabrasil

instagram.com/editoraleya

google.com/+LeYaBrasilSãoPaulo

skoob.com.br/leya

3ª reimpressão Junho 2015
papel de miolo Offset 75 g/m²
papel de capa Supremo 250 g/m²
tipografia Adobe Garamond
gráfica Imprensa da Fé